国家古籍整理出版专项经费资助项目

章培恒 安平秋 马樟根 主编

关汉卿集

黄仕忠 导读
刘烈茂 审阅

中华文史名著精选精译精注·全民阅读版

凤凰出版社

图书在版编目（CIP）数据

关汉卿集 / 黄仕忠导读. -- 南京 : 凤凰出版社，2020.8

（中华文史名著精选精译精注 : 全民阅读版 / 章培恒，安平秋，马樟根主编）

ISBN 978-7-5506-3152-6

Ⅰ. ①关… Ⅱ. ①黄… Ⅲ. ①杂剧－剧本－作品集－中国－元代 Ⅳ. ①I237.1

中国版本图书馆CIP数据核字(2020)第063226号

书　　名	关汉卿集
导　　读	黄仕忠
责任编辑	李　霏
书籍设计	徐　慧
出版发行	凤凰出版社(原江苏古籍出版社) 发行部电话025-83223462
出版社地址	南京市中央路165号,邮编:210009
出版社网址	http://www.fhcbs.com
照　　排	凤凰零距离数字印前中心
印　　刷	苏州市越洋印刷有限公司 苏州市吴中区南官渡路20号　邮编:215104
开　　本	880毫米×1230毫米　1/32
印　　张	10.75
字　　数	222千字
版　　次	2020年8月第1版　2020年8月第1次印刷
标准书号	ISBN 978-7-5506-3152-6
定　　价	55.00元

目录

导读 …………………………………………………… 1

感天动地窦娥冤（全本）……………………………… 1

赵盼儿风月救风尘（全本） ………………………… 99

关大王独赴单刀会（第三、四折） ………………… 168

望江亭中秋切脍（第三折）………………………… 204

钱大尹智宠谢天香（第一折）……………………… 230

温太真玉镜台（第二、三折） ……………………… 254

包待制智斩鲁斋郎（第二折）……………………… 289

杜蕊娘智赏金线池（第三折）……………………… 304

导读

中国文学史上，元曲和唐诗、宋词并称。而关汉卿，则是元代曲家中最杰出的代表。

关汉卿是最先用北曲杂剧体裁进行创作的作家之一，他是元初曲坛真正的领袖。明初贾仲明为《录鬼簿》补写的【凌波仙】“吊关汉卿”中，把关汉卿称做：“驱梨园领袖，总编修师首，捻杂剧班头。”①北曲杂剧这一崭新的艺术样式，可能就是在关汉卿和元初其他艺人、作家们的共同努力下获得定型并成熟起来的。他们的创作成就，又引发了戏剧活动的热潮，从而开辟了一个绚丽多姿的世界，掀开了中国文学史和戏曲史彪炳千古的崭新篇章。

遗憾的是，这样一位伟大的戏曲家，我们对于他的生平所知甚少，只能从零星的记载和他本人的作品中去窥测大略情况。

据元人钟嗣成所著《录鬼簿》记载，关汉卿是“大都（今北京）人”。汉卿是字，名不详，“号已斋叟”（《析津志》说是号“一斋”），曾作过元代太医院的院尹（一本又作“院

① 梨园：旧指戏场。捻（niē）：撰写。

户”)。经研究者考证,估计关汉卿大约生于1220年左右,死于1300年前后。他的一生经历了金、宋两朝灭亡及元朝从建立到鼎盛的历史时期。

关汉卿一生致力于杂剧创作,并兼撰散曲。他从事创作的主要时期,应在元代。关汉卿学识渊博,多才多艺。元末熊自得编撰的《析津志》称许他“生而倜傥,博学能文,滑稽多智,蕴藉风流,为一时之冠”。但是,在元蒙统治下,关汉卿却潦倒失意,一直处于社会底层,只能把毕生的精力都投入到戏剧创作中去。他把戏剧活动始终视作“我家生活”①,所以“偶倡优而不辞”②。他曾经是北京“玉京书会”③的中心人物,长期出没于勾栏④,跟元代一些著名杂剧家如杨显之、费君祥等交往,和著名女艺人朱帘秀等也结下深挚的友情,经常“面敷粉墨”⑤,亲自登台演出。他本人对此是这样的自豪:“我是个普天下郎君领袖,盖世界浪子班头。”⑥其实,浪子的外表下是斗士的内心和艺术家的执着追求。他曾说:“我是个蒸不烂、煮不熟、捶不扁、炒不爆、响珰珰一粒铜豌豆。”⑦正是这种坚韧刚直的“铜豌豆”性格,使他能够经受人生的坎坷和艰难。虽然他也曾把自己喻为一个“经笼罩、受索网、苍翎毛老野鸡,踏踏的阵马儿熟,经了些窝弓、冷

① 见明·臧晋叔《元曲选序》。
② 见明·臧晋叔《元曲选序》。
③ 书会:元代戏曲、说唱、小说作者组织的团体。玉京书会是当时北京最著名的书会。
④ 勾栏:宋元时说书、演戏、玩杂技的场所。
⑤ 见明·臧晋叔《元曲选序》。
⑥ 见关汉卿【南吕·一枝花】《不伏老》。
⑦ 见关汉卿【南吕·一枝花】《不伏老》。

箭、蜡枪头"[1]，但他却总能用笙歌掩盖痛楚，用疏狂遮蔽牢骚，通过艺术创作去表现那个时代民族压迫的痛苦和对统治者的批判。

生活，迫使关汉卿进入到下层民众中间，跟他们接近与融合。这种接近和融合，对他的思想和创作产生了深刻的影响：不仅铸就他桀傲不驯的性格，使他成为当时虽饱经沧桑却最为清醒的一个；而且使他能以如椽大笔泼墨铺写，用杂剧这一形式为小民百姓伸张正义、发抒悲愤，为青楼歌女叙写苦乐辛酸，为落魄书生排遣牢骚愁肠，对黑暗社会张笔挞伐，使贪官污吏、权豪势要的丑恶面目暴露无遗。正是这样的艺术实践，奠定了关汉卿在我国文学史与戏曲史上作为最早的伟大戏剧家的崇高地位。

关汉卿熟悉舞台，表演经验丰富，对当时市井瓦舍流行的各种民间技艺尤其熟悉和热爱。因此，他的剧本艺术成就很高，十分适合演出，而不只是供案头阅读的作品。在元代戏曲家中，他的创作最为丰盛。他一生共创作了六十多本杂剧，全本流传下来的计十八本。他的杂剧作品，既有杰出的悲剧和喜剧，也有英雄剧、公案剧，品类丰富，题材广泛，具有高度的思想成就和艺术价值。

关汉卿的最著名的悲剧是《窦娥冤》（全名《感天动地窦娥冤》）。它描写了一个社会底层的妇女窦娥一生惨痛的生活遭遇以及她对恶势力誓死不屈的抗争，揭露了"官吏每（们）无心正法，使百姓有口难言"的社会黑暗和"为善的受贫穷命更短，造恶的享富贵又寿延"的现实不公，具有异常深刻的思想意义。

---

① 见关汉卿【南吕・一枝花】《不伏老》。

窦娥是一位善良贞烈的妇女，在社会道德理想和一般民众的愿望之中，理当得到善的结局。但由于恶棍陷害和贪官枉法，却蒙受了“十恶不赦”的罪名而被杀头。这是一个应当得到善报的“历史的必然要求和这个要求实际上不可能实现”[①]的巨大矛盾。而正是这个矛盾，构成了激动人心的悲剧要求。关汉卿的其他作品，如著名悲剧《赵氏孤儿》中赵家一门忠良却惨遭杀戮，《精忠记》中岳飞精忠报国而屈死风波亭，都正是由这样的范式构成了一幕幕悲剧。《窦娥冤》所揭示的善恶行为及其结局，是中国人极为关心的社会和人生课题。关汉卿成功地用戏剧形式表达了他对这一课题的严肃思考，从而使《窦娥冤》的悲剧意义远远超越了单纯的冤狱范围。

除《窦娥冤》外，关汉卿较有特色的悲剧作品还有《鲁斋郎》（全名《包待制智斩鲁斋郎》）、《蝴蝶梦》（全名《包待制三勘蝴蝶梦》）、《西蜀梦》（全名《关张双赴西蜀梦》）、《哭存孝》（全名《邓夫人苦痛哭存孝》）等。在这类作品中，以《鲁斋郎》的思想意义最为突出。它揭示了在皇亲国戚、恶霸淫棍统治的世界上，人的自我价值荡然无存，妇女更是统治者侮辱践踏的对象。鲁斋郎先是抢了银匠李四之妻，后来又看中六案孔目张珪的妻子。为了满足自己的淫欲，他甚至强横地要张珪自己乖乖地送妻上门；作为赏赐，又再把李妻给了张珪。鲁斋郎持强逞暴，人行兽事，逼得李张两家妻离子散。直到十五年后包待制审案，先以“鱼齐即”之名向皇帝报告其夺人妻女、苦害良民的罪行，取得皇帝批准，然后添点加画，再将“鱼齐即”改成“鲁斋

① 恩格斯：《致斐·拉萨尔》，《马克思恩格斯选集》第四卷，第 346 页。

郎”，才瞒过皇帝，终于斩了这个恶贯满盈的家伙。剧作者的意旨十分明确：像鲁斋郎这样的恶棍，原来是受到皇帝庇护的；他之所以能为所欲为，长期逍遥法外，就是因为有最高统治者作后盾。可以看出，关汉卿这出剧的批判锋芒，是直接指向封建统治集团本身的。

关汉卿的喜剧创作也达到了极高的成就。他的喜剧主要以歌颂性喜剧为主，与西方以讽刺性为主的喜剧作品相比，具有鲜明的特色。

关汉卿喜剧中最有代表性的作品是《救风尘》（全名《赵盼儿风月救风尘》）和《望江亭》（全名《望江亭中秋切脍》）。《救风尘》描写了风尘妓女赵盼儿见义勇为，救助烟花姊妹宋引章、制伏玩弄女性的浪荡子弟周舍的故事。在剧中主人公赵盼儿身上，表现了一种下层人物的高贵品质，即所谓同路人的义气。这种义气，向来是下层人民借以团结互助、进行反压迫斗争的精神武器。关汉卿把它体现在向来没有引起人们注意的普通妓女身上，并且以歌颂的笔触加以展示，增强了这出喜剧的思想意义。

《望江亭》是一出歌颂良善、抨击权豪势要的喜剧。剧中的年轻寡妇谭记儿，聪明漂亮，有胆有识。她不顾封建礼教的束缚，改嫁潭州地方官白士中。在权豪势要杨衙内带了势剑金牌来潭州杀人夺妻的危急关头，又扮作渔妇来到望江亭上。她利用杨衙内的好色贪杯，巧施手段，拿走了他的势剑金牌和逮人文书，使气势汹汹的杨衙内转眼间落到受人“切脍”境地，得到了应得的惩罚。

在关汉卿创作的喜剧作品中，有两类作品值得注意：一类是像《救风尘》一样描写妓女生活的风情喜剧，如《谢天香》（全名《钱大尹智宠谢天香》)、《金线池》(全名《杜蕊娘智赏金线池》)。在这类题材的作品中,作家始终表现出对被侮辱与被损害妇女命运的深刻同情与关心。他在表现这些处于社会底层的女性品格、情操、聪明才智和痛苦不幸的时候,总是把批判的矛头指向罪恶的卖淫制度。即使这些剧作都是以喜剧性的团圆收场,但留给人们的却是含泪的笑。

关汉卿喜剧中的另一类作品,是以爱情婚姻为题材的喜剧,如《拜月亭》(全名《闺怨佳人拜月亭》)、《诈妮子》(全名《诈妮子调风月》)、《玉镜台》(全名《温太真玉镜台》)。

《拜月亭》的剧情是在兵荒马乱的背景下展开的。少女王瑞兰,随母逃难。与母失散后,遇上书生蒋世隆。二人患难相助,终于在他人的撮合下结为夫妻。其父官为尚书,出使归来,客店中父女相逢。王父因见蒋世隆是一个穷秀才,竟强迫女儿丢下患病的女婿而去。瑞兰回家后,思念丈夫,抱怨父亲,却又不敢表露出来,只能在夜深人静之际对月祷告,祈求幸福。后来蒋世隆中了状元,王父招他为婿,见面之后,才知他就是客店中被弃的穷书生。这出剧摆脱了一般才子佳人戏的俗套,集中表现了进步的婚姻观与反封建门第制度的思想。全剧主题严肃,艺术性高。尤其是剧作者通过一系列的巧合、奇遇、误会、意外等偶然性事件安排剧情,既显示出缜密的构思,又为全剧带来一连串的喜剧效果。加上该剧在主要人物形象塑造上的成功,所以历来受到人们的称誉。

《诈妮子》的女主角燕燕,是女真贵族家的一个婢女。老夫人家新来尚书之子小千户,燕燕受命服侍,受到小千户挑逗引诱,坠入情网,怀着作一个"世袭千户的小夫人"的梦想,竟委身于小千户。但不久后，小千户郊外踏青，又与贵族小姐莺莺相识定情。燕燕发觉小千户心有他属，无比痛悔，决心与小千户一刀两断。哪知小千户又怂恿老夫人让燕燕替他向莺莺说亲，这更增添了燕燕的痛苦。最后，她向老夫人诉说了自己的痛苦和怨恨，结果是由相公、夫人出面，把燕燕许给小千户做小夫人。本剧虽然是喜剧性的，但在喜剧性的场面中，却渗透了悲剧的意蕴。如燕燕发现小千户“辜恩负德”、想起自己黯淡的前途时，唱了下面二支曲子：

> 明日索一般供与他衣袂穿，一般过与他茶饭吃，到晚送得他被底成双睡。他做成暖帐三更梦，我拨尽寒炉一夜灰。有句话存心记：则愿得辜恩负德，一个个荫子封妻！
>
> ——【三煞】
>
> 出门来一脚高一脚低，自不觉鞋底儿着田地。痛怜心除他外谁根前说，气夯破肚别人行怎又不敢提。独自向银蟾底，则道是孤鸿伴影，几时吃四马攒蹄！
>
> ——【二煞】

尽管受了小千户的欺骗，身为婢女的燕燕却仍然必须给他供衣送饭，让他“暖帐三更梦”，而自己则只能在寒炉旁独自挨过寂寞长夜，满腹怨怀而不敢在人前诉说。这就是婢女们的悲剧。

本书没有选译《拜月亭》和《诈妮子》，因为这两个剧本大部分宾白不存，不便于今天的读者阅读。虽然如此，《拜月亭》和《诈妮子》

仍不失为关汉卿杂剧中的珍品。这一点，又是需向读者说明的。

关汉卿的喜剧作品不仅数量较多，而且艺术成就也很高。它们往往不同于一般轻松嬉谑的喜剧，或渗入悲剧性的情节，或包含沉重的意蕴。尤其是以妓女为题材的剧作中，无不潜藏着对被侮辱与被损害女性痛苦和磨难的深刻揭露。在这个意义上，可以说关汉卿喜剧中引发出的笑，真正是含泪的笑。即使像《玉镜台》这样较为轻松的喜剧，也揭示了女性婚姻的不幸，渗透着悲剧的成分。而这种悲喜交融的戏剧现象，可以视作中国传统喜剧的一个重要特色。

关汉卿的杂剧作品除了上述悲剧和喜剧外，他的英雄剧和公案剧也很出色。选入本书的《单刀会》（全名《关大王独赴单刀会》）是关汉卿最著名的英雄剧。该剧写关羽（云长）明知鲁肃请宴是不怀好意，但依然单刀赴会，豪气凌云。剧本竭其能事地渲染了关云长大智大勇、叱咤风云的英雄气概。如第四折中，关羽纵目大江，吊古览今，一曲【新水令】真是“豪气三千丈”：

> 大江东去浪千叠，引着这数十人，驾着这小舟一叶。又不比九重龙凤阙，可正是千丈虎狼穴。大丈夫心别，我觑这单刀会似赛村社。

这一段唱词，雄浑、豪放，集中而又概括，高度形象地展示了关羽在即将到来的一场险恶斗争前那种一往无前的英雄气概。如果说【新水令】是直露关羽的英雄襟抱，那么紧接着的一曲【驻马听】，则是通过英雄的浩叹，把人引进了对当年赤壁鏖战的血与火的追思：

水涌山叠。年少周郎何处也？不觉的灰飞烟灭，可怜黄盖转伤嗟。破曹的樯橹一时绝，鏖兵的江水犹然热，好教我情惨切！（云）这也不是江水，（唱）二十年流不尽的英雄血！

赤壁一战决定了最终三分天下，魏、蜀、吴从此鼎立争雄。面临当年赤壁鏖兵之地，追想二十年前的英雄人物，抚今追昔，临江怀思，怎能不让人感慨万千！两支曲牌借用苏轼《念奴娇·赤壁怀古》的语言和意境，又融入剧作者对历史的深沉浩叹，成为表现英雄壮怀的千古绝唱，展示了关汉卿杂剧创作无与伦比的思想艺术魅力。

关汉卿的杂剧创作取得了卓越的艺术成就。具体而言，首先是他习惯于把塑造正面人物形象放在创作的首位。这些人物，在剧中纷至沓来，各逞风貌，显示了绝不雷同的性格特征：赵盼儿的任侠仗义，谭记儿的机警自信，王瑞兰的温柔多情，窦娥的善良坚贞，关云长的大智大勇……在中国戏剧史上，还没有一位戏曲作家像关汉卿这样塑造了如此众多而又个性鲜明的艺术形象。特别是出现在作者杂剧中的一大批受摧残、遭欺凌的下层妇女形象，在中国古典文学的艺术画廊中占据了光辉耀眼的地位，构成"衣被百代"的艺术典型。

在处理戏剧冲突方面，关汉卿善于提炼激动人心的戏剧情节，其杂剧结构大都紧凑集中，不枝不蔓，主次分明。如《窦娥冤》将恶霸、官府的横行枉法，下层妇女的饱受残害与不屈抗争，浓缩于一桩冤案，并沿着这桩冤案发生、发展和形成的主线，展开了剧作者对人物的刻画和主题的揭示。它除了用"楔子"作序幕，交代窦娥身世外，接下去四折都环环紧扣，使戏剧冲突一步步趋向高潮。至于窦娥结婚、丈夫病死等事件，都只用一笔带过，甚至连窦娥丈夫的名字也吝于交代。这样简笔叙述，惜墨如金，使得剧情集中，主干清楚，题旨突出，给人深刻的印象。

值得指出的是，关汉卿特别善于安排剧情的逆转与对比。如《救风尘》和《望江亭》，开始时都巧用伏笔，制造悬念，着意铺垫，使观众对剧中主人公的命运担心万分，急欲知道后事。剧情逐渐发展到全剧高潮，随着剧作者对主人公果敢智慧的倾力表现，事件的铺展竟戛然逆转：戏剧开始时的强大者反落到失败者的尴尬境地，弱小的一方则成为真正的胜利者。剧作者处理这样的转化心手如一，点化无迹，而带来的是十分强烈的戏剧效果。

关汉卿是一位语言大师。他汲取了大量生动的民间口语、俗语，同时又熔铸了典雅简洁的诗赋词汇，创造出一种生动流畅、本色行当的语言风格。这首先表现为人物语言的性格化。如窦娥的朴素无华，赵盼儿的利落老辣，谭记儿的机警善变，都符合人物身份和性格。而同是反面人物，周舍的语言干净利落，完全是老狎客的口吻；杨衙内出语粗鄙，有时却又附庸风雅；张驴儿的言辞则流里流气，切合他那流氓无赖的性格。关汉卿杂剧语言的这种风格，使他有别于白朴、王实甫等“文采派”的杂剧作家，而被推尊为“本色派”的首席作家，对后世产生了很大的影响。

关汉卿是一位熟悉舞台艺术的戏曲家。他把唱词念白安排得恰到好处，自然熨贴，曲白相生，富于潜台词。由于他的许多曲白，今天读来依然流畅易晓，所以本书译文中，只要今天的读者能看懂的地方，即不再强作翻译，以便将关汉卿杂剧语言所特有的韵味尽可能多地转达给读者。为方便读者阅读了解，译注者另拟“人物表”，置于每出(折)译文之前。

限于篇幅，本书只选译了关汉卿的两个完整的剧本和一些单折。所幸目前国内已有几家出版社分别出版了由不同专家校注的《关汉卿全集》，想要了解关汉卿作品全貌的读者，不妨找来一读。

黄仕忠(中山大学中国古文献研究所)

感天动地窦娥冤（全本）

这是元代杂剧中最负盛名的悲剧作品。

剧中叙述的是一件冤狱故事：贫穷儒士窦天章的女儿窦娥，三岁丧母，七岁离父，因抵债被送给蔡家做童养媳。十七岁婚配，不到两年丈夫夭亡，婆媳双双守寡，相依为命。流氓张驴儿父子闯来，想霸占她们婆媳俩，受到窦娥的严辞拒绝。张驴儿逼婚失败，就企图药死蔡婆婆，以便威逼窦娥允婚就范，不料反而误害死自己的父亲。张驴儿借势以药死公公的罪名诬陷窦娥。窦娥不服，与张驴儿对簿公堂。贪官桃杌不问情由，竟对窦娥婆媳施刑拷打。窦娥为了使婆婆免遭毒刑，被迫屈招，最后被问成死罪，惨遭刑戮。死后怨愤冲天，鬼魂诉冤，终于使邪恶受惩，冤案昭雪。

俗语云："衙门自古向南开，就中无个不冤哉！"从文学的角度讲，并不是每一件冤案都可以写成悲剧的。窦娥的冤案之所以感天动地，是因为她是如此的善良和孝顺，又是那样的刚强，不畏强暴。在关汉卿看来，正因为这样善良的女性惨遭毁灭，才会感动天地。剧中写窦娥死后怨气冲天，致使盛夏飞雪、血溅练旗、楚州大旱三年，她生前的三桩誓愿都成为现实，证明窦娥冤大屈深，从而创造出浓厚的悲剧气氛，淋漓尽致地表达了全剧的主题，使剧作获得艺术升华。

楔　子[①]

（卜儿[②]蔡婆婆上，诗云）花有重开日，人无再少年。不须长富贵，安乐是神仙[③]。老身蔡婆婆是也，楚州[④]人氏。嫡亲三口儿家属。不幸夫主亡逝已过，止有一个孩儿，年长八岁。俺娘儿两个，过其日月。家中颇有些钱财。这里一个窦秀才，从去年问我借了二十两银子，如今本利该银四十两。我数次索取，那窦秀才只说贫难，没得还我。他有一个女儿，今年七岁，生得可喜，长得可爱，我有心看上他，与我家做个媳妇，就准了这四十两银子，岂不两得其便。他说今日好日辰，亲送女儿到我家来。老身且不索钱去，专在家中等候。这早晚窦秀才敢待来也。

（冲末[⑤]扮窦天章引正旦[⑥]扮端云上，诗云）读尽缥缃万卷书[⑦]，可怜贫杀马相如[⑧]。汉庭一日承恩召，不说当垆说《子虚》[⑨]。小生姓窦，名天章，祖贯长安京兆[⑩]人也。幼习儒业，饱有文章，争奈时运不通[⑪]，功名未遂。不幸浑家亡化已过，撇下这个女孩儿，小字端云。从三岁上亡了他母亲，如今孩儿七岁了也。小生一贫如洗，流落在这楚州居住。此间一个蔡婆婆，他家广有钱物。小生因无盘缠[12]，曾借了他二十两银子，到今本利该对还他四十两。他数次问小生索取，教我把甚么还他？谁想蔡婆婆常常着人来说，要小生女孩儿做他儿媳妇。况如今春榜动，选场开[13]，正待上朝取应[14]，又苦盘缠缺少。小生出于无奈，只得将女孩儿端云，送与蔡婆婆做儿媳妇去。（做叹科[15]，云）嗨，这个那里是做媳妇？分明是卖与他一般。就准了他那先借的四十两银子，分外但得些少东西，勾小生应举之费，便也过望了。说话之间，早来到他家门首。婆婆在家么？

（卜儿上，云）秀才请家里坐，老身等候多时也。

（做相见科）

（窦天章云）小生今日一径的将女孩儿送来与婆婆，怎敢说做媳妇，只与婆婆早晚使用。小生目下就要上朝进取功名去，留下女孩儿在此，只望婆婆看觑则个[16]。

（卜儿云）这等，你是我亲家了。你本利少我四十两银子，兀的[17]是借钱的文书，还了你；再送与你十两银子做盘缠。亲家，你休嫌轻少。

（窦天章做谢科，云）多谢了婆婆。先少你许多银子，都不要我还了，今又送我盘缠，此恩异日必当重报。婆婆，女孩儿早晚呆痴，看小生薄面，看觑女孩儿咱。

（卜儿云）亲家，这不消你嘱咐，令爱到我家，就做亲女儿一般看承他，你只管放心的去。

（窦天章云）婆婆，端云孩儿该打呵，看小生面则[18]骂几句；当骂呵，则处分[19]几句。孩儿，你也不比在我跟前，我是你亲爷，将就的你。你如今在这里，早晚若顽劣呵，你只讨那打骂吃。儿嚛，我也是出于无奈。（做悲科，唱）

【仙吕赏花时[20]】我也只为无计营生四壁贫，因此上割舍得亲儿在两处分。从今日远践洛阳[21]尘，又不知归期定准，则落的无语暗消魂[22]。（下）

（卜儿云）窦秀才留下他这女孩儿与我做媳妇儿，他一径上朝应举去了。

（正旦做悲科，云）爹爹，你直下的[23]撇了我孩儿去也！

（卜儿云）媳妇儿，你在我家，我是亲婆，你是亲媳妇，只当自家骨肉一般。你不要啼哭，跟着老身前后执料去来[24]。（同下）

第一折[25]

(净扮赛卢医[26]上，诗云)行医有斟酌，下药依《本草》[27]。死的医不活，活的医死了。自家姓卢，人道我一手好医，都叫做赛卢医，在这山阳县南门开着生药局。在城有个蔡婆婆，我问他借了十两银子，本利该还他二十两。数次来讨这银子，我又无的还他。若不来便罢，若来呵，我自有个主意。我且在这药铺中坐下，看有甚么人来。

(卜儿上，云)老身蔡婆婆。我一向搬在山阳县居住，尽也静办[28]。自十三年前，窦天章秀才留下端云孩儿，与我做儿媳妇，改了他小名，唤做窦娥。自成亲之后，不上二年，不想我这孩儿害弱症[29]死了。媳妇儿守寡，又早三个年头，服孝将除了也。我和媳妇儿说知，我往城外赛卢医家索钱去也。(做行科，云)蓦过隅头[30]，转过屋角，早来到他家门首。赛卢医在家么？

(卢医云)婆婆，家里来。

(卜儿云)我这两个银子长远了，你还了我罢。

(卢医云)婆婆，我家里无银子，你跟我庄上去取银子还你。

(卜儿云)我跟你去。

(做行科)

(卢医云)来到此处,东也无人,西也无人,这里不下手,等甚么?我随身带的有绳子。兀那婆婆,谁唤你哩?

(卜儿云)在那里?

(做勒卜儿科)(孛老[31]同副净张驴儿冲上[32])(赛卢医慌走下)(孛老救卜儿科)

(张驴儿云)爹,是个婆婆,争些[33]勒杀了。

(孛老云)兀那婆婆,你是那里人氏?姓甚名谁?因甚着这个人将你勒死?

(卜儿云)老身姓蔡,在城人氏,止有个寡媳妇儿相守过日。因为赛卢医少我二十两银子,今日与他取讨。谁想他赚我到无人去处,要勒死我,赖这银子。若不是遇着老的和哥哥呵,那得老身性命来。

(张驴儿云)爹,你听的他说么?他家还有个媳妇哩!救了他性命,他少不得要谢我。不若你要这婆子,我要他媳妇儿,何等两便。你和他说去。

(孛老云)兀那婆婆,你无丈夫,我无浑家,你肯与我做个老婆,意下如何?

(卜儿云)是何言语!待我回家,多备些钱钞相谢。

(张驴儿云)你敢[34]是不肯,故意将钱钞哄我?赛卢医的绳子还在,我仍旧勒死了你罢。(做拿绳科)

(卜儿云)哥哥,待我慢慢地寻思咱。

(张驴儿云)你寻思些甚么？你随我老子，我便要你媳妇儿。

(卜儿背云[35])我不依他，他又勒杀我。罢罢罢，你爷儿两个随我到家中去来。(同下)

(正旦上，云)妾身姓窦，小字端云，祖居楚州人氏。我三岁上亡了母亲，七岁上离了父亲。俺父亲将我嫁与蔡婆婆为儿媳妇，改名窦娥，至十七岁与夫成亲。不幸丈夫亡化，可早三年光景，我今二十岁也。这南门外有个赛卢医，他少俺婆婆银子，本利该二十两，数次索取不还，今日俺婆婆亲自索取去了。窦娥也，你这命好苦也呵！(唱)

【仙吕点绛唇[36]】满腹闲愁，数年禁受[37]，天知否？天若是知我情由，怕不待和天瘦。

【混江龙】则问那黄昏白昼，两般儿忘餐废寝几时休？大都[38]来昨宵梦里，和着这今日心头。催人泪的是锦烂熳花枝横绣闼[39]，断人肠的是剔团圞月色挂妆楼。长则是急煎煎按不住意中焦，闷沉沉展不彻眉尖皱，越觉的情怀冗冗，心绪悠悠。

(云)似这等忧愁，不知几时是了也呵！(唱)

【油葫芦】莫不是八字儿该载着一世忧，谁似我无尽头！须知道人心不似水长流。我从三岁母亲身亡后，到七岁与父分离久，嫁的个同住人，他可又拔着短筹[40]；撇的俺婆妇每[41]都把空房守，端的个有谁问、有谁偢[42]？

【天下乐】莫不是前世里烧香不到头，今也波生[43]招祸尤？劝今人早将来世修[44]。我将这婆侍养，我将这服孝守，我言词须应口[45]。

(云)婆婆索钱去了，怎生这早晚不见回来？(卜儿同孛老、张驴儿上)

(卜儿云)你爷儿两个且在门首，等我先进去。

(张驴儿云)奶奶，你先进去，就说女婿在门首哩。

(卜儿见正旦科)(正旦云)奶奶回来了，你吃饭么？

(卜儿做哭科，云)孩儿也，你教我怎生说波！

(正旦唱)

【一半儿】为甚么泪漫漫不住点儿流？莫不是为索债与人家惹争斗？我这里连忙迎接慌问候，他那里要说缘由。（卜儿云）羞人答答的，教我怎生说波！（正旦唱）则见他一半儿徘徊一半儿丑[46]。

(云)婆婆,你为甚么烦恼啼哭那?

(卜儿云)我问赛卢医讨银子去,他赚我到无人去处,行起凶来,要勒死我。亏了一个张老并他儿子张驴儿,救得我性命。那张老就要我招他做丈夫,因这等烦恼。

(正旦云)婆婆,这个怕不中么?你再寻思咱:俺家里又不是没有饭吃,没有衣穿,又不是少欠钱债,被人催逼不过;况你年纪高大,六十以外的人,怎生又招丈夫那?

(卜儿云)孩儿也,你说的岂不是,但是我的性命全亏他这爷儿两个救的。我也曾说道:待我到家,多将些钱物,酬谢你救命之恩。不知他怎生知道我家里有个媳妇儿,道我婆媳妇又没老公,他爷儿两个又没老婆,正是天缘天对。若不随顺他,依旧要勒死我。那时节我就慌张了,莫说自己许了他,连你也许了他。儿也,这也是出于无奈。

(正旦云)婆婆,你听我说波。(唱)

【后庭花】遇时辰我替你忧,拜家堂我替你愁;梳着个霜雪般白鬏髻,怎戴那销金锦盖头?怪不的女大不中留。你如今六旬左右,可不道到中年万

事休！旧恩爱一笔勾，新夫妻两意投，枉教人笑破口。

(卜儿云)我的性命都是他爷儿两个救的，事到如今，也顾不得别人笑话了。

(正旦唱)

【青哥儿】你虽然是得他、得他营救，须不是笋条[47]、笋条年幼，划的[48]便巧画蛾眉成配偶！想当初你夫主遗留，替你图谋，置下田畴，早晚羹粥，寒暑衣裘，满望你鳏寡孤独，无捱无靠，母子每到白头。公公也，则落得干生受[49]！

(卜儿云)孩儿也，他如今只待过门，喜事匆匆的，教我怎生回得他去？

(正旦唱)

【寄生草】你道他匆匆喜，我替你倒细细愁：愁则愁兴阑珊咽不下交欢酒，愁则愁眼昏腾扭不上同心扣，愁则愁意朦胧睡不稳芙蓉褥。你待要笙歌引至画堂前[50]，我道这姻缘敢落在他人后。

(卜儿云)孩儿也,再不要说我了,他爷儿两个都在门首等候,事已至此,不若连你也招了女婿罢。

(正旦云)婆婆,你要招你自招,我并然不要女婿。

(卜儿云)那个是要女婿的!争奈他爷儿两个自家挨过门来,教我如何是好?

(张驴儿云)我们今日招过门去也。帽儿光光,今日做个新郎;袖儿窄窄,今日做个娇客。好女婿,好女婿,不枉了,不枉了。(同孛老入拜科)

(正旦做不礼科,云)兀那厮,靠后!(唱)

【赚煞】我想这妇人每休信那男儿口。婆婆也怕没的贞心儿自守,到今日招着个村老子,领着个半死囚。

(张驴儿做嘴脸[51]科,云)你看我爷儿两个这等身段,尽也选得女婿过。你不要错过了好时辰,我和你早些儿拜堂罢。

(正旦不礼科,唱)则被你坑杀人燕侣莺俦[52]。婆婆也,你岂不知羞!俺公公撞府冲州,阘阓的铜斗儿家缘[53]百事有。想着俺公公置就,怎忍教张驴儿情受?(张驴儿做扯正旦拜科,正旦推跌科,唱)兀的不是俺没丈夫的妇女下场头[54]!(下)

(卜儿云)你老人家不要恼躁[55]。难道你有活命之恩,我岂不思量报你?只是我那媳妇儿气性最不好惹的,既是他不肯招你儿子,教我怎好招你老人家?我如今拼的好酒好饭养你爷儿两个在家,待我慢慢的劝化俺媳妇儿。待他有个回心转意,再作区处。(张驴儿云)这歪剌骨[56]!便是黄花女儿[57],刚刚扯的一把,也不消这等使性,平空的推了我一交,我肯干罢!就当面赌个誓与你:我今生今世不要他做老婆,我也不算好男子!(词[58]云)美妇人我见过万千向外,不似这小妮子生得十分惫赖[59]。我救了你老性命死里重生,怎割舍得不肯把肉身陪待?(同下)

第二折

(赛卢医上,诗云)小子太医出身,也不知道医死多人。何尝怕人告发,关了一日店门?在城有个蔡家婆子,刚少的他二十两花银,屡屡亲来索取,争些捻[60]断脊筋。也是我一时智短,将他赚到荒村,撞见两个不识姓名男子,一声嚷道:"浪荡乾坤,怎敢行凶撒泼,擅自勒死平民!"吓得我丢了绳索,放开脚步飞奔。虽然一夜无事,终觉失精落魂。方知人命关天关地,如何看做壁上灰尘?从今改过行业,要得灭罪修因[61]。将以前医死的性命,一个个都与他一卷超度[62]的经文。小子赛卢医的便是。只为要赖蔡婆婆二十两银子，赚他到荒僻去处，正待勒死他，谁想遇见两个汉子，救了他去。若是再来讨债时节，教我怎生见他？常言道的好："三十六计，走为上计。"喜得我是孤身，又无家小连累，不若收拾了细软[63]行李，打个包儿，悄悄的躲到别处，另做营生，岂不干净？

(张驴儿上，云)自家张驴儿。可奈那窦娥百般的不肯随顺我。如今那老婆子害病，我讨服毒药与他吃了，药死那老婆子，这小妮子好歹做我的老婆。(做行科，云)且住，城里人耳目广，口舌多，倘见我讨毒药，可不嚷出事来？我前日看见南门外有个药铺，此处冷静，正好讨药。(做到科，叫云)太医哥哥，我来讨药的。

(赛卢医云)你讨甚么药？

(张驴儿云)我讨服毒药。

(赛卢医云)谁敢合[64]毒药与你？这厮好大胆也！

(张驴儿云)你真个不肯与我药么？

(赛卢医云)我不与你，你就怎地我？

(张驴儿做拖卢云)好呀，前日谋死蔡婆婆的，不是你来？你说我不认的你哩，我拖你见官去！

(赛卢医做慌科，云)大哥，你放我，有药有药。(做与药科)

(张驴儿云)既然有了药,且饶你罢。正是:"得放手时须放手,得饶人处且饶人。"(下)

(赛卢医云)可不悔气!刚刚讨药的这人,就是救那婆子的。我今日与了他这服毒药去了,以后事发,越越要连累我。趁早儿关上药铺,到涿州[65]卖老鼠药去也。(下)

(卜儿上,做病伏几科)(孛老同张驴儿上,云)老汉自到蔡婆婆家来,本望做个接脚[66],却被他媳妇坚执不从。那婆婆一向收留俺爷儿两个在家同住,只说好事不在忙,等慢慢里劝转他媳妇,谁想那婆婆又害起病来。孩儿,你可曾算我两个的八字,红鸾天喜[67],几时到命哩?

(张驴儿云)要看什么天喜到命!只赌本事,做得去,自去做。

(孛老云)孩儿也,蔡婆婆害病好几日了,我与你去问病波。(做见卜儿问科,云)婆婆,你今日病体如何?

(卜儿云)我身子十分不快哩。

(孛老云)你可想些甚么吃?

(卜儿云)我思量些羊肚儿汤吃。

(孛老云)孩儿,你对窦娥说,做些羊肚儿汤与婆婆吃。

（张驴儿向古门[68]云）窦娥，婆婆想羊肚儿汤吃，快安排将来。

（正旦持汤上，云）妾身窦娥是也。有俺婆婆不快，想羊肚汤吃，我亲自安排了与婆婆吃去。婆婆也，我这寡妇人家，凡事也要避些嫌疑，怎好收留那张驴儿父子两个？非亲非眷的，一家儿同住，岂不惹外人谈议？婆婆也，你莫要背地里许了他亲事，连我也累做不清不洁的。我想这妇人心好难保也呵！（唱）

【南吕一枝花】他则待一生鸳帐眠，那里肯半夜空房睡？他本是张郎妇，又做了李郎妻。有一等妇女每相随，并不说家克计，则打听些闲是非。说一会不明白打凤[69]的机关，使了些调虚嚣捞龙的见识。

【梁州第七】这一个似卓氏[70]般当垆涤器，这一个似孟光般举案齐眉[71]，说的来藏头盖脚多伶俐！道着难晓，做出才知。旧恩忘却，新爱偏宜。坟头上土脉犹湿，架儿上又换新衣。那里有奔丧处哭倒长城[72]？那里有浣纱时甘投大水[73]？那里有上山来便化顽石[74]？可悲，可耻！妇人家直恁的无

仁义，多淫奔[75]，少志气。亏杀前人在那里，更休说百步相随[76]。

(云)婆婆,羊肚儿汤做成了,你吃些儿波。

(张驴儿云)等我拿去。(做接尝科,云)这里面少些盐醋,你去取来。

(正旦下)(张驴儿放药科)

(正旦上,云)这不是盐醋?

(张驴儿云)你倾下些。

(正旦唱)

【隔尾】你说道少盐欠醋无滋味，加料添椒才脆美。但愿娘亲早痊济，饮羹汤一杯，胜甘露灌体，得一个身子平安倒大来[77]喜。

(孛老云)孩儿,羊肚汤有了不曾?

(张驴儿云)汤有了,你拿过去。

(孛老将汤云)婆婆,你吃些汤儿。

(卜儿云)有累你。(做呕科,云)我如今打呕,不要这汤吃了,你老人家吃罢。

(孛老云)这汤特做来与你吃的,便不要吃,也吃一口儿。

(卜儿云)我不吃了,你老人家请吃。(孛老吃科)

(正旦唱)

【贺新郎】一个道你请吃，一个道婆先吃，这言语听也难听，我可是气也不气！想他家与咱家有甚的亲和戚？怎不记旧日夫妻情意，也曾有百纵千随？婆婆也，你莫不为黄金浮世宝，白发故人稀[78]，因此上把旧恩情全不比新知契？则待要百年同墓穴，那里肯千里送寒衣。

(孛老云)我吃下这汤去,怎觉昏昏沉沉的起来?(做倒科)

(卜儿慌科,云)你老人家放精细[79]着,你扎挣着些儿。(做哭科,云)兀的不是死了也!

(正旦唱)

【斗虾蟆】空悲戚，没理会，人生死，是轮回[80]。感着这般病疾，值着这般时势，可是风寒暑湿，或是饥饱劳役，各人证候自知。人命关天关地，别人怎生替得？寿数非干今世。相守三朝五夕，说

甚一家一计。又无羊酒段匹，又无花红财礼[81]；把手为活过日，撒手如同休弃[82]。不是窦娥忤逆，生怕傍人论议，不如听咱劝你，认个自家悔气。割舍的一具棺材停置，几件布帛收拾。出了咱家门里，送入他家坟地。这不是你那从小儿年纪指脚的夫妻[83]。我其实不关亲，无半点恓惶泪。休得要心如醉，意似痴，便这等嗟嗟怨怨，哭哭啼啼。

（张驴儿云）好也罗！你把我老子药死了，更待干罢！

（卜儿云）孩儿，这事怎了也？

（正旦云）我有什么药？在那里？都是他要盐醋时，自家倾在汤儿里的。（唱）

【隔尾】这厮搬调[84]咱老母收留你，自药死亲爷，待要唬吓谁？

（张驴儿云）我家的老子，倒说是我做儿子的药死了，人也不信。（做叫科，云）四邻八舍听着：窦娥药杀我家老子哩。

（卜儿云）罢么，你不要大惊小怪的，吓杀我也。

（张驴儿云）你可怕么？

（卜儿云）可知怕哩。

（张驴儿云）你要饶么？

（卜儿云）可知要饶哩。

（张驴儿云）你教窦娥随顺了我，叫我三声的的亲亲的丈夫，我便饶了他。

（卜儿云）孩儿也，你随顺了他罢。

（正旦云）婆婆，你怎说这般言语！（唱）我一马难将两鞍鞴[85]，想男儿在日，曾两年匹配，却教我改嫁别人，其实做不得。

（张驴儿云）窦娥，你药杀了俺老子，你要官休，要私休？

（正旦云）怎生是官休？怎生是私休？

（张驴儿云）你要官休呵，拖你到官司，把你三推六问。你这等瘦弱身子，当不过拷打，怕你不招认药死我老子的罪犯！你要私休呵，你早些与我做了老婆，倒也便宜了你。

（正旦云）我又不曾药死你老子，情愿和你见官去来。

（张驴儿拖正旦、卜儿下）

（净扮孤引祗候上[86]，诗云）我做官人胜别人，告状来的要金银。若是上司当刷卷[87]，在家推病不出门。

下官楚州太守桃杌[88]是也。今早升厅坐衙,左右,喝撺厢[89]。(祗候幺喝科)

(张驴儿拖正旦、卜儿上,云)告状告状。

(祗候云)拿过来。(做跪见)

(孤亦跪科,云)请起。

(祗候云)相公,他是告状的,怎生跪着他?

(孤云)你不知道,但来告状的,就是我衣食父母。

(祗候幺喝科)

(孤云)那个是原告?那个是被告?从实说来。

(张驴儿云)小人是原告张驴儿,告这媳妇儿,唤做窦娥,合毒药下在羊肚汤儿里,药死了俺的老子。这个唤做蔡婆婆,就是俺的后母。望大人与小人做主咱。

(孤云)是那一个下的毒药?

(正旦云)不干小妇人事。

(卜儿云)也不干老妇人事。

(张驴儿云)也不干我事。

(孤云)都不是,敢是我下的毒药来?

(正旦云)我婆婆也不是他后母,他自姓张,我家姓蔡。我婆婆因为与赛卢医索钱,被他赚到郊外,勒死我婆婆,却得他爷儿两个救了性命。因此我婆婆收留他爷儿两个在家,养膳终身,报他的恩德。谁知他两个倒起不良之心，冒认婆婆做了接脚，要逼勒小妇人做他媳妇。小妇人元是有丈夫的，服孝未满，坚执不从。适值我婆婆患病，着小妇人安排羊肚儿汤吃。不知张驴儿那里讨得毒药在身，接过汤来，只说少些盐醋，支转小妇人，暗地倾下毒药。也是天幸，我婆婆忽然呕吐，不要汤吃，让与他老子吃，才吃的几口便死了。与小妇人并无干涉。只望大人高抬明镜，替小妇人做主咱。（唱）

【牧羊关】大人你明如镜，清似水，照妾身肝胆虚实。那羹本五味俱全，除了外百事不知。他推道尝滋味，吃下去便昏迷。不是妾讼庭上胡支对，大人也，却教我平白地说甚的？

（张驴儿云）大人详情：他自姓蔡，我自姓张。他婆婆不招俺父亲接脚，他养我父子两个在家做甚么？这媳妇年纪儿虽小，极是个赖骨顽皮，不怕打的。

（孤云）人是贱虫，不打不招。左右，与我选大棍子打着！（祗候打正旦，三次喷水科）

（正旦唱）

【骂玉郎】这无情棍棒教我捱不的。婆婆也，须是你自做下，怨他谁？劝普天下前婚后嫁婆娘每，都看取我这般傍州例[90]。

【感皇恩】呀！是谁人唱叫扬疾[91]，不由我不魄散魂飞。恰消停，才苏醒，又昏迷。捱千般打拷，万种凌逼，一杖下，一道血，一层皮。

【采茶歌】打的我肉都飞，血淋漓，腹中冤枉有谁知！则我这小妇人毒药来从何处也？天那，怎么的覆盆不照太阳晖[92]！

(孤云)你招也不招？

(正旦云)委的[93]不是小妇人下毒药来。

(孤云)既然不是,你与我打那婆子。

(正旦忙云)住住住,休打我婆婆,情愿我招了罢,是我药死公公来。

(孤云)既然招了,着他画了伏状[94],将枷来枷上,下在死囚牢里去。到来日判个斩字,押赴市曹典刑[95]。

(卜儿哭科,云)窦娥孩儿,这都是我送了你性命,兀的不痛杀我也!(正旦唱)

【黄钟尾】我做了个衔冤负屈没头鬼，怎肯便放了

你好色荒淫漏面[96]贼！想人心不可欺，冤枉事天地知，争到头竞到底，到如今待怎的？情愿认药杀公公，与了招罪。婆婆也，我若是不死呵，如何救得你？（随祇候押下）

（张驴儿做叩头科，云）谢青天老爷做主！明日杀了窦娥，才与小人的老子报的冤。

（卜儿哭科，云）明日市曹中杀窦娥孩儿也，兀的不痛杀我也！

（孤云）张驴儿，蔡婆婆都取保状，着随衙[97]听候。左右，打散堂鼓，将马来，回私宅去也。（同下）

第三折

（外[98]扮监斩官上，云）下官监斩官是也。今日处决犯人，着做公的把住巷口[99]，休放往来人闲走。（净扮公人鼓三通、锣三下科）（刽子磨旗[100]提刀，押正旦带枷上）

（刽子云）行动些，行动些，监斩官去法场上多时了。（正旦唱）

【正宫端正好】没来由犯王法，不提防遭刑宪，叫声屈动地惊天！顷刻间游魂先赴森罗殿，怎不将

天地也生埋怨？

【滚绣球】有日月朝暮悬，有鬼神掌着生死权。天地也，只合把清浊分辨，可怎生错看了盗跖颜渊[101]？为善的受贫穷更命短，造恶的享富贵又寿延。天地也，做得个怕硬欺软，却元来也这般顺水推船。地也，你不分好歹何为地？天也，你错勘贤愚枉做天！哎，只落得两泪涟涟。

（刽子云）快行动些，误了时辰也。

（正旦唱）

【倘秀才】则被这枷纽的我左侧右偏，人拥的我前合后偃。我窦娥向哥哥行[102]有句言。

（刽子云）你有甚么话说？

（正旦唱）前街里去心怀恨，后街里去死无冤，休推辞路远。

（刽子云）你如今到法场上面，有甚么亲眷要见的，可教他过来，见你一面也好。

（正旦唱）

【叨叨令】可怜我孤身只影无亲眷，则落得吞声忍气空嗟怨。

（刽子云）难道你爷娘家也没的？

（正旦云）止有个爹爹，十三年前上朝取应去了，至今杳无音信。（唱）早已是十年多不睹爹爹面。

（刽子云）你适才要我往后街里去，是什么主意？

（正旦唱）怕则怕前街里被我婆婆见。

（刽子云）你的性命也顾不得，怕他见怎的？

（正旦云）俺婆婆若见我披枷带锁，赴法场餐刀[103]去呵，（唱）枉将他气杀也么哥，枉将他气杀也么哥[104]！告哥哥，临危好与人行方便。

(卜儿哭上科，云)天那，兀的不是我媳妇儿！

(刽子云)婆子靠后。

(正旦云)既是俺婆婆来了，叫他来，待我嘱付他几句话咱。

(刽子云)那婆子近前来，你媳妇要嘱付你话哩。

(卜儿云)孩儿，痛杀我也！

(正旦云)婆婆，那张驴儿把毒药放在羊肚儿汤里，实指望药死了你，要霸占我为妻。不想婆婆让与他老子吃，倒把他老子药死了。我怕连累婆婆，屈招了药死公公，今日赴法场典刑。婆婆，此后遇着冬时年节，月一十五，有瀽[105]不了的浆水饭，瀽半碗儿与我吃；烧不了的纸钱[106]，与窦娥烧一陌儿[107]。则是看你死的孩儿面上！（唱）

【快活三】念窦娥葫芦提当罪愆[108]，念窦娥身首不完全，念窦娥从前已往干家缘。婆婆也，你只看窦娥少爷无娘面。

【鲍老儿】念窦娥伏侍婆婆这几年，遇时节将碗凉浆奠；你去那受刑法尸骸上烈些纸钱，只当把你亡化的孩儿荐。

（卜儿哭科，云）孩儿放心，这个老身都记得。天那，兀的不痛杀我也！

（正旦唱）婆婆也，再也不要啼啼哭哭，烦烦恼恼，怨气冲天。这都是我做窦娥的没时没运，不明不暗，负屈衔冤。

（刽子做喝科，云）兀那婆子靠后，时辰到了也。（正旦跪科）（刽子开枷科）

（正旦云）窦娥告监斩大人，有一事肯依窦娥，便死而无怨。

(监斩官云)你有甚么事？你说。

(正旦云)要一领净席，等我窦娥站立；又有丈二白练，挂在旗枪[109]上。若是我窦娥委实冤枉，刀过处头落，一腔热血休半点儿沾在地下，都飞在白练上者。

(监斩官云)这个就依你，打甚么不紧[110]。(刽子做取席站科，又取白练挂旗上科)

(正旦唱)

【耍孩儿】不是我窦娥罚下这等无头愿[111]，委实的冤情不浅。若没些儿灵圣与世人传，也不见得湛湛青天。我不要半星热血红尘洒，都只在八尺旗枪素练悬，等他四下里皆瞧见。这就是咱苌弘化碧[112]，望帝啼鹃[113]。

(刽子云)你还有甚的说话？此时不对监斩大人说，几时说那！

(正旦再跪科，云)大人，如今是三伏[114]天道，若窦娥委实冤枉，身死之后，天降三尺瑞雪，遮掩了窦娥尸首。

(监斩官云)这等三伏天道，你便有冲天的怨气，也召不得一片雪来，可不胡说！

（正旦唱）

【二煞】你道是暑气暄，不是那下雪天；岂不闻飞霜六月因邹衍[115]？若果有一腔怨气喷如火，定要感的六出冰花[116]滚似绵，免着我尸骸现；要甚么素车白马[117]，断送出[118]古陌荒阡！

（正旦再跪科，云）大人，我窦娥死的委实冤枉，从今以后，着这楚州亢旱[119]三年！

（监斩官云）打嘴！那有这等说话！

（正旦唱）

【一煞】你道是天公不可期，人心不可怜，不知皇天也肯从人愿。做甚么三年不见甘霖[120]降？也只为东海曾经孝妇冤[121]。如今轮到你山阳县。这都是官吏每无心正法[122]，使百姓有口难言！

（刽子做磨旗科，云）怎么这一会儿天色阴了也？

（内做风科，刽子云）好冷风也！

（正旦唱）

【煞尾】浮云为我阴，悲风为我旋，三桩儿誓愿明题遍。（做哭科，云）婆婆也，直等待雪飞六月，亢旱三年呵，（唱）**那其间才把你个屈死的冤魂这窦娥显。**

(刽子做开刀,正旦倒科)

(监斩官惊云)呀,真个下雪了,有这等异事!

(刽子云)我也道平日杀人,满地都是鲜血,这个窦娥的血都飞在那丈二白练上,并无半点落地,委实奇怪。

(监斩官云)这死罪必有冤枉。早两桩儿应验了,不知亢旱三年的说话,准也不准?且看后来如何。左右,也不必等待雪晴,便与我抬他尸首,还了那蔡婆婆去罢。(众应科,抬尸下)

第四折

(窦天章冠带引丑[123]张千、祗从上,诗云)独立空堂思黯然,高峰月出满林烟。非关有事人难睡,自是惊魂夜不眠。老夫窦天章是也。自离了我那端云孩儿,可早十六年光景。老夫自到京师,一举及第,官拜参知政事[124]。只因老夫廉能清正,节操坚刚,谢圣恩可怜,加老夫两淮提刑肃政廉访使[125]之职,随处审囚刷卷，体察滥官污吏，容老夫先斩后奏。老夫一喜一悲：喜呵，老夫身居台省，职掌刑名，势剑金牌[126]，威权万里；悲呵，有端云孩儿，七岁上与了蔡婆婆为儿媳妇。老夫自得官之后，使人往楚州问蔡婆婆家，他邻里街坊道，自当年蔡婆婆不知搬在那里去了，至今音信皆无。老夫为端云孩儿，啼哭的眼目昏花，忧愁的须发斑白。今日来到这淮南地面，不知这楚州为何三年不雨？老夫今在这州厅安歇。张千，说与那州中大小属官，今日免参，明日早见。（张千向古门云）一应大小属官，今日免参，明日早见。

（窦天章云）张千，说与那六房吏典[127]，但有合刷照文卷，都将来，待老夫灯下看几宗波。（张千送文卷科）（窦天章云）张千，你与我掌上灯。你每都辛苦了，自去歇息罢。我唤你便来，不唤你休来。（张千点灯，同祗从下）

（窦天章云）我将这文卷看几宗咱。"一起犯人窦娥，将毒药致死公公。……"我才看头一宗文卷，就与老夫同姓。这药死公公的罪名，犯在十恶不赦[128]，俺同姓之人也有不畏法度的。这是问结了的文书，不看他罢。我将这文卷压在底下，别看一宗咱。（做打呵欠科，云）不觉的一阵昏沉上来，皆因老夫

年纪高大，鞍马劳困之故。待我搭伏定书案，歇息些儿咱。（做睡科。魂旦[129]上，唱）

【双调新水令】我每日哭啼啼守住望乡台，急煎煎把仇人等待，慢腾腾昏地里走，足律律旋风中来。则被这雾锁云埋，撺掇[130]的鬼魂快。

（魂旦望科，云）门神户尉[131]不放我进去。我是廉访使窦天章女孩儿，因我屈死，父亲不知，特来托一梦与他咱。（唱）

【沉醉东风】我是那提刑的女孩，须不比现世的妖怪，怎不容我到灯影前，却拦截在门桯外[132]？（做叫科，云）我那爷爷呵！（唱）枉自有势剑金牌，把俺这屈死三年的腐骨骸，怎脱离无边苦海？

（做入见哭科）（窦天章亦哭科，云）端云孩儿，你在那里来？（魂旦虚下）

（窦天章做醒科，云）好是奇怪也！老夫才合眼去，梦见端云孩儿，恰便似来我跟前一般；如今在那里？我且再看这文卷咱。

(魂旦上做弄灯科)

(窦天章云)奇怪,我正要看文卷,怎生这灯忽明忽灭的?张千也睡着了,我自己剔灯咱。(做剔灯)

(魂旦翻文卷科)

(窦天章云)我剔的这灯明了也,再看几宗文卷。"一起犯人窦娥,药死公公。……"(做疑怪科,云)这一宗文卷,我为头看过,压在文卷底下,怎生又在这上头?这几时问结了的,还压在底下,我别看一宗文卷波。(魂旦再弄灯科)

(窦天章云)怎么这灯又是半明半暗的?我再剔这灯咱。(做剔灯)(魂旦再翻文卷科)

(窦天章云)我剔的这灯明了,我另拿一宗文卷看咱。"一起犯人窦娥,药死公公。……"呸!好是奇怪!我才将这文书分明压在底下,刚剔了这灯,怎生又翻在面上?莫不是楚州后厅里有鬼么?便无鬼呵,这桩事必有冤枉。将这文卷再压在底下,待我另看一宗如何?

(魂旦又弄灯科。窦天章云)怎生这灯又不明了?敢有鬼弄这灯?我再剔一剔去。(做剔灯科)(魂旦上,做撞见科)

(窦天章举剑击桌科,云)呸!我说有鬼!兀那鬼魂,老夫是朝廷钦差带牌走马肃政廉访使,你向前

来，一剑挥之两段。张千，亏你也睡的着，快起来，有鬼有鬼。兀的不吓杀老夫也！（魂旦唱）

【乔牌儿】则见他疑心儿胡乱猜，听了我这哭声儿转惊骇。哎，你个窦天章直恁的威风大，且受你孩儿窦娥这一拜。

（窦天章云）兀那鬼魂，你道窦天章是你父亲，“受你孩儿窦娥拜”，你敢错认了也？我的女儿叫做端云，七岁上与了蔡婆婆为儿媳妇。你是窦娥，名字差了，怎生是我女孩儿？

（魂旦云）父亲，你将我与了蔡婆婆家，改名做窦娥了也。

（窦天章云）你便是端云孩儿？我不问你别的，这药死公公是你不是？

（魂旦云）是你孩儿来。

（窦天章云）噤声！你这小妮子，老夫为你啼哭的眼也花了，忧愁的头也白了，你刬地犯下十恶大罪，受了典刑！我今日官居台省，职掌刑名，来此两淮审囚刷卷，体察滥官污吏。你是我亲生之女，老夫将你治不的，怎治他人？我当初将你嫁与他家呵，要你三从四德：三从者，在家从父，出嫁从夫，夫死从子；四德者，事公姑，敬夫主，和妯娌，睦街坊。今三从四德全无，划地犯了十恶大罪。我窦家三辈无犯法之男，五世无再婚之女；到今日被你辱没祖宗世德，又连累我的清名。你快与我细吐真情，不要虚言支对。若说的有半厘差错，牒发[133]你城隍祠内，着你永世不得人身，罚在阴山永为饿鬼。

（魂旦云）父亲停嗔息怒，暂罢狼虎之威，听你孩儿慢慢的说一遍咱。我三岁上亡了母亲，七岁上离了父亲，你将我送与蔡婆婆做儿媳妇。至十七岁与夫配合，才得两年，不幸儿夫亡化，和俺婆婆守寡。这山阳县南门外有个赛卢医，他少俺婆婆二十两银子。俺婆婆去取讨，被他赚到郊外，要将婆婆勒死；不想撞见张驴儿父子两个，救了俺婆婆性命。那张驴儿知道我家有个守寡的媳妇，便道："你婆儿媳妇既无丈夫，不若招我父子两个。"俺婆婆初也不肯，那张驴儿道："你若不肯，我依旧勒死你。"俺婆婆惧怕，不得已含糊许了。只得将他父子两个领到家中，养他过世。有张驴儿数次调戏你女孩儿，我坚执不从。那一日俺婆婆身子不快，想羊肚儿汤吃，你孩儿安排了汤。适值张驴儿父子两个问病，道："将汤来我尝一尝。"说："汤便好，只少些盐醋。"赚的我去取盐醋，他就暗地里下了毒药。实指望药杀俺婆婆，要强逼我成亲。不想俺婆婆偶然发呕，不要汤吃，却让与老张吃，随即七窍流血药死了。张驴儿便道："窦娥药死了俺老子，你要官休？要私休？"我便道："怎生是官休？怎生是私休？"他道："要官休，告到官司，你与俺老子偿命；若私休，你便与我做老婆。"你孩儿便道："好马不鞴双鞍，烈女不更二夫。我至死不与你做媳妇，我情愿和你见官去。"他将你孩儿拖到官中，受尽三推六问，吊拷绷扒[134]，便打死孩儿，也不肯认。怎当州官见你孩儿不认，便要拷打俺婆婆；我怕婆婆年老，受刑不起，只得屈认了。因此押赴法场，将我典刑。你孩儿对天发下三桩誓愿：第一桩，要丈二白练挂在旗枪上，若系冤枉，刀过头落，一腔热血休滴在地下，都飞在白练上；第二桩，现今三伏天道，下三尺瑞雪，遮掩你孩儿尸首；第三桩，着他楚州大旱三年。果然血飞上白练，六月下雪，三年不雨，都是为你孩儿来。（诗云）不告官司只告天，心中怨气口难言。防他老母遭刑宪，情愿无辞认罪愆。三尺琼花骸骨掩，一腔鲜血练旗悬；岂独霜飞邹衍屈，今朝方表窦娥冤。（唱）

【雁儿落】你看这文卷曾道来不道来[135]，则我这冤枉要忍耐如何耐？我不肯顺他人，倒着我赴法场；我不肯辱祖上，倒把我残生坏。

【得胜令】呀，今日个搭伏定摄魂台[136]，一灵儿怨哀哀。父亲也，你现掌着刑名事，亲蒙圣主差。端详这文册，那厮乱纲常当合败。便万剐了乔才[137]，还道报冤仇不畅怀。

(窦天章做泣科，云)哎！我那屈死的儿，则被你痛杀我也！我且问你：这楚州三年不雨，可真个是为你来？

(魂旦云)是为你孩儿来。

(窦天章云)有这等事！到来朝我与你做主。(诗云)白头亲苦痛哀哉，屈杀了你个青春女孩。只恐怕天明了，你且回去，到来日我将文卷改正明白。(魂旦暂下)

(窦天章云)呀，天色明了也。张千，我昨日看几宗文卷，中间有一鬼魂来诉冤枉。我唤你好几次，你再也不应，直恁的好睡那。

(张千云)我小人两个鼻子孔一夜不曾闭，并不听见女鬼诉什么冤状，也不曾听见相公呼唤。

(窦天章做吒科,云)嗯!今早升厅坐衙,张千,喝撺厢者。

(张千做幺喝科,云)在衙人马平安!抬书案!(禀云)州官见。

(外扮州官入参科)

(张千云)该房吏典见。

(丑扮吏入参见科)

(窦天章问云)你这楚州一郡,三年不雨,是为着何来?

(州官云)这个是天道亢旱,楚州百姓之灾,小官等不知其罪。

(窦天章做怒云)你等不知罪么!那山阳县有用毒药谋死公公犯妇窦娥,他问斩之时曾发愿道:"若是果有冤枉,着你楚州三年不雨,寸草不生。"可有这件事来?

(州官云)这罪是前升任桃州守问成的,现有文卷。

(窦天章云)这等糊涂的官也着他升去!你是继他任的,三年之中可曾祭这冤妇么?

(州官云)此犯系十恶大罪,元不曾有祠,所以不曾祭得。

(窦天章云)昔日汉朝有一孝妇守寡,其姑自缢身死,其姑女告孝妇杀姑,东海太守将孝妇斩了。只为一妇含冤，致令三年不雨。后于公治狱，仿佛见孝妇抱卷哭于厅前。于公将文卷改正，亲祭孝妇之墓，天乃大雨。今日你楚州大旱，岂不正与此事相类？张千，分付该房签牌下山阳县，着拘张驴儿、赛卢医、蔡婆婆一起人犯，火速解审，毋得违误片刻者。

（张千云）理会得。（下）

（丑扮解子[138]押张驴儿、蔡婆婆同张千上，禀云）山阳县解到审犯听点。

（窦天章云）张驴儿。

（张驴儿云）有。

（窦天章云）蔡婆婆。

（蔡婆婆云）有。

（窦天章云）怎么赛卢医是紧要人犯不到？

（解子云）赛卢医三年前在逃，一面着广捕批缉拿去了，待获日解审。

（窦天章云）张驴儿，那蔡婆婆是你后母么？

（张驴儿云）母亲好冒认的？委实是。

（窦天章云）这药死你父亲的毒药，卷上不见有合药的人，是那个的毒药？

（张驴儿云）是窦娥自合就的毒药。

（窦天章云）这毒药必有一个卖药的医铺。想窦娥是个少年寡妇，那里讨这药来。张驴儿，敢是你合的毒药么？

（张驴儿云）若是小人合的毒药，不药别人，倒药死自家老子？

（窦天章云）我那屈死的儿嚛，这一节是紧要公案，你不自来折辩，怎得一个明白？你如今冤魂却在那里？

（魂旦上，云）张驴儿，这药不是你合的，是那个合的？

（张驴儿做怕科，云）有鬼有鬼，撮盐入水，太上老君，急急如律令，敕[139]。

（魂旦云）张驴儿，你当日下毒药在羊肚儿汤里，本意药死俺婆婆，要逼勒我做浑家。不想俺婆婆不吃，让与你父亲吃，被药死了。你今日还敢赖哩！（唱）

【川拨棹】猛见了你这吃敲材[140]，我只问你这毒药从何处来？你本意待暗里栽排，要逼勒我和谐，倒把你亲爷毒害，怎教咱替你耽罪责！

（魂旦做打张驴儿科）（张驴儿做避科，云）太上老君急急如律令,敕。大人说这毒药必有个卖毒药的医铺,若寻得这卖药的人来和小人折对[14],死也无词。

(丑扮解子解赛卢医上,云)山阳县续解到犯人一名赛卢医。

(张千喝云)当面。

(窦天章云)你三年前要勒死蔡婆婆,赖他银子,这事怎么说?

(赛卢医叩头科,云)小的要赖蔡婆婆银子的情是有的,当被两个汉子救了,那婆婆并不曾死。

(窦天章云)这两个汉子你认的他叫做什么名姓?

(赛卢医云)小的认便认的,慌忙之际可不曾问的他名姓。

(窦天章云)现有一个在阶下,你去认来。

(赛卢医做下认科,云)这个是蔡婆婆。(指张驴儿云)想必这毒药事发了。(上云)是这一个。容小的诉禀:当日要勒死蔡婆婆时,正遇见他爷儿两个救了那婆婆去。过得几日,他到小的铺中讨服毒药。小的是念佛吃斋的人,不敢做昧心的事,说道:"铺中只有官料药[142],并无什么毒药。"他就睁着眼道:"你昨日在郊外要勒死蔡婆婆,我拖你见官去。"小的一生最怕的是见官,只得将一服毒药与了他去。小的见他生相是个恶的,一定拿这药去药死了人,久后败露，必然连累。小的一向逃在涿州地方，卖些老鼠药。刚刚是老鼠被药杀了好几个，药死人的药，其实再也不曾合。

（魂旦唱）

【七弟兄】你只为赖财，放乖，要当灾。（带云）这毒药呵，（唱）原来是你赛卢医出卖张驴儿买，没来由填做我犯由牌[143]，到今日官去衙门在。

（窦天章云）带那蔡婆婆上来。我看你也六十外人了，家中又是有钱钞的，如何又嫁了老张，做出这等事来？

（蔡婆婆云）老妇人因为他爷儿两个救了我的性命，收留他在家养膳过世；那张驴儿常说要将他老子接脚进来，老妇人并不曾许他。

（窦天章云）这等说，你那媳妇就不该认做药死公公了。

（魂旦云）当日问官要打俺婆婆，我怕他年老受刑不起，因此咱认做药死公公，委实是屈招个！（唱）

【梅花酒】你道是咱不该，这招状供写的明白。本一点孝顺的心怀，倒做了惹祸的胚胎。我只道

官吏每还覆勘，怎将咱屈斩首在长街！第一要素旗枪鲜血洒，第二要三尺雪将死尸埋，第三要三年旱示天灾：咱誓愿委实大。

【收江南】呀，这的是衙门从古向南开，就中无个不冤哉！痛杀我娇姿弱体闭泉台[144]，早三年以外，则落的悠悠流恨似长淮[145]。

（窦天章云）端云儿也，你这冤枉我已尽知，你且回去。待我将这一起人犯并原问官吏另行定罪，改日做个水陆道场[146]超度你生天便了。

（魂旦拜科，唱）

【鸳鸯煞尾】从今后把金牌势剑从头摆，将滥官污吏都杀坏，与天子分忧，万民除害。（云）我可忘了一件，爹爹，俺婆婆年纪高大，无人侍养，你可收恤家中，替你孩儿尽养生送死之礼，我便九泉之下，可也瞑目。

（窦天章云）好孝顺的儿也！

（魂旦唱）嘱付你爹爹，收养我奶奶。可怜他无妇无儿，谁管顾年衰迈！再将那文卷舒开，（带云）爹爹也，把我窦娥名下（唱）屈死的招伏罪名儿改。

（下）

(窦天章云)唤那蔡婆婆上来。你可认的我么?

(蔡婆婆云)老妇人眼花了,不认的。

(窦天章云)我便是窦天章。适才的鬼魂,便是我屈死的女孩儿端云。你这一行人听我下断:张驴儿毒杀亲爷,谋占寡妇,合拟凌迟[147],押付市曹中钉上木驴[148],剐一百二十刀处死。升任州守桃杌并该房吏典,刑名违错,各杖一百,永不叙用。赛卢医不合赖钱,勒死平民;又不合修合毒药,致伤人命,发烟障地面[149],永远充军。蔡婆婆我家收养。窦娥罪改正明白。(词云)莫道我念亡女与他灭罪消愆,也只可怜见楚州郡大旱三年。昔于公曾表白东海孝妇,果然是感召得灵雨如泉。岂可便推诿道天灾代有,竟不想人之意感应通天。今日个将文卷重行改正,方显得王家法不使民冤。

题目　　秉鉴持衡廉访法

正名[150]　　感天动地窦娥冤

---

① 楔(xiē)子:戏曲名词。元杂剧通常每本四折,在四折以外所增加的短的独立段落,叫楔子。其作用是交代或衔结剧情,一般用在全

剧的开头，作为剧情的开端，近似于现代戏曲的序幕；有时也用在折与折之间，起到过场戏的作用。 ② 卜儿：元代杂剧里老年妇女的俗称，老旦、外、净等脚色均可扮演。 ③"花有重开日"四句：从元杂剧的表演程式讲，这四句诗叫做定场诗，是杂剧人物上场时念诵的诗。念完定场诗后，剧中人物接着念的一段独白，叫做定场白。其内容大都是介绍人物的姓名、籍贯、身世，以及当时的情境、事件的过程等。定场诗和定场白的作用在于介绍剧情，安定观众情绪。④ 楚州：唐宋时州名，治所在山阳（即今江苏淮安）。按：元杂剧中的地名往往是剧作家虚拟的，跟实际的地域政区不一定相合，如后文的"长安京兆"。 ⑤ 冲末：元杂剧脚色名。是末类中正末以外的重要脚色，可以扮演正面或反面人物。冲末大都在杂剧开场时即上。末，杂剧中的脚色行当，主要扮演中年男性。 ⑥ 正旦：元杂剧中的女主角。旦，杂剧中扮演女性人物的脚色行当。 ⑦ 缥缃（piǎo xiāng）：淡青色的和浅黄色的绸子。古人习惯用这两种绸子作书囊和书衣，后因以"缥缃"为书籍的代称。 ⑧ 马相如：即司马相如。西汉辞赋家，字长卿，蜀郡（今四川成都）人。早年家贫，曾在临邛（今四川邛崃）卖酒。工辞赋。汉武帝读到他写的《子虚赋》《上林赋》，大为赞赏，即让他作皇帝侍从官。 ⑨ 当垆：指卖酒。古时的酒店，垒土为垆，安放酒瓮，卖酒的人坐在垆边，叫做"当垆"。《史记·司马相如传》载：司马相如和卓文君结成夫妻后，因穷困而在临邛"买一酒舍酤酒，而令文君当垆"。子虚：即《子虚赋》。 ⑩ 长安京兆：本均为汉唐宋的政区名。长安，指长安县，汉高帝五年（前202）置，治所在今陕西西安西北，隋开皇三年（583）移治今西安，至清代不改。京兆，郡名，即汉代的"京兆尹"。因地属京畿，故不称郡。至唐代称“京兆郡”，治所在长安、万年（今陕西西安）。元代改为安西路。 ⑪ 争奈：怎奈。 ⑫ 盘缠：路费，这里指日常生活费用。 ⑬ 春榜：唐宋考进士都在春季，因此叫春榜。选场：试场。⑭ 上朝取应：进京考试。 ⑮ 科：元杂剧术语。是杂剧剧本中动作表情或其他方面的舞台提示，有时也提示舞台效果。 ⑯ 看觑：照顾。则个：语尾助词，多带有祈求希望的语气。 ⑰ 兀的：指示词，也作兀底或兀得，意即这里或这个。 ⑱ 则：元剧中常和“只”字通用，如则索、则落得、则教人等都是。 ⑲ 处分：这里是责备、批评的意思。 ⑳ 仙吕：戏曲宫调名。宫调是我国古代音乐里的乐调，好像现代歌曲有C调、D调一样。在戏曲里通用的有仙吕、南吕、中吕、黄钟、正宫、大石、双调、商调和越调等九种。赏花时：是仙吕宫里的一个曲牌。 ㉑ 洛阳：指京都。 ㉒ 暗消魂：形容离别时伤心、难过。“暗”通“黯”，“消”通“销”。 ㉓ 直下的：竟下得手。㉔ 执料：照料。 ㉕ 折：戏曲名词。元杂剧剧本结构的一个段落，即杂剧划分演唱场次的单位，相当于现代话剧的一幕。元杂剧一般以四折为一本，每折用同一宫调的若干曲子组成一个套曲，一韵到底，合演一个完整的故事。 ㉖ 净：元杂剧角色名称，一般认为是从宋杂剧的“副净”发展而来的。在元杂剧中，往往扮演性情恶劣、举动粗野的人物。卢医：春秋时名医扁鹊。他是卢（今山东长清西南）地人，所以称为“卢医”。元杂剧中，多把庸医取名为“赛卢医”，是一种讽刺性的反称。 ㉗《本草》：指《神农本草经》，是我国古代一部记载药物种类及性能的书籍。“下药依本草”是赛卢医的自我吹嘘。㉘ 尽也静办：倒也清静。 ㉙ 弱症：指气血不足一类的病症。㉚ 蓦（mò）：跨，迈。有跨越、忽然的意思。 ㉛ 孛（bó）老：杂剧中扮演老年男子的角色。 ㉜ 冲上:戏剧术语,指演员匆匆出场或突然出场。 ㉝ 争些:差一点。 ㉞ 敢:大概、大约。 ㉟ 背云:戏剧术语,演员在舞台上背着别的角色直接向观众作必要的表白,称为背云(又叫背白)或背唱。 ㊱ 仙吕:仙吕宫,宫调名。见注⑳。点绛唇:曲牌名,属仙吕宫。在元杂剧中,各折所用的套曲宫调不能重复。一般由正末或正旦一人主唱,其他脚色只有说白。 ㊲ 禁受:忍受。 ㊳ 大都:大抵,不过,总算。 ㊴ 绣闼(tà):指闺房,女子的卧室。闼,门。 ㊵ 拔着短筹:夭死。筹,刻着数字的算筹;短筹,指数目小的算筹,比喻短命。 ㊶ 每,同"们"。 ㊷ 偢(chǒu):也作"瞅",理睬。 ㊸ 今也波生:即今生。也波,语助词,无义,只起舒缓语气的作用。据【天下乐】的曲律要求,此处须有"也波"二字。㊹ 来世:未来一世。佛教称过去、未来、现在为"世"。修:修行。修来世,意思是说今生今世修习未来一世的功业。 ㊺ 应口:说到做到,决不改口。 ㊻ 一半儿……一半儿:是【一半儿】曲牌尾句句式。丑:羞惭。 ㊼ 笋条:嫩笋,借喻年轻。"笋条"与上句"得他"两字迭用,是【青哥儿】定格。 ㊽ 刬(chàn)的:这里是"怎么就""如何就"的意思。 ㊾ 干生受:白辛苦。 ㊿ 笙歌引至画堂前:指举行结婚典礼。 ㉛ 做嘴脸:做怪相。 52 坑杀人燕侣莺俦:意思是拿夫妻关系来坑害人。坑,害。坑杀人,即坑人,害人。燕侣莺俦:喻夫妻。 53 挣揣(zhèng chuài):同"挣挫",挣扎的意思。 54 下场头:下梢头,结局,结果。 55 躁:急,不安。 56 歪剌骨:贱骨头。这是骂妇女的话。 57 黄花女儿:未婚女子,处女。 58 词:即下场词,是元杂剧的表演程式。在元杂剧中,凡是每折结束时,剧中人物下场都要念一首七言诗或一段独白来结束该折;有时也只念二句五言对子，所以又称“下场诗”“下场白”或“下场对”。 ⑲ 惫(bèi)赖：即泼赖，有凶狠、泼辣、刁顽等意思。 ⑳ 捻(niǎn)断：犹云戳断。 ㉑ 灭罪修因：灭去今世罪过，修造来世福因。是一种迷信说法。 ㉒ 超度：佛教、道教用语，即为人诵经拜忏，以救助死亡的人超越脱离所谓阴间的苦难。 ㉓ 细软：指轻便的贵重物品。 ㉔ 合：调制，配制。 ㉕ 涿(zhuō)州：州名，唐大历四年(769)时置，治所在范阳县(今河北涿州)。元代曾一度升为涿州路。 ㉖ 接脚：接脚婿。寡妇再嫁的后夫。 ㉗ 红鸾：即红鸾星。旧时星相家认为红鸾星主婚事。天喜：吉日。 ㉘ 古门：戏剧术语。指舞台通向后台的出入口，或称鬼门。 ㉙ 打凤：和下句“捞龙”都是安排圈套、使人中计的意思。 ㉚ 卓氏：指卓文君。西汉临邛(今四川邛崃)人，富商卓王孙之女。喜好音乐。新寡后居家，得遇司马相如，与他相恋，便私下跟相如逃到成都。不久后，他们又一同回到临邛，文君当垆卖酒，相如涤器于市。涤(dí)器：洗刷器皿。 ㉛ 举案齐眉：比喻夫妻相敬如宾。语出《后汉书·梁鸿传》：鸿“为人赁舂，每归，妻为具食，不敢于鸿前仰视，举案齐眉”。案，有支脚的小托盘。齐眉，跟眉头一样高，形容尊敬。 ㉜ 哭倒长城：即杞梁之妻的故事。据西汉刘向《列女传·贞顺传》记载：春秋时齐将杞梁随庄公袭莒，战死。“杞梁之妻无子，内外无五属之亲，乃就其夫之尸于城下而哭之……十日而城为之崩……遂赴淄水而死。”后人把杞梁说成秦朝人，称“范杞梁”，把他的妻子称作“孟姜女”，并敷演成孟姜女万里送寒衣的故事，其中明确提到孟姜女给修长城的丈夫送寒衣，到了长城边，听说丈夫已劳累致死，她便大哭，把长城哭倒了。见到城下暴露出的累累枯骨，后以指血认出了丈夫的尸骨。 ㉝ 浣纱时甘投大水：

事见东汉赵晔《吴越春秋》。据载，春秋时伍子胥逃难至江边，遇到一浣纱女，受到她的同情。伍子胥嘱咐浣纱女不要泄露他的行踪，浣纱女为了表白自己的诚意，竟投江自杀。 ㉔ 上山来便化顽石：即望夫石的传说。据《方舆纪》载，《初学记》卷五引刘义庆《幽明录》载："武昌北山有望夫石，状若人立。古传云：昔有贞妇，其夫从役，远赴国难，携弱子饯送北山，立望夫而化为立石。" ㉕ 淫奔：旧指女方违反礼教规定，往就男方，男女自行结合。 ㉖ 百步相随：形容妻子对丈夫的爱恋之情。当时成语有"相随百步，尚有徘徊意"。 ㉗ 倒大来：绝大，极其。来，语助词。 ㉘"黄金浮世宝"二句：当时成语，意为黄金是世俗所宝的，从小相交到白头的朋友是很少见的，这是讥讽蔡婆贪图眼前享受轻视前夫恩爱。 ㉙ 精细：清醒。 ㉚ 轮回：迷信说法，认为人死后会转世再生。 ㉛ 羊、酒、段匹、花、红：都是当时定婚的礼物。 ㉜"把手为活过日"二句：承接上句，说这种露水夫妻，死了就算了。把手，携手。 ㉝ 指脚的夫妻：结发夫妻。 ㉞ 搬调：搬弄挑拨。 ㉟ 一马难将两鞍鞴(bèi)：比喻一个妇女不能出嫁两次。这是封建礼教对妇女的道德规范。鞴，把鞍鞯套在牲口身上。 ㊱ 孤：元杂剧中官员的俗称，由各行脚色扮演。祗(zhī)候：官府衙役。此指剧中扮演成衙役的演员。 ㊲ 刷卷：专指旧时官员查看文书、案卷。 ㊳ 梼杌(wù)：即梼杌，古代所谓"四凶"之一。《左传》文公十八年："颛顼氏有不才子，不可教训，不可话言。告之则顽，舍之则嚚；傲很明德，以乱天常，天下之民谓之梼杌。"梼杌，本义是凶顽无比。剧中借作楚州太守之名，有讥刺和鞭挞其昏昧凶恶的用意。 ㊴ 喝撺厢：宋元时官府开庭的一种仪式，即开庭时衙役大声吆喝："在衙人马平安，抬书案！"同时从箱中取出状词，呈送官员。喝，高声呐喊。撺，移动，开启。厢，或作“箱”，是宋元时官府在衙门前放置的投状词的箱子。 ⑩ 傍州例：邻近州县的判例；引申为例子、榜样。 ⑪ 唱叫扬疾：大声喊叫、吵吵闹闹。⑫ 覆盆不照太阳晖：盆翻盖时阳光照射不进去，比喻衙门的暗无天日。 ⑬ 委的：真的。 ⑭ 伏状：伏罪的状子。 ⑮ 市曹典刑：在闹市区执行死刑。 ⑯ 漏面：疑即“镂面”，宋元时在犯人脸上刺字的一种刑法。 ⑰ 随衙：到衙门候审。 ⑱ 外：即外末，指正末以外的次要男角。 ⑲ 着：叫，使，派。做公的：做公事的，指衙门里的差役。 ⑳ 磨旗：摇旗，挥动旗子。 ㉑ 错看了盗跖（zhí）颜渊：等于说好坏不分。盗跖，传说春秋时人，曾带领奴隶举行起义，被封建统治者诬为大盗，当作坏人的代表。颜渊，春秋时鲁国人，名回，孔子的学生，被誉为封建社会的贤者。 ㉒ 哥哥：当时对男子的客气称呼。行（háng）：指示处所的语气助词，一般用在人称名词后面。㉓ 餐刀：即俗语所谓“吃一刀”，犹言挨刀，被杀。 ㉔ 气杀：等于说气死。也么哥：元曲中常用的句尾助词，有声无义。 ㉕ 瀽（jiǎn）：倾，倒，泼。这里指浇奠酒浆。 ㉖ 纸钱：旧俗，祭祀时烧化给死人在所谓“阴间”当作钱用的纸锭之类的东西。 ㉗ 一陌儿：一百张，泛指一叠纸钱。陌，通“佰”，古时一百钱的通称。 ㉘ 葫芦提：当时的口语，相当于不明不白，糊里糊涂。当罪愆（qiān）：承当罪过。㉙ 旗枪：指旗杆顶尖。 ㉚ 打甚么不紧：当时俗语，意思是没有什么要紧。 ㉛ 罚下：发下，立下。无头愿：即以头颅相拼的誓愿。㉜ 苌（cháng）弘化碧：苌弘的血变成碧玉。《庄子·外物》：“苌弘死于蜀，藏其血，三年而化为碧。”苌弘，周朝大夫，传说他冤枉被杀，他的血被藏起来，三年后竟变成美玉。碧，青绿色的美石。 ㉝ 望帝啼鹃：古代传说，蜀王杜宇，号望帝，被逼而传位给臣下，自己隐居山中，死后化为杜鹃鸟，日夜悲啼，其声凄厉。 ⑭ 三伏：初伏、中伏、末伏的合称，是一年中最炎热的时候。 ⑮ 飞霜六月因邹衍：古代关于冤狱的典故。传说燕惠王时邹衍蒙冤，仰天而哭，夏五月时天降寒霜。事见《后汉书·刘瑜传》《文选·诣建平王上书》李善注等引《淮南子》佚文。 ⑯ 六出冰花：指雪花。雪花一般为六角形，似花分出六瓣，故说“六出冰花”。 ⑰ 素车白马：白车白马。古代用于凶丧场合，此指送葬的车马。 ⑱ 断送出：发送到。 ⑲ 亢旱：大旱。 ⑳ 甘霖：甘雨，及时雨。 ㉑ 东海曾经孝妇冤：古代民间传说。汉代东海郡寡妇周青，孝敬婆婆，婆婆因年老体弱，不肯连累媳妇，自缢而死，周青受人诬告害死婆婆而被判了死刑。死后，东海一带大旱三年。事见《汉书·于定国传》。 ㉒ 正法：公正执法。 ㉓ 丑：脚色名，一般扮演小人物或反面人物。 ㉔ 参知政事：官名。宋代参知政事为副丞相，元代行中书省亦设参知政事，从二品，位在每省丞相、平章、左右丞下。按：元杂剧中的官名，是剧作者的虚拟，如下文所谓“提刑肃政廉访使”，与实际职官建置不一定相合。 ㉕ 提刑：宋代官名，金代设提刑使，后改称按察使，掌管一个政区内的司法刑狱、监察和官吏考查。肃政廉访史：元代官名，元至元二十八年(1291)改按察使为肃政廉访史，主管一路的司法刑狱、吏治得失等。 ㉖ 势剑金牌：又叫“誓剑金牌”，是皇帝授予的代表最高权力的尚方剑和金质信物。元杂剧中经常提到持有势剑金牌，可以先斩后奏，拥有很大的司法权。 ㉗ 六房吏典：地方官衙的吏目。六房，指分管吏、户、礼、兵、刑、工的六个部门。 ㉘ 十恶：指谋反、谋大逆、谋叛、恶逆、不道、大不敬、不孝、不睦、不义、内乱。十恶不赦，指犯以上任何一条，都按律究治，不得赦免。 ⑫⑨ 魂旦：扮女鬼的角色。 ⑬⓪ 撺掇：催促。 ⑬① 门神户尉：旧俗在门上贴或画着挡鬼的神像，左为门神，右为户尉，通常是秦琼和尉迟恭的画像。 ⑬② 门桯(tīng)：门槛。门桯外，即指门外。 ⑬③ 牒发：用公文递解、押送。⑬④ 吊拷绷扒：即“绷扒吊拷”，意思是用绳捆紧，吊起拷打。吊拷，把人吊起来拷打。绷扒，剥去衣服用绳子捆起来。 ⑬⑤ 曾道来不道来：说过还是没说过。 ⑬⑥ 摄魂台：传说东岳大帝所管辖的拘管鬼魂的地方。 ⑬⑦ 乔才：坏家伙。 ⑬⑧ 解子：押解犯人的公差。 ⑬⑨“有鬼有鬼”四句：这是模仿道士用咒语驱鬼的动作和声口。太上老君，传说中道家的老祖宗，即老子。 ⑭⓪ 吃敲材：咒骂人的话，犹如说该打的。⑭① 折对：对证。 ⑭② 官料药：经官府审查认为合格，可以合法经售的药物。 ⑭③ 犯由牌：公布犯人罪状的木牌。 ⑭④ 泉台：犹言泉下、泉壤，指埋葬死人的墓穴。 ⑭⑤ 长淮：长江淮河。 ⑭⑥ 水陆道场：佛教迷信，设斋诵经礼忏、超度死人的仪式。 ⑭⑦ 凌迟：古时酷刑之一，一刀一刀地剐，使其受尽痛苦而死。 ⑭⑧ 木驴：一种木制残酷刑具。⑭⑨ 烟障地面：边远地区瘴气弥漫的地方，是犯人充军处所。烟障，即烟瘴。 ⑮⓪ 题目、正名：戏曲名词。元杂剧末尾用四句或两句概括全剧中心内容，用末句作为剧名。这种格式，叫题目、正名。

翻译

人物表

窦　娥　原名窦端云；后为蔡家媳妇，改称窦娥；因丈夫早死而守寡。正旦扮；扮窦娥鬼魂者称魂旦。

窦天章 窦娥之父。原为穷秀才；后来中举为官，任提刑肃政廉访使。冲末扮。

蔡婆婆 窦娥的家婆，有钱的寡妇。卜儿扮。

张驴儿 无赖。副净扮。

张　父 张驴儿之父。孛老扮。

赛卢医 庸医。净扮。

梼　杌 楚州太守。净扮。

监斩官 监刑之官。外扮。

净扮差役（即公人），外扮州官，丑扮州吏、解子，张千及祗候若干人，刽子手一人。

楔　子

（蔡婆婆上）

蔡婆婆 （念）花有重开日，人无再少年。不须长富贵，安乐是神仙。

（云）我是蔡婆婆，楚州人。家里就嫡亲的三口儿。不幸丈夫已经去世，只有一个孩儿，年方八岁。俺娘儿两个，过着日子。家里颇有钱财。这里有个窦秀才，从去年向我借了二十两银子，到现在连本带利该还银四十两。我多次索讨，那窦秀才只说贫困艰难，不能还我。他有一个女儿，今年七岁，生得可喜，长得可爱。我有心看中她，给我家做个媳妇，就抵了这四十两银子，岂不是两得其便？他说今天是好日子，亲自送女儿到我家来。我先不外出讨钱，专在家里等候。这个时候窦秀才大约应该来了。

（窦天章带端云上）

窦天章　（念）读尽缥缃万卷书，可怜贫杀马相如。汉庭一日承恩召，不说当垆说《子虚》。

（云）我姓窦，名天章，原籍长安京兆。从小学习儒业，学成满腹文章。怎奈时运不济，功名未成。不幸妻子已经去世，撇下这个女孩儿，小名端云。从三岁时死了母亲，这孩子现在七岁了。我一贫如洗，流落在这楚州居住。这里有个蔡婆婆，很有钱财。我因缺钱，曾向她借了二十两银子，到现在连本带利应该归还她四十两。她多次向我索讨，叫我拿什么还她？谁想蔡婆婆屡次叫人来说，要我女孩儿做她的儿媳妇。况且现在考进士的春榜动，试场开，正想进京应考，又苦于缺少路费。我出于无奈，只得把女孩儿端云送去给蔡婆婆做儿媳妇。（叹息）唉！这哪里是做媳妇？明明是卖给她一样！就抵了原先借她的四十两银子，要是另外再给点儿钱物，够我应考的花费，就已经是过望了。

蔡婆婆　（上场，云）秀才，请家里坐。我等候好久了。

（窦天章作与蔡婆婆相见状）

窦天章　（云）我今天专程把女孩儿给婆婆送来，怎敢说是做媳妇？只给婆婆早晚差用。我现在就要进京去取功名，留下女孩儿在这里，只望婆婆照看。

蔡婆婆　（云）这么说，你就是我的亲家了。你本利共欠我四十两银子，这是借钱的借据，还给你。再送你十两银子做路费。亲家，你别嫌少。

窦天章　（相谢，云）多谢婆婆了。原先欠你那么多银子，都不要我还了；现在又送我路费，这恩情他日一定重重报答。婆婆，这女孩儿平时无知，你就看在我的薄面上，照看她吧。

蔡婆婆　（云）亲家，这不用你吩咐。令爱到我家，就当亲生女儿一样看待她。你只管放心去吧。

窦天章　（云）婆婆，端云孩儿该打呵，看在我的面上，只骂几句；当骂呵，只责备几句。孩儿，你也不比在我跟前，我是你的亲爹，迁就着你。你现在在这里，平时要是顽皮呵，你就只讨那打骂吃。儿啊，我也是出于无奈。（悲戚地唱）

我也只为无计谋生四壁空，

所以才忍痛让亲孩儿在两处分。

从今日远行去踏洛阳尘，

又不知归期定准，

只落得无语黯销魂。（下）

蔡婆婆　（云）窦秀才留下他这女孩儿给我做媳妇，他专程进京应考去了。

端　云　（悲戚地叫道）爹爹，你怎忍心抛下你孩儿去了啊！

蔡婆婆　（云）媳妇儿，你在我家，我是亲婆婆，你是亲媳妇，就当自己骨肉一样。你不要哭，跟我前前后后去照料来着。

（同下）

第一折

（赛卢医上）

赛卢医　（念）行医有斟酌，

下药依《本草》。

死的医不活，

活的医死了。

（云）我姓卢，人说我一手好医术，都叫我赛卢医。在这山阳县南门开了个生药铺。本城有个蔡婆婆，我向她借了十两银子，连本带利应该还她二十两。多次来讨这银子，我又没钱还她。要是不来就罢了；要是来呵，我自有个主意。我暂且在这药铺中坐着，看有什么人来。

（蔡婆婆上）

蔡婆婆　（云）我是蔡婆婆，搬在这山阳县居住有一段时间了，倒也清静。自从十三年前，窦天章秀才留下端云孩儿给我做儿媳妇，改了她的小名，叫做窦娥。成亲之后，不到两年，谁想我那儿子得弱症死了。媳妇儿守寡，又已有三个年头，服孝也快结束了。我对媳妇儿说，我到城外赛卢医家讨钱去了。（行路）跨过墙头，转过屋角，已经来到他家门口。赛卢医在家吗?

赛卢医 (云)婆婆,屋里坐。

蔡婆婆 (云)我这两个银子也借得够久的了,你还了我吧。

赛卢医 (云)婆婆,我家里没银子,你跟我到庄上去,取了银子就还你。

蔡婆婆 (云)我跟你去。

(两人一同行路)

赛卢医 (云)来到这里,东也没人,西也没人,这里不下手,还等什么?我随身带着绳子。那婆婆,哪个在叫你哩?

蔡婆婆 (云)在哪里?

(赛卢医乘势用绳子勒住蔡婆婆脖子。张父、张驴儿冲上。赛卢医慌忙逃走。张父救醒蔡婆婆)

张驴儿 (云)爹,是个婆婆,差点儿给勒死了。

张　父 (云)那婆婆,你是哪里人?叫什么名字?为什么这个人要勒死你?

蔡婆婆 (云)我姓蔡,是本城人。只有一个媳妇儿相守过日子。因为赛卢医欠我二十两银子,今天向他讨取。谁知他骗我到没人的地方,想勒死我,赖了这银子。要不是遇着您老和这小哥呵,哪里还有我的性命。

张驴儿 (云)爹,你听见她说的吗?她家里还有一个媳妇儿哩!救了她性命,她少不了要谢我们。不如你要了这婆子,我要了她媳妇儿,岂不是两下方便。你跟她说去。

张　父　（云）那婆婆，你没丈夫，我没老婆，你给我做个老婆，觉得怎么样？

蔡婆婆　（云）这是什么话！等我回家，多给些钱钞相谢。

张驴儿　（云）你大概是不肯，故意拿钱钞来哄我们吧？好，赛卢医的绳子还在，我仍旧勒死了你。（拾起绳子相威胁）

蔡婆婆　（云）小哥哥，让我慢慢想一想。

张驴儿　（云）还用想什么？你跟我老子，我就要了你媳妇儿。

蔡婆婆　（背云）我不依他，他就勒死我。罢罢罢，你爷儿两个且随我到家里去吧。

（同下。窦娥上）

窦　娥　（云）我姓窦，小名端云，祖居楚州。我三岁死了母亲，七岁离开父亲。俺父亲把我嫁给蔡婆婆做儿媳妇，改名窦娥，到十七岁时跟丈夫成亲。不幸丈夫去世，又已三年左右。我现在二十岁了。这南门外有个赛卢医，他欠俺婆婆银子，本利该是二十两，几次讨取不还，今天俺婆婆亲自索讨去了。（叹息）窦娥呀，你的命好苦呵！

（唱）满腹闲愁，几年忍受，

天知否？

天要是知道我的原由，

岂不是连天也消瘦！

只问那黄昏和白昼，

两样儿忘餐废寝何时休？
算来是昨宵梦里，
连着今天心头。
催人泪的是花枝烂熳横绣阁，
断人肠的是滴溜圆月色挂妆楼。
常只是急切切按耐不住心中焦躁，
闷沉沉舒展不开眉头紧皱。
愈觉得情怀缭乱，愁绪悠悠。
（云）像这样的忧愁，不知道何时才能了结呵！
（唱）莫不是命里注定着一世忧，
谁像我身单影只无尽头！
要知道人心不似水长流！
我从三岁母亲去世后，
到七岁已与父亲离别久。
嫁得一个同住人，
他却又抽着了短命的算筹。
撇下俺婆媳俩都把空房守，
真是有谁问，又有谁瞅？

莫非是前世里烧香祈福不到头，
今生呵才招来祸害怨尤？
劝今人早把来世修。

我把婆婆侍候，

我把这孝节坚守，

我说过的话决不反悔改口。

（云）婆婆讨钱去了，怎么这时候还没有回来？

（蔡婆婆同张父、张驴儿上）

蔡婆婆 （云）你爷儿两个暂且在门口等着，让我先进去。

张驴儿 奶奶，你先进去，就说女婿在门口哩。

（蔡婆婆进门与窦娥相见）

窦　娥 （云）奶奶回来了。你吃饭么？

蔡婆婆 （呜咽地，云）孩儿啊，你叫我怎么说呵！

窦　娥 （唱）为什么眼泪止不住地流？

莫不是为讨债与人发生争斗？

我这里连忙迎接问候，

她那里应说缘由。

蔡婆婆 （云）怪叫人害臊的，叫我怎么说呵！

窦　娥 （唱）只见她一半儿犹豫一半儿含羞。

（云）婆婆，你为什么烦恼哭泣哪？

蔡婆婆 （云）我去向赛卢医讨银子，他骗我到没人的地方，行起凶来，要勒死我。多亏一个张老头和他儿子张驴儿，救了我的性命。那张老头就要我招他做丈夫，所以才这样烦恼。

窦　娥 （云）婆婆，这恐怕使不得吧？你再想一想，俺家里又不是没饭吃，没衣穿，也不是缺钱欠债，被人催逼得没办法。再说你年事已高，都六十开外的人了，怎么还招丈夫哪？

蔡婆婆 （云）孩儿呀，你说的可不是！只是我的性命全亏他爷儿两个相救，我也说过：等我回到家里，多拿些钱物，酬谢你们的救命之恩。不知他怎么知道我家里有个媳妇儿，说是我们婆媳俩又没老公，他们爷儿俩也没有老婆，正是天生成对。要是不顺从他们，依旧要把我勒死。那时候我就慌了，别说自己许了他，连你也许了他。儿呀，这也是因为没法子哪。

窦　娥 （云）婆婆，你听我说啊。

（唱）逢良辰我替你忧，
拜天地我替你愁；
梳着一个霜雪般的白头髻，
怎戴那绣金的锦盖头？
怪不得“女大不中留”！
你现在已经六旬左右，
岂不知“人到中年万事休”！
旧恩爱一笔勾销，
新夫妻两意相投——
白白叫人笑破口。

蔡婆婆 （云）我的性命都是他爷儿两个救的，事到如今，也顾不得别人笑话了。

窦　娥　(唱)你虽然是得他、得他营救，

却不是嫩笋、嫩笋一样年轻，

怎么还巧画蛾眉成配偶?

想当初你夫主遗嘱，

替你考虑安排购置地产田亩，

早晚羹粥全有，

寒暑不缺衣裘，

满指望你母子孤寡，

无依无靠，

也能够安然活到那头白时候。

公公啊，

你只落得一个白辛苦!

蔡婆婆　(云)孩儿呀，他现在只等着过门，正喜事匆匆的，叫我怎么去回复他?

窦　娥　(唱)你说他匆匆的喜，

我倒替你细细地愁：

愁只愁兴致索然咽不下交欢酒，

愁只愁眼色昏花扭不上同心扣，

愁只愁意绪迷蒙睡不稳芙蓉被褥。

你等着笙歌引到画堂前，

我说是这姻缘恐怕已经落在他人后。

蔡婆婆 （云）孩儿哪，不要再数落我了。他爷儿俩都在门口等候，事已到此，不如连你也招了夫婿吧。

窦　娥 （云）婆婆，你要招你自己招，我坚决不招夫婿。

蔡婆婆 （云）哪个是想要夫婿的！谁料他爷儿俩自己找上门来，叫我怎么好？

张驴儿 （云）我们今天招过门去啦。帽儿光光，今日做个新郎；袖儿窄窄，今天做个娇客。好女婿，好女婿。不枉了，不枉了。

（张驴儿与张父一同进门致礼，窦娥不理）

窦　娥 （云）这家伙，靠后！

（唱）我想这女人们别相信那男儿口。

婆婆呀，

难道你没那份儿贞心自个儿守，

到今天还招了个蠢老头，

领着一个半死囚。

张驴儿 （做怪脸，云）你看我爷儿俩这般身材，满可以做个夫婿了。你不要错过了好时辰，我和你早点儿拜堂吧。

窦　娥 （不理。唱）

只被你坑杀人呵燕侣莺偶。

婆婆呀，你怎不知羞！

俺公公闯北走南，过府冲州，

挣下这殷实的家产样样有。

想到俺公公挣下的产业，

怎能忍心叫张驴儿享受？

（张驴儿扯窦娥同拜天地）

窦　娥　（把张驴儿推倒在地。唱）

这就是俺没丈夫妇女的下梢头！

（下）

蔡婆婆　（云）您老人家别烦躁。难道您有活命之恩，我却不想着报答您？只是我那媳妇的脾气最不好惹，既然她不肯招赘您的儿子，我怎好招赘您老人家？我现在拼着好酒好饭供养您爷俩在家，让我再慢慢地劝说俺媳妇儿。等她有个回心转意，再作商量。

张驴儿　（云）这贱骨头，就是黄花闺女，勉强扯了一把，也用不着这样使性子，没来由地推我跌一跤，我怎能罢休！就当面发一个誓给你：我今生今世不娶她做老婆，我就算不得好男人！

（念词）美妇人我见过万千以外，不像这小妮子生得十分泼辣；我救了你婆婆性命，让她死里重生，你怎不肯割舍肉身把我奉陪？

（同下）

第二折

（赛卢医上）

赛卢医　（念诗）小人太医出身，也不知道医死多少人命。何尝怕人告发，关过一日店门？本城有个蔡家婆子，才少她二十两花银，屡次亲来索取，差点儿催断脊筋。也是我一时智短，把她骗到荒村，撞见两个不识姓名男子，一声嚷道："浪荡乾坤，怎敢行凶撒泼，擅自勒死平民！"吓得我丢了绳索，放开脚步飞奔。虽然一夜无事，终觉失魄落魂。方知人命关天关地，怎能看作壁上灰尘？从今改过行业，愿得灭罪修福。给以前医死的性命，一个个都送他一卷超度的经文。

（云）我就是赛卢医。只因想赖蔡婆婆二十两银子，骗她到荒僻地方，正要勒死她，谁想遇见两个汉子，把她救了去。要是她再来讨债，叫我怎么见她？常言说得好："三十六计，走为上计。"幸亏我是孤身一人，又没有家小牵累，不如收拾了细软和行李，打个包儿，悄悄地躲到别处，另找活计做，岂不干净？

（张驴儿上）

张驴儿 （云）我是张驴儿。可恨那窦娥怎么也不肯顺从我。现在那老婆子生了病，我买一帖毒药给她吃了，毒死那老婆子，这小妮子好歹得做我的老婆。

（行路）且慢。城里人耳目广、口舌多，要是看见我买毒药，岂不是嚷出事来？我前天看见南门外有个药铺，这地方冷清，正好买药。

（行路。高叫）太医哥哥，我是来买药的。

赛卢医　（云）你买什么药？

张驴儿　（云）我买一帖毒药。

赛卢医　（云）谁敢配制毒药给你？这家伙好大的胆子！

张驴儿　（云）你真的不肯给我药？

赛卢医　（云）我不给你，你能把我怎么样？

张驴儿　（拖住赛卢医，云）好哇！前天谋杀蔡婆婆的，不就是你吗？你以为我不认得你哩，我拖你见官去。

赛卢医　（惊慌地云）大哥，你放了我。有药，有药。

（给药）

张驴儿　（云）既然有了药，就饶了你吧。这叫做"得放手时须放手，得饶人处且饶人"。（下）

赛卢医　（云）真是晦气！刚才来讨药的这人，就是救那婆子的人。我今天给了他这帖毒药，以后闹出事来，愈加要连累我。不如趁早关了药铺，到涿州卖老鼠药去。（下）

（蔡婆婆上，因病趴在矮桌上。张父与张驴儿上）

张　父　（云）老汉我自从来到蔡婆婆家，本指望做个接脚女婿，可是她媳妇却坚决不肯。那婆婆一直收留俺爷俩同住，只说好事多磨，等慢慢地劝转她媳妇，谁想那婆婆又生起病来。孩儿，你算过咱俩的命没有？红鸾天喜的命运什么时候才能到来呀？

张驴儿　（云）哪里要看什么天喜命到不到！只凭本事，做得到的，就自己去做。

张　父　（云）孩儿啊，蔡婆婆生病有好几天了，我和你去看看她吧。

（与蔡婆婆相见，问病云）婆婆，你今天身子儿怎么样？

蔡婆婆　（云）我身子儿很不舒服呢。

张　父　（云）你可想吃点儿什么？

蔡婆婆　（云）我想要喝点儿羊肚儿汤。

张　父　（云）孩儿，你对窦娥说，做点羊肚儿汤给婆婆喝。

张驴儿　（向后台入口处喊道）窦娥，婆婆想喝羊肚儿汤，快做了端来。

（窦娥端汤上）

窦　娥　（云）我是窦娥。俺婆婆身子不舒服，想喝羊肚汤，我亲自做了给婆婆送去。婆婆呀，我们这样的寡妇人家，凡事都要避些嫌疑，怎么能收留那张驴儿父子两个？非亲非眷的，一家子同住，岂不惹人闲话？婆婆呀，你不要背地里答应了他的亲事，连累我也不清不白的。我想这女人的心真难保呵！

（唱）她只想一生在鸳鸯帐里眠，
哪里肯半夜在空房中睡；
她本是张郎妇，
却又做了李郎妻。
有一种女人凑在一起，
并不谈论持家之计，

只打听些闲是闲非。
说一会不明白打凤的机关，
弄了些出花头使男人中计的见识。

这一个如卓文君似的当垆涤器，
这一个如孟光似的举案齐眉，
说起来藏头盖脚多伶俐！
讲起来难明了，
做出来才得知。
旧恩已忘却，
新爱正相宜。
坟头上土脉犹湿，
架儿上又换新衣。
哪里有孟姜女送寒衣，
奔丧处哭倒长城？
哪里有浣纱女表心意，
为伍子胥甘投江水？
哪里有望夫山盼夫归，
上山来化作了望夫石？
可悲！可耻！
妇人家竟这样没仁义，
多淫奔，少志气。

亏得有前人做榜样在那里，

再别说“百步相随，尚有徘徊意”。

（云）婆婆，羊肚儿汤做好了，你喝点儿吧。

张驴儿 （云）让我来拿。（接过，品尝，云）这里面少了点盐醋，你去拿来。

（窦娥下。张驴儿放药。窦娥上）

窦　娥 （云）这不是盐醋？

张驴儿 （云）你倒上一点儿。

窦　娥 （唱）你说是少盐欠醋没滋味，

加料添椒才鲜美。

只望娘亲早痊愈，

饮下羹汤一杯，

胜过甘露灌体，

得一个身子儿平安，

就让人欢天喜地。

张　父 （云）孩儿，羊肚汤做好了没有？

张驴儿 （云）汤做好了。你端过去。

张　父 （端汤，云）婆婆，你喝点儿汤。

蔡婆婆 （云）有劳您了。（呕吐，云）我现在想呕吐，不想喝汤。您老人家喝吧。

张　父 （云）这汤特意做来给你喝的，即使不想喝，也尝一口吧。

蔡婆婆 （云）我不喝了，您老人家请喝。

（张父喝汤）

窦　娥　（唱）一个说您请吃，

一个说婆先吃，

这话语听着也难受，

叫我怎能不生气！

想他家与咱家有什么亲和戚？

怎不记往日夫妻情意，

也曾有过百纵千随恩爱时？

婆婆呀，

你莫非真以为黄金浮世宝，

白发故人稀，

所以才使旧恩情，

全比不上新相知？

只想要百年同墓穴，

哪里肯千里送寒衣？

张　父　（云）我喝了这汤，怎么觉得昏昏沉沉的了？（倒地）

蔡婆婆　（惊慌地云）您老人家打起精神，您可要撑住呀。（哭，云）这不是死了吗！

窦　娥　（唱）空悲切，没法子，

人生死，是轮回。

受了这样的病疾，

逢着这样的时势，

究竟是风寒暑湿，
还有那饥饿劳役，
各人症状各自知。
人命关天关地，
别人怎能代替？
寿数前世已定，
夭殇不关今世。
才相守了三朝五夕，
说什么一家一计。
既没有羊酒缎匹来订亲，
又没有花红财物作聘礼；
携手凑合过日子，
撒手归天同离异。
不是我窦娥忤逆，
也只怕别人闲论议。
不如听咱来劝你，
就认了个自家晦气。
舍得花一口棺材安置，
费几件衣服收殓，
出了咱家门庭，
送入他家坟地。
又不是你从小儿结发的夫妻，

非亲非戚，

其实我没半点儿伤心泪滴。

用不着心如醉，意似痴，

这样哀哀怨怨，哭哭啼啼。

张驴儿 （云）好哇！你把俺老子给毒死了，我岂能善罢甘休！

蔡婆婆 （云）孩儿，这事可怎么了结啊？

窦　娥 （云）我哪里有什么毒药？都是他要盐醋时，自己倒进汤里的。

（唱）这家伙挑唆俺婆婆收留你，

自己毒死亲爹，

却想吓唬谁？

张驴儿 （云）我家老子，反倒说是我做儿子的毒死，谁也不信。（高叫）左邻右舍听着，窦娥毒死我家老子啦！

蔡婆婆 （云）罢罢。你不要这样大呼小叫的，吓死我了。

张驴儿 （云）你怕么？

蔡婆婆 （云）当然怕哩。

张驴儿 （云）你想要讨饶么？

蔡婆婆 （云）当然想讨饶哩。

张驴儿 （云）你叫窦娥顺从我，叫我三声嫡嫡亲亲的丈夫，我就饶了她。

蔡婆婆 （云）孩儿呀，你就依了他吧。

窦　娥 （云）婆婆，你怎么说这种话！

(唱)我一马难把两鞍配！

想男儿在世时候，

也有过两年婚配。

要让我改嫁别人，

实在是做不出，做不得。

张驴儿 (云)窦娥，你毒死了俺老子，你想公了，还是私了？

窦　娥 (云)怎么是公了？怎么是私了？

张驴儿 (云)你要公了呵，拖你到官衙，把你三拷六问。你这样瘦弱的身子，受不了拷打，还怕你不招认是毒死我老子的罪犯！你要私了呵，你早点儿给我做了老婆，也就算便宜你了。

窦　娥 (云)我又没有毒死你老子，宁可跟你见官去。

(张驴儿拖窦娥、蔡婆婆下)

(桃杌领衙役上)

桃　杌 (念诗)我做官人胜别人，告状来的要金银。若是上司来核卷，在家推病不出门。

(云)我是楚州太守桃杌。今朝开庭审理案件。左右，喝道受理公案。

(衙役大声吆喝开庭)

(张驴儿拖窦娥、蔡婆婆上)

张驴儿 (云)告状，告状！

衙　役 (云)押过来！

（众人跪见桃杌）

桃　杌　（也对众人下跪，云）请起。

衙　役　（云）相公，他是告状的，你怎么对他下跪？

桃　杌　（云）你不知道，只要来告状的，就是我的衣食父母。

（衙役对众人吆喝）

桃　杌　（云）哪个是原告？哪个是被告？老实说来。

张驴儿　（云）小人是原告张驴儿，告这媳妇儿，叫做窦娥，配毒药下在羊肚儿汤里，毒死了俺的老子。这个叫做蔡婆婆，就是俺的后母。望大人与小人作主哪！

桃　杌　（云）是哪一个下的毒药？

窦　娥　（云）不关小女子的事。

蔡婆婆　（云）也不关老太婆的事。

张驴儿　（云）也不关我的事。

桃　杌　（云）都不是，难道是我下的毒药？

窦　娥　（云）我婆婆也不是他的后母。他自姓张，我家姓蔡。我婆婆因为向赛卢医讨债，被他骗到郊外，想勒死我婆婆，却被他爷儿两个救了性命。所以我婆婆收留他爷儿俩在家里，供奉终生，以报答他的恩德。谁知他两个反而起了不良之心，冒认婆婆做了接脚女婿，要逼迫小女子做他的媳妇。小女子原本就是有丈夫的，服孝还没有满期，所以坚决不允。恰好碰上我婆婆生病，叫小女子安排羊肚儿汤喝。不知张驴儿从哪里买了毒药在身上，接过汤来，只说少点儿盐醋，支开小女子，暗地里放下毒药。也是天幸，我婆婆忽然呕吐，不想喝汤，让给他老子喝。才喝了几口就死了。与小女子毫无关系，只望大人高悬明镜，给小女子作主哪。

（唱）大人你明如镜，清似水，

照得见俺的肝胆虚实。

那羹汤本是五味俱全，

除此外我百事不知。

他推说尝滋味，

要再加些盐醋，

他老子喝下去就昏迷。

不是俺在法庭上乱应付，

大人啊，

却叫我平白地说咋的？

张驴儿　（云）请大人详察：她姓蔡，我姓张。她婆婆不招俺父亲做接脚女婿，她养俺父子两个在家里做什么？这媳妇年纪虽小，却是一个贱骨头，不怕打的。

桃　杌　（云）人是贱虫，不打不招。左右，给我挑大棍子打！

（衙役打窦娥。窦娥三次昏迷，三次被喷冷水浇醒）

窦　娥　（唱）这无情的棍棒，叫我受不了，

婆婆呀，

这应是你自己造下的罪孽，

怨得了谁？

劝普天下前婚后嫁的婆娘们，

都记住我这样的先例！

呀，

是哪一个在大声吆喝？

不由我不魄散魂飞。

刚停歇，才苏醒，又昏迷。

挨了这千般拷打，万种凌逼，

一杖下，一道血，一层皮。

打得我肉都飞，血淋漓，

内心的冤枉有谁知！

我这小女子，毒药从哪取？

天哪，

怎么这世道像倒扣着的盆儿里，

全不见太阳光辉！

桃　杌　（云）你招还是不招？

窦　娥　（云）真的不是小女子放的毒药哪。

桃　杌　（云）既然不是你，就给我打那老婆子。

窦　娥　（慌忙云）住住住，不要打我婆婆。宁可由我招认了吧。是我毒死了公公。

桃　杌　（云）既然招了，就让她在供状上画了押，拿枷来枷上，关到死囚牢里去。到明日判一个斩字，押赴闹市，明正典刑。

蔡婆婆　（云）窦娥孩儿，这都是我送了你的性命。这怎不叫人痛杀呵！

窦　娥　（唱）我做了个含冤负屈的无头鬼，

怎能放过你这好色荒淫的黑心贼！

想人心不可欺，

冤枉事天地知。

争到头斗到底，

到如今又能怎的？

宁可招认毒死公公，

写了招供纸。

婆婆呀，

我如果不死呵，

怎么能救出你？

（衙役押窦娥下）

张驴儿　（叩头谢恩云）谢青天老爷作主。明天杀了窦娥，才给小人的老子报了冤仇。

蔡婆婆　（哭云）明天闹市中就要杀俺窦娥孩儿了，怎不痛杀我了啊！

桃　杌　（云）张驴儿、蔡婆婆都取了保状，随时听候传审。左右，打散堂鼓，牵过马来，我回私宅去了。

（同下）

第三折

（监斩官上）

监斩官 （云）我是监斩官。今天处决犯人，叫公人们守住巷口，别放往来行人随便走动。

（一公人上，鼓三通、锣三次。刽子手摇旗提刀，押带枷的窦娥上）

刽子手 （云）快点走，快点走。监斩官去法场上好一阵子了。

窦　娥 （唱）没来由犯王法，

不提防触刑律，

叫一声屈，

动地惊天！

顷刻间游魂先赴阎罗殿，

怎不把天地呵来埋怨。

有日月朝暮悬，

有鬼神掌握着生死权。

天地呵，

你只应把清浊来分辨，

可怎么搞混了盗跖与颜渊？

为善的受贫穷却命短，

作恶的享富贵又把年寿延。
天地啊，
你落得一个怕硬欺软，
却原来也这样顺水推船。
地啊，
你不分好歹做什么地?
天啊，
你错看贤愚白做天!
唉，
只落得两眼泪涟涟!

剑子手 （云）快走，都误了时间了。

窦　娥 （唱）只被这枷扭得我左侧右偏，
围观的人拥得我前仆后仰。
我窦娥对大哥你有一句话说。

刽子手 （云）你有什么话说?

窦　娥 （唱）前街里去我心怀恨，
后街里走我死无怨，
你莫推托路途远。

刽子手 （云）现在来到了法场上。你有什么亲属要见面的，可以让他过来，见你一面也好。

窦　娥 （唱）可怜我孤身只影无亲眷，
只落得吞声忍气空嗟怨。

刽子手 （云）难道你连爹娘也没有了？

窦　娥 （云）只有一个爹爹，十三年前进京应考去了，至今杳无音讯。

（唱）早已是十多年没见过爹爹面。

刽子手 （云）你刚才要我从后街里走，是什么意思？

窦　娥 （唱）怕只怕前街里被我婆婆看见。

刽子手 （云）你自己的性命都顾不上了，怕她看见做什么？

窦　娥 （云）俺婆婆要是看见我披枷带锁，赴法场吃刀子去呵，

（唱）活活地把她气死呵，

活活地把她气死呵！

求大哥，

临危好给人行方便。

（蔡婆婆哭上）

蔡婆婆 （云）天哪，这不是我的媳妇儿吗！

刽子手 （云）这婆子靠后！

窦　娥 （云）既然俺婆婆来了，就叫她过来，让我嘱咐她几句吧。

刽子手 （云）那婆子上前来，你媳妇有话要嘱咐你哩！

蔡婆婆 （云）孩儿，痛杀我了啊！

窦　娥 （云）婆婆，那张驴儿把毒药放在羊肚儿汤里，其实想毒死你，要霸占我为妻。没想到婆婆让给他老子喝，反而把他老子毒死了。我怕连累婆婆，才屈招了毒死公公，今天赴法场受刑。婆婆，今后每逢冬时年节，初一、十

五，有倒剩下的浆水饭，倒半碗儿给我吃；烧不完的纸钱，给窦娥烧上一叠儿，就算是看在你死去的孩儿面上！

（唱）念窦娥不明不白把罪责担，

念窦娥身子脑袋不得保全，

念窦娥从前往日把家务干。

婆婆啊，

你只看窦娥爹娘不在身边的面子上。

念窦娥服侍婆婆这几年，

逢节令拿碗冷饭作祭奠；

你去那受刑法的尸骸上烧些纸钱，

只当是把你死去的孩儿来追荐。

蔡婆婆 （哭云）孩儿放心，这些我都记着。天哪，这不痛杀我了啊！

窦　娥 （唱）婆婆啊，

再也别啼啼哭哭，烦烦恼恼，

怨气冲天。

这都是我做媳妇的没时没运，

不明不暗，负屈衔冤。

刽子手 （吆喝）那老婆子靠后。时辰到了哇！

（窦娥跪着，刽子手开枷）

窦　娥 （云）窦娥告禀监斩大人，有一事肯依窦娥，就死而无怨。

监斩官　（云）你有什么事？你说。

窦　娥　（云）要一领干净的草席，让我窦娥站着；再要一丈二尺白练，挂在旗杆顶上。要是我窦娥确实冤枉，刀过处头落地，这一腔热血，叫它没半点儿溅在地下，都飞在白练上。

监斩官　（云）这个嘛，就依你，又有什么要紧。

（刽子手取席让窦娥站着；又取白练挂在旗杆上）

窦　娥　（唱）不是我窦娥发下这种无头愿，

确实是冤情不浅。

要是没点儿灵圣给世人传，

也显不出这湛湛青天。

我不要半星热血洒落人世间，

都只在八尺旗枪素练悬，

让四面八方都看见。

这就是咱苌弘尽忠血化碧，

望帝悲啼变杜鹃。

刽子手　（云）你还有什么要说的？这时不对监斩大人说，还等什么时候哪！

窦　娥　（再跪，云）大人，现在是三伏天气，要是窦娥确实冤枉，身死之后，天降三尺瑞雪，遮盖了窦娥尸首。

监斩官　（云）这样的三伏酷暑天气，你就是有冲天的怨气，也召不来一片雪花，岂不是瞎说。

窦　娥　(唱)你说是暑气浓，

不是那下雪天，

岂不闻六月飞霜因邹衍?

如果真有一腔怨气喷如火，

一定要感召得大瓣冰花滚似绵，

免得我尸骸现；

要什么素车白马，

发送到古陌荒阡!

(三跪，云)大人，我窦娥死得确实冤枉，从今以后，叫这楚州大旱三年!

监斩官　(云)住嘴! 哪有这样说话的!

窦　娥　(唱)你说是天公不可盼，

人心不可怜，

不知道皇天也肯从人愿。

为什么三年不见甘霖降?

也只为东海曾有孝妇冤。

如今轮到你山阳县!

这都是官吏们无心正法，

使百姓有口难言!

刽子手　(摇旗，云)怎么这一会儿天色阴了呀?

(后台响起风啸声)

刽子手　(云)好冷的风啊!

窦　娥　（唱）浮云为我阴，

悲风为我旋，

三桩儿誓愿明明白白全说完，

（哭，云）婆婆呀，直等到雪飞六月，大旱三年呵，

（唱）那时候才把你个屈死的冤魂

——这窦娥显。

（刽子手举刀行刑；窦娥倒地）

监斩官　（云）呀！真的下雪了。有这样的怪事！

刽子手　（云）我也说平时杀人，满地都是鲜血，这窦娥的血却是全飞到那丈二白练上，没半点儿落地，真是奇怪。

监斩官　（云）这死罪一定冤枉。前二桩儿都应验了，不知大旱三年的说法，准也不准？就看以后怎么样吧。左右，也用不着等到雪晴，就给我抬了她的尸首，还给那蔡婆婆去吧。

（众应声。抬尸下）

第四折

（窦天章官服引张千、衙役上）

窦天章　（念诗）独立空堂思黯然，高峰月出满林烟。非关有事人难睡，自是惊魂夜不眠。

（云）我是窦天章。自从别了我那端云孩儿，又已经十六年左右。我自从到了京师，一举及第，官任参知政事。只因我廉能清正，节操坚刚，感谢圣恩垂爱，将我升为两

淮提刑肃政廉访使，到各地审囚核卷，察访贪官污吏，允许我先斩后奏。我一喜又一悲：这喜呵，我身居中央台省，职掌刑名司法，势剑金牌，威权万里；这悲呵，有端云孩儿，七岁时就给了蔡婆婆做儿媳妇。我自从做官以后，派人到楚州去找蔡婆婆家，她的街坊邻居说，当年蔡婆婆搬了家，不知搬到哪里去了，至今音讯全无。我为端云孩儿，哭得两眼昏花，愁得须发斑白。今天来到淮南地界，不知道这楚州为什么三年不下雨？我现在在这州厅安歇。张千，告诉那州里各级官员，今天免去参拜，明天早来拜见。

张　千　（向后台入门喊道）所有各级官员，今天免去参拜，明天早来拜见。

窦天章　（云）张千，告诉六房吏典，只要有该审核的案卷，都拿来，让我在灯下看几份吧。

（张千送上案卷）

窦天章　（云）张千，你给我点上灯。你们都辛苦了，自个儿休息去吧。我叫你就来，不叫你就不用来。

（张千点上灯，与衙役下）

窦天章　（云）我来看几份案卷吧。

"一起犯人窦娥，用毒药害死公公……"我才看了第一份案卷，就与我同姓。这毒死公公，犯下的是十恶不赦的大罪，俺同姓的人中竟然也有不怕法律的！这是已经结了案的卷宗，不看它吧。我把这案卷压在底下，另看一份吧。

（打呵欠）不觉一阵昏昏沉沉起来。都是因为我年事已高、鞍马劳顿的缘故。让我趴在书案上歇会儿吧。

（窦天章入睡。窦娥的鬼魂上）

窦娥鬼魂 （唱）我每天哭啼啼守着望乡台，

急忙忙把仇人等待，

慢腾腾暗地里奔走，

急匆匆旋风中往来。

只被这雾锁云埋，

催促得鬼魂快。

（四下里张望。云）门神户尉不放我进去。我是廉访使窦天章的女儿，因为我屈死，父亲不知道，所以特地来托一梦给他。

（唱）我是那提刑的女儿，

可不同现世的妖怪。

怎不让我到灯影前，

却拦截在门厅外？

（叫）我那爹爹呵，

（唱）空自有势剑金牌，

怎能让俺这屈死三年的腐尸骸，

脱离那无边苦海？

（窦娥鬼魂进门见父亲，哭，窦天章也哭）

窦天章 （云）端云孩儿，你从哪里来？

（窦娥鬼魂虚下。窦天章醒来）

窦天章 （云）真是奇怪！我才合上眼，就梦见端云孩儿，就像是来到我面前一样。现在在哪里？我还是再看这案卷吧。

（窦娥鬼魂上，弄灯使之闪动）

窦天章 （云）奇怪。我正要看案卷，怎么这灯忽明忽灭的？张千也睡着了，我自己挑灯吧。

（窦天章挑灯，窦娥鬼魂移动案卷）

窦天章 （云）我挑亮了这灯，再看几份案卷。

"一起犯人窦娥，毒死公公……"

（疑怪地云）这一份案卷，我先前看过，压在案卷底下的，怎么又在这上面了？这是已经定了案的，仍压在底下，我另外看一份吧。

（窦娥鬼魂再次弄灯）

窦天章 （云）怎么这灯又是半明半暗的？我再挑一挑这灯吧。

（窦天章挑灯。窦娥鬼魂又移动案卷）

窦天章 （云）我把这灯给挑亮了，另拿一份案卷看吧。

"一起犯人窦娥，毒死公公……"

呸！真是奇怪！我方才明明把这案卷压在底下的，才挑了一下灯，怎么又翻到面上了？莫非是楚州官厅里有鬼么？即使没有鬼呵，这桩事里一定有冤枉。把这案卷再压在底下，让我另看一份怎么样？

（窦娥鬼魂又弄灯）

窦天章 （云）怎么这灯又不亮了？难道是真有鬼在弄这灯？我再去挑一挑。

（窦天章挑灯，窦娥鬼魂上，与之撞见）

窦天章 （举剑击桌）呸！我说有鬼！那鬼魂，我是朝廷钦差带牌走马肃政廉访使，你要是向前来，就一剑挥作两段！张千，亏你还睡得着，快起来，有鬼，有鬼！这真要吓死我了啊！

窦娥鬼魂 （唱）只见他疑心儿胡乱猜，

听了我这哭声反惊骇。

哎，

你这个窦天章竟这样威风大，

且受你孩儿窦娥这一拜。

窦天章 （云）那鬼魂，你说窦天章是你父亲，“受你孩儿窦娥拜”，你怕是认错了吧？我女儿名叫端云，七岁上给蔡婆婆做儿媳妇。你是窦娥，名字不同，怎么会是我的女儿？

窦娥鬼魂 （云）父亲，你把我给了蔡婆婆家，改名叫做窦娥了啊。

窦天章 （云）你就是端云孩儿？我不问你别的，这毒死公公的是不是你？

窦娥鬼魂 （云）是你孩儿。

窦天章 （云）住嘴！你这小妮子，我为你哭得眼也花了，愁得头也白了，你反而犯下十恶大罪，受了极刑！我今天官居台省，职掌刑名，来这两淮审囚核卷，察访贪官污吏。你是我的亲生女儿，我连你也治不了，怎治他人？我当初把你嫁给他家呵，要你做到三从四德。这三从就是：在家从父，出嫁从夫，夫死从子；那四德就是：事公婆，敬夫主，和妯娌，睦街坊。你现在三从四德全无，反而犯下十恶大罪。我窦家三辈没犯法的男人，五世没再婚的女子，到今日却被你玷辱了祖宗世德，还连累我的清名。你快给我细细说出真相，不要假话应付。如果说得有半点儿差错，就用公文发送你到城隍祠内，叫你永世不得做人身，罚在阴山永远做饿鬼。

窦娥鬼魂 （云）父亲请息怒，暂时放下虎狼般的威风，听你孩儿慢慢地说一遍吧。我三岁上死了母亲，七岁上离了父亲，你把我送给蔡婆婆做儿媳妇。到十七岁时与丈夫结婚，才一起生活了两年，不幸儿夫就死了，女儿和俺婆婆一道守寡。这山阳县南门外有个赛卢医，他欠俺婆婆二十两银子。俺婆婆去讨债，被他骗到郊外，想把婆婆勒死；没想到撞上了张驴儿父子俩，救了俺婆婆的性命。那张驴儿知道我家有个守寡的媳妇，就说："你们婆媳既然没有丈夫，不如招了我们父子两个。"俺婆婆起初也不同意，那张驴儿说："你要是不肯，我仍然勒死你。"俺婆婆害怕，不得已含含糊糊地答应了。只得把他父子俩领到家里，要把他们供养到老。那张驴儿几次调戏你孩儿，我坚决不顺从。那一天俺婆婆身子儿不舒服，想喝羊肚儿汤。你孩儿做好了汤，正好碰上张驴儿父子俩来探病，说："拿汤来我尝一尝。"又说："汤不错，只是少了些盐醋。"哄得我去拿盐醋，他就暗地里下了毒药。本意是想毒死俺婆婆，要强迫我成亲。没想到俺婆婆忽然发吐，不想喝汤，却让给了他老子喝，立刻七窍流血中毒死了。张驴儿就说："窦娥毒死了俺老子，你要公了，还是要私了？"我就问："怎么是公了？怎么是私了？"他说："要公了，告到衙门里，你给俺老子偿命；要私了，你就给我做老婆。"你孩儿就说："好马不配双鞍，烈女不嫁二夫。我死也不给你做媳妇，我宁愿与你见官去。"他把你孩儿拖到官衙里，受尽三推六问，吊拷捆扒。就是打死孩儿，孩儿也不肯承认。谁想州官见你孩儿不认，就要拷打俺婆婆；我怕婆婆年老，受不了刑，只得委屈认罪。因此押赴法场，把我处以极刑。你孩儿对天发下三桩誓愿：第一桩，要丈二白练挂在旗杆上，要是冤枉，刀过头落，一腔热血不溅在地上，都飞到白练上；第二桩，现在三伏天气，下三尺大雪，遮盖你孩儿尸首；第三桩，叫他楚州大旱三年。果然血飞上白练，六月下雪，三年无雨——这都是为了你孩儿的缘故。

(念诗)不告官司只告天,心中怨气口难言。防他老母遭刑宪,宁愿无辞认罪愆。三尺琼花骸骨掩,一腔鲜血练旗悬;岂独霜飞邹衍屈,今朝方表窦娥冤。

(唱)你看这案卷说过还是没说过,

我这冤枉要忍耐怎忍耐?

我不肯顺他人,

反叫我赴法场,

我不肯辱祖宗,

反把我残生坏。

呀,

今日里抱住了这摄魂台,

魂灵儿怨哀哀。

(云)父亲啊,

(唱)你现在掌握着刑名事,

亲受了圣主差遣。

请仔细察看这案卷,

那家伙乱纲常该当失败。

纵然万剐了这无赖,

还觉得报冤仇不够畅快。

窦天章 (抽泣着云)哎!我那屈死的儿,被你痛杀我了啊!我再问你:这楚州三年不下雨,果真是为了你来着?

窦娥鬼魂 （云）是为你孩儿来着。

窦天章 （云）竟有这样的事！到明天我给你作主。

（念诗）白头亲苦痛哀哉，屈杀了你个青春女孩。

（云）只怕天就要亮了。你先回去。到明天我就把案卷改正清楚。

（窦娥鬼魂暂下）

窦天章 （云）呀，天已经亮了哪！张千，我昨天晚上看几份案卷，中间有一个鬼魂来诉冤。我叫你好几次，你就是不答应，真是好睡哪！

张　千 （云）小人我两个鼻孔一夜没闭过，既没听见女鬼诉什么冤状，也没听见相公叫唤。

窦天章 （叱喝）啐！今朝开庭审案，张千，喝道受理公案。

张　千 （吆喝）本衙人马平安，抬书案！

（禀报）州官参见。

（州官上，参见窦天章）

张　千 （禀报）州府吏典参见。

（吏典上，参见窦天章）

窦天章 （云）你们楚州一郡，三年无雨，是什么缘故？

州　官 （云）这个……是天道大旱，楚州百姓的灾难，小官等不知其罪。

窦天章 （怒云）你们不知罪么！那山阳县有一个用毒药谋死公公的犯妇窦娥，她临刑时曾经发愿说："要是果真冤枉，叫你楚州三年无雨，寸草不生。”有没有这事？

州　官　（云）这罪是现已升任的前桃州守判定的，现在有案卷在。

窦天章　（云）这样糊涂的官也叫他升任了去！你是接替他上任的，这三年当中曾经祭过这冤妇没有？

州　官　（云）该犯属于十恶大罪，原来就没有建过祠，所以没有献过祭。

窦天章　（云）以前汉朝有一个孝妇守寡，她婆婆上吊自杀，她小姑控告孝妇杀了婆婆，东海太守把孝妇斩了。只为了这一妇含冤，致使三年无雨。后来于公治理监狱，依稀看见孝妇抱着案卷在厅前哭泣。于公把案卷改正，亲自祭奠孝妇之墓，天就下了大雨。今天你楚州大旱，难道不正与这事相同？张千，吩咐吏典签发公文到山阳县，叫他们拘捕张驴儿、赛卢医、蔡婆婆等一批犯人，火速解审，不许违误片刻！

张　千　（云）知道了。（下）

（解子押张驴儿、蔡婆婆随同张千上）

解　子　（禀报）山阳县押到案犯听候审问。

窦天章　（云）张驴儿。

张驴儿　（云）有。

窦天章　（云）蔡婆婆。

蔡婆婆　（云）有。

窦天章 （云）赛卢医是重要案犯，怎么没押到？

解　子 （云）赛卢医三年前在逃，同时已经四处通缉捉拿去了。等抓到时再押来候审。

窦天章 （云）张驴儿，那蔡婆婆是你的后母吗？

张驴儿 （云）母亲岂能冒认？当然是的。

窦天章 （云）这毒死你父亲的毒药，案卷上没有记录那配药的人，是哪来的毒药？

张驴儿 （云）是窦娥自己配制的毒药。

窦天章 （云）有这毒药一定有一个卖药的药铺，想窦娥是一个年轻寡妇，哪里去买这药？张驴儿，恐怕是你配的毒药吧？

张驴儿 （云）要是小人配的毒药，怎么不毒死别人，反倒毒死自家老子？

窦天章 （云）我那屈死的儿呵，这一节可是重要物证，你自己不来分辨，怎么搞得清楚？如今你的冤魂却在哪里？

（窦娥鬼魂上）

窦娥鬼魂 （云）张驴儿，这药要不是你配的，又是哪个配的？

张驴儿 （云）有鬼有鬼。撮盐入水，太上老君，急急如律令，敕。

窦娥鬼魂 （云）张驴儿，你那天放毒药在羊肚儿汤里，本意是想毒死俺婆婆，逼迫我做你老婆。没想到俺婆婆没喝，让给了你父亲喝，才把他给毒死了。你今天还敢抵赖哩！

（唱）猛然见了你这该打杀的家伙，

我只问你这毒药从哪里来？

你本意想暗地里安排，

要逼迫我顺从你这无赖，

想不到反而把你亲爹伤害，

怎叫咱替你担罪消灾！

（窦娥鬼魂打张驴儿）

张驴儿 （躲避着，云）太上老君，急急如律令，敕。大人说这毒药一定有一个卖毒药的药铺，要是找得到这卖药的人来和小人对证，我就死也没话说了。

（解子押送赛卢医上）

解　子 （云）山阳县继续押送到犯人一名赛卢医。

张　千 （喝道）抬起头来对质！

窦天章 （云）你三年前要勒死蔡婆婆，赖她银子，可有这回事？

赛卢医 （叩头）小人想赖蔡婆婆银子这事是有的。当时被两个汉子救了，那婆子并没有死。

窦天章 （云）这两个汉子你可知道叫什么名字？

赛卢医 （云）小人认倒是认得。不过惊慌之际，可没有问过他们的名姓。

窦天章 （云）现在有一个在阶下，你去认了来。

赛卢医 （下台阶，辨认）这位是蔡婆婆。（指张驴儿）想必是这毒药的事败露了。（上台阶，回禀）就是这一个。请允许小人禀告：那天本要勒死蔡婆婆的时候，正好遇到他们爷儿两个，救了那婆婆去。过了几天，他到小人铺里买毒药。小人是念佛吃斋的人，不敢做昧心的事，就说："铺里只有合法经售的药，没什么毒药。"他就瞪着眼睛说："你昨天在郊外要勒死蔡婆婆，我拖你见官去！"小人平生最怕的是见官，只好给了他一帖毒药。小人见他面相长得凶恶，一定拿这毒药去害人，久后败露，必然受到牵累。小人一直逃在涿州地界，卖些老鼠药。勉强把老鼠倒是给毒死了好几只，毒死人的药，却再也没有配过。

窦娥鬼魂　（唱）你只为了赖财，

使坏，

理该担罪责。

（带云）这毒药呵，

（唱）原来是你赛卢医卖，

张驴儿买，

无缘无故填入我的犯罪牌，

到今天官虽去，

衙门在！

窦天章　（云）带那蔡婆婆上来。我看你也是六十开外的人了，家里又是有钱的，怎么还嫁给老张，做出这种事来？

蔡婆婆　（云）我是因为他爷儿俩救了我的性命，才收留他们在家里，供养到老；那张驴儿常说要我把他老子招赘进来，我并没有答应他。

窦天章 （云）这么说，你那媳妇就不应该承认是毒死公公了。

窦娥鬼魂 （云）当时审问官要打俺婆婆，我怕她年老受不了刑，所以才认做是毒死公公，确实是屈招的哪！

（唱）你说是我不应该在这供状里这样承认。

我本来是一片孝顺的心怀，
反而做了惹祸的胚胎。
我以为官吏们还要复查，
谁想到却把咱屈斩在长街！
第一要旗枪白练鲜血洒，
第二要三尺雪里把尸埋，
第三要三年大旱示天灾——
咱的誓愿真是大。

呀，
这真是衙门自古朝南开，
其中没有不冤哉！
痛杀我娇姿弱体禁闭在坟台，
早已是三年以外，
只落得悠悠流恨似长淮。

窦天章 （云）端云孩儿呀，你这冤枉我都已知道，你先回去。等我把这一批犯人和原来的审问官吏另行定罪，换个日子再做个水陆道场，超度你魂升天界就是了。

窦娥鬼魂 （拜谢，唱）

从今后把金牌势剑从头摆，

将贪官污吏全杀死，

给天子分忧，

为万民除害！

（云）我差点儿忘了一件事。爹爹，俺婆婆年事已高，没人侍养，你可以收留在家里，替你孩儿尽到养生送死的责任，我就是在九泉之下，也能瞑目了。

窦天章 （云）多孝顺的孩儿呀！

窦娥鬼魂 （唱）嘱咐你，爹爹，

收养我奶奶。

可怜她无媳无儿，

谁看顾她年迈体衰！

再把那案卷打开，

（云）爹爹呀，把我窦娥名下，

（唱）屈死的诬服罪名儿改。（下）

窦天章 （云）叫那蔡婆婆上前来。你还认识我吗？

蔡婆婆 （云）我眼花了，不认识。

窦天章 （云）我就是窦天章。刚才的鬼魂，就是我屈死的女儿端云。你们这一行人听我宣判：张驴儿毒死亲爹，谋占寡妇，该受凌迟之罪，押付闹市中钉上木驴，剐一百二十刀处死。已升任的州守桃杌以及他原来属下的吏典官，违背法律，各杖一百，永不任用。赛卢医不该赖钱，勒死平民；又不该配制毒药，致伤人命，发配到烟瘴地方，永远充军。蔡婆婆由我家收养。窦娥的罪名改正清楚。

（念诗）莫道我念亡女为她灭罪消愆，也只可怜着楚州大旱三年。昔于公曾表彰东海孝妇，果然是感召得灵雨如泉。岂能就推托是天灾代代有，竟不想人之意感应通天。今日里把案卷重新改正，方显出皇家刑法不使民冤。

题目　秉鉴持衡廉访法

正名　感天动地窦娥冤

赵盼儿风月救风尘(全本)

这是关汉卿最著名的喜剧之一。所谓“风月救风尘”,就是用妓院中追欢卖笑的风月手段解救沦落风尘中的姊妹的意思。有钱有势、狡猾奸诈的官僚子弟周舍,用花言巧语、假意温存骗取幼稚天真的歌妓宋引章的感情;一旦将宋引章娶到手后,却对她朝打暮骂,肆意虐待。清醒老练、机智勇敢的妓女赵盼儿,一派侠义心肠。为了解救宋引章,她巧设圈套,以周舍之道还治其身,终于惩治了贪财好色、喜新厌旧的恶少,救得宋引章脱离了火坑。全剧处处伏笔,层层深入,构思巧妙,充满悬念,人物形象鲜明,语言极富个性,有浓厚的喜剧色彩。

第一折

(冲末扮周舍上,诗云)酒肉场中三十载,花星[①]整照二十年;一生不识柴米价,只少花钱共酒钱。自家郑州人氏,周同知[②]的孩儿周舍是也。自小上花台做子弟[③]。这汴梁[④]城中,有一歌者,乃是宋引章。他一心待嫁我,我一心待娶他,争奈他妈儿不肯。我今做买卖回来,今日特到他家去,一来去望妈儿,二来就提这

门亲事，多少是好。（下）

（卜儿同外旦上，云）老身汴梁人氏，自身姓李，夫主姓宋，早年亡化已过。止有这个女孩儿，叫做宋引章。俺孩儿拆白道字[⑤]，顶真续麻[⑥]，无般不晓，无般不会。有郑州周舍，与孩儿作伴多年，一个要娶，一个要嫁，只是老身谎彻梢虚[⑦]，怎么便肯？引章，那周舍亲事，不是我百般板障[⑧]，只怕你久后自家受苦。

（外旦云）奶奶[⑨]，不妨事，我一心则待要嫁他。

（卜儿云）随你，随你！

（周舍上，云）自家周舍，来此正是他门首，只索进去。（做见科）

（外旦云）周舍，你来了也！

（周舍云）我一径的来问亲事，母亲如何？

（外旦云）母亲许了亲事也。

（周舍云）我见母亲去。（做见卜儿科）（周舍云）母亲，我一径的来问这亲事哩。

（卜儿云）今日好日辰，我许了你，则休欺负俺孩儿。

（周舍云）我并不敢欺负大姐。母亲，把你那姊妹兄弟都请下者，我便收拾来也。

（卜儿云）大姐，你在家执料，我去请那一辈儿老姊妹去来。

（周舍诗云）数载间费尽精神，到今朝才许成亲。

(外旦云)这都是天缘注定。

(卜儿云)也还有不测风云。(同下)

(外扮安秀实上,诗云)刘蕡下第[10]千年恨,范丹[11]守志一生贫;料得苍天如有意,断然不负读书人。小生姓安名秀实,洛阳人氏。自幼颇习儒业,学成满腹文章,只是一生不能忘情[12]花酒。到此汴梁,有一歌者宋引章,和小生作伴。当初他要嫁我来,如今却嫁了周舍。他有个八拜交[13]的姐姐是赵盼儿,我去央他劝一劝,有何不可。赵大姐在家么?

(正旦扮赵盼儿上,云)妾身赵盼儿是也。听的有人叫门,我开门看咱。(见科,云)我道是谁,原来是妹夫。你那里来?

(安秀实云)我一径的来相烦你。当初姨姨[14]引章要嫁我来,如今却要嫁周舍,我央及你劝他一劝。

(正旦云)当初这亲事不许你来?如今又要嫁别人,端的姻缘事非同容易也呵!(唱)

【仙吕点绛唇】妓女追陪,觅钱一世。临收计[15],怎做的百纵千随,知重咱风流婿?

【混江龙】我想这姻缘匹配,少一时一刻强难为。如何可意?怎的相知?怕不便脚搭着脑杓成事

早[16]，怎知他手拍着胸脯悔后迟。寻前程[17]，觅下稍，恰便是黑海也似难寻觅。料的来人心不问，天理难欺。

【油葫芦】姻缘簿全凭我共你？谁不待拣个称意的？他每都拣来拣去百千回。待嫁一个老实的，又怕尽世儿难成对；待嫁一个聪俊的，又怕半路里轻抛弃。遮莫[18]向狗溺处藏，遮莫向牛屎里堆，忽地便吃了一个合扑地[19]，那时节睁着眼怨他谁！

【天下乐】我想这先嫁的还不曾过几日，早折的[20]容也波[21]仪、瘦似鬼，只教你难分说、难告诉、空泪垂。我看了些觅前程俏女娘，见了些铁心肠男子辈，便一生里孤眠，我也直甚颓[22]！

(云)妹夫，我可也待嫁个客人，有个比喻。

(安秀实云)喻将何比？

(正旦唱)

【那吒令】待妆个老实，学三从四德；争奈是匪妓，都三心二意。端的是那里是三梢末尾[23]？俺虽居在柳陌中、花街内，可是那件儿便宜？

【鹊踏枝】俺不是卖查梨[24]，他可也逞刀锥。一个

个败坏人伦，乔做胡为。（云）但来两三遭，问那厮要钱，他便道：“这弟子敲镘儿[25]哩。”（唱）但见俺有些儿不伶俐，便说是女娘家要哄骗东西。

【寄生草】他每有人爱为娼妓，有人爱作次妻。干家[26]的干落得淘闲气，买虚的看取些羊羔利[27]，嫁人的早中了拖刀计[28]。他正是南头做了北头开，东行不见西行例[29]。

（云）妹夫，你且坐一坐，我去劝他。劝的省时，你休欢喜；劝不省时，休烦恼。

（安秀实云）我不坐了，且回家去等信罢。大姐留心者。（下）

（正旦做行科，见外旦云）妹子，你那里人情[30]去？

（外旦云）我不人情去，我待嫁人哩。

（正旦云）我正来与你保亲。

（外旦云）你保谁？

（正旦云）我保安秀才。

（外旦云）我嫁了安秀才呵，一对儿好打莲花落[31]。

（正旦云）你待嫁谁？

（外旦云）我嫁周舍。

（正旦云）你如今嫁人，莫不还早哩？

（外旦云）有甚么早不早！今日也大姐，明日也大姐，出了一包儿脓[32]。我嫁了，做一个张郎家妇，李郎家妻，立个妇名，我做鬼也风流的。

（正旦唱）

【村里迓鼓】你也合三思而行，再思可矣[33]。你如今年纪小哩，我与你慢慢的别寻个姻配。你可便宜，只守着铜斗儿家缘家计[34]。也是你歹姐姐把衷肠话劝妹妹，我怕你受不过男儿气息。

（云）妹子，那做丈夫的做不的子弟，做子弟的做不的丈夫。

（外旦云）你说我听咱。

（正旦唱）

【元和令】做丈夫的便做不的子弟，他终不解其意。那做子弟的他影儿里会虚脾[35]，那做丈夫的忒[36]老实。

（外旦云）那周舍穿着一架子衣服，可也堪爱哩。

（正旦唱）那厮虽穿着几件虼螂皮[37]，人伦事晓得甚的！

(云)妹子,你为甚么就要嫁他?

(外旦云)则为他知重您妹子,因此要嫁他。

(正旦云)他怎么知重你?

(外旦云)一年四季,夏天我好的一觉晌睡,他替你妹子打着扇;冬天替你妹子温的铺盖儿暖了,着你妹子歇息;但你妹子那里人情去,穿的那一套衣服,戴的那一付头面[38],替你妹子提领系、整钗镮。只为他这等知重你妹子,因此上一心要嫁他。

(正旦云)你原来为这般呵。(唱)

【上马娇】我听的说就里,你原来为这的,倒引的我忍不住笑微微。你道是暑月间扇子扇着你睡,冬月间着炭火煨,那愁他寒色透重衣。

【游四门】吃饭处,把匙头挑了筋共皮;出门去,提领系、整衣袂,戴插头面整梳篦。衠[39]一味是虚脾,女娘每不省越着迷。

【胜葫芦】你道这子弟情肠甜似蜜,但娶到他家里,多无半载周年相弃掷,早努牙突嘴,拳椎脚踢,打的你哭啼啼。

【幺篇】恁时节船到江心补漏迟,烦恼怨他谁?事要前思免后悔。我也劝你不得,有朝一日,准

备着搭救你块望夫石。

(云)妹子,久以后你受苦呵,休来告我。

(外旦云)我便有那该死的罪,我也不来央告你。

(周舍上,云)小的每,把这礼物摆的好看些。

(正旦云)来的敢是周舍?那厮不言语便罢,他若但言,着他吃我几嘴好的。

(周舍云)那壁姨姨敢是赵盼儿么?

(正旦云)然也。

(周舍云)请姨姨吃些茶饭波。

(正旦云)你请我?家里饿皮脸也,揭了锅儿底,窨子里秋月——不曾见这等食[41]!

(周舍云)央及姨姨,保门亲事。

(正旦云)你着我保谁?

(周舍云)保宋引章。

(正旦云)你着我保宋引章那些儿?保他那针指油面,刺绣铺房,大裁小剪,生儿长女?

(周舍云)这歪刺骨[41]好歹嘴也。我已成了事,不索央你。

(正旦云)我去罢。(做出门科)

(安秀实上,云)姨姨,劝的引章如何?

(正旦云)不济事了也。

(安秀实云)这等呵,我上朝求官应举去罢。

(正旦云)你且休去,我有用你处哩。

(安秀实云)依着姨姨说,我且在客店中安下,看你怎么发付我。(下)

(正旦唱)

【赚煞】这妮子是狐魅[42]人女妖精，缠郎君天魔祟。则他那裤儿里休猜做有腿，吐下鲜红血、则当做苏木水[43]。耳边休采那等闲食，那的是最容易、剜眼睛嫌的，则除是亲近着他便欢喜。（带云）着他疾省[44]呵，（唱）哎，你个双郎[45]子弟，安排下金冠霞帔[46]。（带云）一个夫人来到手儿里了。（唱）却则为三千张茶引，嫁了冯魁[47]。（下）

(周舍云)辞了母亲,着大姐上轿,回咱郑州去来。

(诗云)才出娼家门,便作良家妇。

(外旦诗云)只怕吃了良家亏,还想娼家做。(同下)

第二折

(周舍同外旦上,云)自家周舍是也。我骑马一世,驴背上失了一脚。我为娶这妇人呵,整整磨了半截舌头,才成得事。如今着这妇人上了轿,我骑了马,离了汴京，来到郑州。让他轿子在头里走，怕那一般的舍人说“周舍娶了宋引章”，被人笑话。则见那轿子一晃一晃的，我向前打那抬轿的小厮，道：“你这等欺我！”举起鞭子就打。问他道：“你走便走，晃怎么？”那小厮道：“不干我事，奶奶在里边不知做甚么？”我揭起轿帘一看，则见他精赤条条在里面打筋斗。来到家中，我说：“你套一床被我盖。”我到房里，只见被子倒高似床。我便叫：“那妇人在那里？”则听的被子里答应道：“周舍，我在被子里面哩。”我道：“在被子里面做甚么？”他道：“我套绵子[48]，把我翻在里头了。”我拿起棍来，恰待要打，他道：“周舍，打我不打紧，休打了隔壁王婆婆。”我道：“好也，把邻舍都翻在被里面！”

(外旦云)我那里有这等事？

(周舍云)我也说不得这许多。兀那贱人，我手里有打杀的，无有买休[49]卖休的。且等我吃酒去，回来慢慢的打你。(下)

(外旦云)不信好人言，必有恓惶事。当初赵家姐姐劝我不听，果然进的门来，打了我五十杀威棒[50]。朝打暮骂，怕不死在他手里。我这隔壁有个王货郎，他如今去汴梁做买卖，我写一封书捎将去，着俺母亲和赵家姐姐来救我。若来迟了，我无那活的人

也。天那，只被你打杀我也！（下）

（卜儿哭上，云）自家宋引章的母亲便是。有我女孩儿从嫁了周舍，昨日王货郎寄信来，上写着道："从到他家，进门打了五十杀威棒。如今朝打暮骂，看看至死，可急急央赵家姐姐来救我。"我拿着书去与赵家姐姐说知，怎生救他去。引章孩儿，则被你痛杀我也！（下）

（正旦上，云）自家赵盼儿。我想这门衣饭，几时是了也呵！（唱）

【商调集贤宾】咱这几年来待嫁人心事有，听的道谁揭债、谁买休。他每待强巴劫[51]深宅大院，怎知道摧折了舞榭歌楼？一个个眼张狂似漏了网的游鱼，一个个嘴卢都似跌了弹的斑鸠[52]。御园中可不道是栽路柳，好人家怎容这等娼优？他每初时间有些实意，临老也没回头。

【逍遥乐】那一个不因循成就[53]，那一个不顷刻前程，那一个不等闲间罢手。他每一做一个水上浮沤[54]。和爷娘结下不断见的冤仇，恰便似日月参辰和卯酉[55]，正中那男儿机彀[56]。他使那千般贞烈[57]，万种恩情，到如今一笔都勾。

(卜儿上,云)这是他门首,我索过去。(做见科,云)大姐,烦恼杀我也!

(正旦云)奶奶,你为甚么这般啼哭?

(卜儿云)好教大姐知道:引章不听你劝,嫁了周舍;进门去打了五十杀威棒,如今打的看看至死,不久身亡。姐姐,怎生是好?

(正旦云)呀!引章吃打了也。(唱)

【金菊香】想当日他暗成公事[58]**,只怕不相投,我当初作念你的言词**[59]**今日都应口**[60]**。则你那去时,恰便似去秋。他本是薄幸的班头**[61]**,还说道有恩爱、结绸缪**[62]**。**

【醋葫芦】你铺排着鸳衾和凤帱[63]**,指望效天长共地久;蓦入门知滋味便合休**[64]**。几番家眼睁睁打干净**[65]**待离了我这手**[66]**。(带云)赵盼儿,(唱)你做的个见死不救,可不羞杀这桃园中杀白马、宰乌牛**[67]**?**

(云)既然是这般呵,谁着你嫁他来?

(卜儿云)大姐,周舍说誓来。

(正旦唱)

【幺篇】那一个不磣可可道横死亡[68]？那一个不实丕丕拔了短筹[69]？则你这亚仙[70]子母老实头。普天下爱女娘[71]的子弟口，（带云）奶奶，不则周舍说谎也，（唱）那一个不指皇天各般说咒？恰似秋风过耳早休休[72]！

（卜儿云）姐姐，怎生搭救引章孩儿？

（正旦云）奶奶，我有两个压被的银子[73]，咱两个拿着买休去来。

（卜儿云）他说来："则有打死的，无有买休卖休的。"

（正旦寻思科，做与卜耳语科，云）则除是这般[74]。

（卜儿云）可是中也不中？

（正旦云）不妨事，将书来我看。

（卜递书科，正旦念云）引章拜上姐姐并奶奶：当初不信好人之言，果有恓惶之事。进得他门，便打我五十杀威棒。如今朝打暮骂，禁持不过[75]。你来的早，还得见我；来得迟呵，不能勾见我面了。只此拜上。妹子也，当初谁教你做这事来！（唱）

【幺篇】想当初有忧呵同共忧，有愁呵一处愁。他道是残生早晚丧荒丘[76]，做了个游街野巷村务

酒[77]；你道是百年之后，（云）妹子也，你不道来——这个也大姐，那个也大姐，出了一包脓；不如嫁个张郎妇，李郎妻，（唱）立一个妇名儿做鬼也风流？

（云）奶奶，那寄书的人去了不曾？

（卜儿云）还不曾去哩。

（正旦云）我写一封书寄与引章去。（做写科，唱）

【后庭花】我将这知心书[78]亲自修，教他把天机休[79]泄漏。传示与休莽戆收心的女[80]，拜上你浑身疼的歹事头[81]。（带云）引章，我怎的劝你来？（唱）你好没来由，遭他毒手，无情的棍棒抽，赤津津[82]鲜血流，逐朝家如暴囚[83]，怕不将性命丢！况家乡隔郑州，有谁人相睬瞅，空这般出尽丑。

（卜儿哭科，云）我那女孩儿那里打熬得过！大姐，你可怎生[84]的救他一救？

（正旦云）奶奶，放心！（唱）

【柳叶儿】则教你怎生消受[85]，我索合[86]再做个机谋。把这云鬟蝉鬓[87]妆梳就，（带云）还再穿上些锦

绣衣服。（唱）珊瑚钩、芙蓉扣[88]，扭捏的身子儿别样娇柔。

【双雁儿】我着这粉脸儿搭救你女骷髅[89]，割舍的一不做二不休，拼了个由他咒也波咒。不是我说大口，怎出得我这烟月手[90]！

（卜儿云）姐姐，到那里子细着。（哭科，云）孩儿，则被你烦恼杀了我也！

（正旦唱）

【浪里来煞】你收拾了心上忧，你展放了眉间皱，我直着花叶不损觅归秋[91]。那厮爱女娘的心，见的便似驴共狗[92]，卖弄他玲珑剔透[93]。（云）我到那里，三言两句，肯写休书，万事具休；若是不肯写休书，我将他掐一掐，拈一拈，搂一搂，抱一抱，着那厮通身酥、遍体麻。将他鼻凹儿抹上一块砂糖，着那厮舔又舔不着，吃又吃不着。赚得那厮写了休书，引章将的休书来，淹的[94]撇了。我这里出了门儿，（唱）可不是一场风月[95]，我着那汉一时休。（下）

第三折

（周舍同店小二上，诗云）万事分已定，浮生空自忙；

无非花共酒，恼乱我心肠。店小二，我着你开着这个客店，我那里希罕你那房钱养家；不问官妓私科子[96]，只等有好的来你客店里，你便来叫我。

（小二云）我知道。只是你脚头乱，一时间那里寻你去？

（周舍云）你来粉房[97]里寻我。

（小二云）粉房里没有呵？

（周舍云）赌房里来寻。

（小二云）赌房里没有呵？

（周舍云）牢房里来寻。（下）

（丑扮小闲挑笼上，诗云）钉靴雨伞为活计，偷寒送暖作营生；不是闲人闲不得，及至得了闲时又闲不成。自家张小闲的便是。平生做不的买卖，止是与歌者姐姐每叫些人，两头往来，传消寄信都是我。这里有个大姐赵盼儿，着我收拾两箱子衣服行李，往郑州去。都收拾停当了，请姐姐上马。

（正旦上，云）小闲，我这等打扮，可冲动得那厮么？

（小闲做倒科）

（正旦云）你做甚么哩？

（小闲云）休道冲动那厮，这一会儿连小闲也酥倒了。

（正旦唱）

【正宫端正好】则为他满怀愁，心间闷，做的个进退无门。那婆娘家一涌性[98]无思忖，我可也强打入迷魂阵。

【滚绣球】我这里微微的把气喷，输个姓因[99]，怎不教那厮背槽抛粪[100]，更做道普天下无他这等郎君。想着容易情，忒献勤，几番家待要不问；第一来我则是可怜见无主娘亲，第二来是我惯曾为旅偏怜客，第三来也是我自己贪杯惜醉人。到那里呵，也索费些精神。

(云)说话之间，早来到郑州地方了。小闲，接了马者，且在柳阴下歇一歇咱。

(小闲云)我知道。

(正旦云)小闲，咱闲口论闲话：这好人家好举止，恶人家恶家法。

(小闲云)姐姐，你说我听。

(正旦唱)

【倘秀才】县君的则是县君，妓人的则是妓人。怕不扭捏着身子蓦[101]入他门；怎禁他使数的到支分[102]，背地里暗忍。

【滚绣球】那好人家将粉扑儿浅淡匀，那里像咱干茨腊[103]手抢着粉；好人家将那篦梳儿慢慢地铺鬓，那里像咱解了那襻胸带[104]，下颏上勒一道深痕。好人家知个远近，觑个向顺，衠一味良人家风韵；那里像咱们，恰便是空房中锁定个猢孙[105]：有那千般不实乔躯老[106]，有万种虚嚣歹议论，断不了风尘[107]。

(小闲云)这里一个客店,姐姐好住下罢。

(正旦云)叫店家来。(店小二见科)

(正旦云)小二哥,你打扫一间干净房儿,放下行李。你与我请将周舍来,说我在这里久等多时也。

(小二云)我知道。(做行叫科,云)小哥在那里?

(周舍上,云)店小二,有甚么事?

(小二云)店里有个好女子请你哩。

(周舍云)咱和你就去来。(做见科,云)是好一个科子也。

(正旦云)周舍,你来了也。(唱)

【幺篇】俺那妹子儿有见闻，可有福分，抬举的个丈夫俊上添俊，年纪儿恰正青春。（周舍云）我那

里曾见你来？ 我在客火[108]里，你弹着一架筝，我不与了你个褐色绸段儿？

（正旦云）小的，你可见来？

（小闲云）不曾见他有甚么褐色绸段儿。

（周舍云）哦，早起杭州客火散了，赶到陕西客火里吃酒。 我不与了大姐一分饭来？

（正旦云）小的每，你可见来？

（小闲云）我不曾见。

（正旦唱）你则是忒现新[109]，忒忘昏[110]，更做道你眼钝。 那唱词话[111]的有两句留文：咱也曾武陵溪畔曾相识，今日佯推不认人。 我为你断梦劳魂[112]。

（周舍云）我想起来了，你敢是赵盼儿么？

（正旦云）然也。

（周舍云）你是赵盼儿，好，好！当初破亲也是你来。小二，关了店门，则打这小闲。

（小闲云）你休要打我。俺姐姐将着锦绣衣服，一房一卧[113]来嫁你，你倒打我？

（正旦云）周舍，你坐下，你听我说。你在南京[114]时，人说你周舍名字，说的我耳满鼻满的，则是不曾见你。后得见你呵，害的我不茶不饭，只是思想着你。

听的你娶了宋引章,教我如何不恼?周舍,我待嫁你,你却着我保亲!(唱)

【倘秀才】我当初倚大呵妆儇[115]主婚,怎知我嫉妒呵特故里[116]破亲?你这厮外相儿通疏就里村[117]!你今日结婚姻,咱就肯罢论。

(云)我好意将着车辆鞍马奁房来寻你,你划地将我打骂?小闲,拦回车儿,咱家去来。

(周舍云)早知姐姐来嫁我,我怎肯打舅舅?

(正旦云)你真个不知道?你既不知,你休出店门,只守着我坐下。

(周舍云)休说一两日,就是一两年,您儿也坐的将去。

(外旦上,云)周舍两三日不家去,我寻到这店门首,我试看咱。原来是赵盼儿和周舍坐哩。兀那老弟子不识羞,直赶到这里来。周舍,你再不要来家,等你来时,我拿一把刀子,你拿一把刀子,和你一递一刀子戳哩。(下)

(周舍取棍科,云)我和你抢生吃[118]哩!不是奶奶在这里,我打杀你。

（正旦唱）

【脱布衫】我更是的不待饶人，我为甚不敢明闻；肋底下插柴自忍[119]，怎见你便打他一顿？

【小梁州】可不道一夜夫妻百夜恩，你可便息怒停嗔。你村时节背地里使些村，对着我合思忖：那一个双同叔[120]打杀俏红裙？

【幺篇】则见他恶哏哏摸按着无情棍，便有火性的不似你个郎君。（云）**你拿着偌粗的棍棒，倘或打杀他呵，可怎了？**

（周舍云）**丈夫打杀老婆，不该偿命。**

（正旦云）**这等说，谁敢嫁你？**（背唱）**我假意儿瞒，虚科儿喷[121]，着这厮有家难奔。妹子也，你试看咱风月救风尘。**

（云）周舍，你好道儿[122]。你这里坐着，点的你媳妇来骂我这一场。小闲，拦回车儿，咱回去来。

（周舍云）好奶奶，请坐。我不知道他来；我若知道他来，我就该死。

（正旦云）你真个不曾使他来？这妮子不贤惠，打一棒快球子[123]，你舍的宋引章，我一发嫁你。

(周舍云)我到家里就休了他。(背云)且慢着,那个妇人我平日间打怕的,若与了一纸休书,那妇人就一道烟去了。这婆娘他若是不嫁我呵,可不弄的尖担两头脱?休的造次[124],把这婆娘摇撼的实着。(向旦云)奶奶,您孩儿肚肠是驴马的见识。我今家去把媳妇休了呵,奶奶,你把肉吊窗儿[125]放下来,可不嫁我,做的个尖担两头脱。奶奶,你说下个誓着。

(正旦云)周舍,你真个要我赌咒?你若休了媳妇,我不嫁你呵,我着堂子[126]里马踏杀,灯草打折臁儿骨[127]。你逼的我赌这般重咒哩!

(周舍云)小二,将酒来。

(正旦云)休买酒,我车儿上有十瓶酒哩。

(周舍云)还要买羊。

(正旦云)休买羊,我车上有个熟羊哩。

(周舍云)好好好,待我买红[128]去。

(正旦云)休买红,我箱子里有一对大红罗。周舍,你争甚么那?你的便是我的,我的就是你的。(唱)

【二煞】则这紧的到头终是紧,亲的原来只是亲。凭着我花朵儿身躯,笋条儿年纪,为这锦片儿前程,倒赔了几锭儿花银。拼着个十米九糠[129],问什

么两妇三妻！受了些万苦千辛，我着人头上气忍，不枉了一世做郎君。

【黄钟尾】你穷杀呵甘心守分捱贫困，你富呵休笑我饱暖生淫惹议论。您心中觑个意顺，但休了你这眼下人，不要你钱财使半文，早是我走将来自上门。家业家私待你六亲，肥马轻裘待你一身，倒贴了奁房[130]和你为眷姻。（云）我若还嫁了你，我不比[131]那宋引章，针指油面[132]、刺绣铺房[133]、大裁小剪，都不晓得一些儿的。（唱）我将你写了的休书正了本[134]。（同下）

第四折

(外旦云,云)这些时周舍敢待来也。

(周舍上,见科)

(外旦云)周舍,你要吃甚么茶饭?

(周舍做怒科,云)好也,将纸笔来,写与你一纸休书,你快走。

(外旦接休书不走科,云)我有甚么不是,你休了我?

(周舍云)你还在这里?你快走!

(外旦云)你真个休了我?你当初要我时怎么样说来?你这负心汉,害天灾的!你要去,我偏不去。

(周舍推出门科)

(外旦云)我出的这门来。周舍,你好痴也!赵盼儿姐姐,你好强也!我将着这休书,直至店中寻姐姐去来。(下)

(周舍云)这贱人去了,我到店中娶那妇人去。(做到店科,叫云)店小二,恰才来的那妇人在那里?

(小二云)你刚出门,他也上马去了。

(周舍云)倒着他道儿了。将马来,我赶将他去。

(小二云)马揣驹[135]了。

(周舍云)鞁[136]骡子。

(小二云)骡子漏啼[137]。

(周舍云)这等,我步行赶将他去。

(小二云)我也赶他去。(同下)(旦同外旦上)

(外旦云)若不是姐姐,我怎能勾出的这门也!

(正旦云)走走走!(唱)

【双调新水令】笑吟吟案板[138]似写着休书,则俺这脱空[139]的故人何处?卖弄他能爱女、有权术,怎禁那得胜葫芦说到有九千句[140]。

(云)引章,你将那休书来与我看咱。(外旦付休书)(正旦换科,云)引章,你再要嫁人时,全凭这一张纸

是个照证，你收好者！（外旦接科）

（周舍赶上，喝云）贱人，那里去？宋引章，你是我的老婆，如何逃走？

（外旦云）周舍，你与了我休书，赶出我来了。

（周舍云）休书上手模印五个指头，那里四个指头的是休书？（外旦展看，周夺咬碎科）

（外旦云）姐姐，周舍咬了我的休书也。（旦上救科）

（周舍云）你也是我的老婆。

（正旦云）我怎么是你的老婆？

（周舍云）你吃了我的酒来。

（正旦云）我车上有十瓶好酒，怎么是你的？

（周舍云）你可受我的羊来。

（正旦云）我自有一只熟羊，怎么是你的？

（周舍云）你受我的红定[14]来。

（正旦云）我自有大红罗，怎么是你的？（唱）

【乔牌儿】酒和羊，车上物；大红罗，自将去。你一心淫滥无是处，要将人白赖取。

（周舍云）你曾说过誓嫁我来。

（正旦唱）

【庆东原】俺须是卖空虚，凭着那说来的盟言咒誓为活路[142]。（带云）怕你不信呵。（唱）遍花街请到娼家女，那一个不对着明香宝烛，那一个不指着皇天后土，那一个不赌着鬼戮神诛？若信这咒盟言，早死的绝门户。

（云）引章妹子，你跟将他去。

（外旦怕科，云）姐姐，跟了他去就是死。

（正旦唱）

【落梅风】则为你无思虑、忒模糊。（周舍云）休书已毁了，你不跟我去待怎么？（外旦怕科）（正旦云）妹子休慌莫怕！咬碎的是假休书。（唱）我特故抄与你个休书题目[143]，我跟前现放着这亲模[144]。（周舍夺科）（正旦唱）便有九头牛也拽不出去。

（周扯二旦科，云）明有王法，我和你告官去来。（同下）

（外扮孤引张千上，诗云）声名德化九重[145]闻，良夜家家不闭门；雨后有人耕绿野，月明无犬吠花村。小官郑州守李公弼是也。今日升起早衙，断理些公事。张千，喝撺箱。

（张千云）理会的。

（周舍同二旦、卜儿上）

（周叫云）冤屈也！

（孤云）告甚么事？

（周舍云）大人可怜见，混赖[146]我媳妇。

（孤云）谁混赖你的媳妇？

（周舍云）是赵盼儿设计混赖我媳妇宋引章。

（孤云）那妇人怎么说？

（正旦云）宋引章是有丈夫的，被周舍强占为妻，昨日又与了休书，怎么是小妇人混赖他的？（唱）

【雁儿落】这厮心狠毒，这厮家豪富，衡一味虚肚肠，不踏着实途路。

【得胜令】宋引章有亲夫，他强占作家属。淫乱心情歹，凶顽胆气粗。无徒[147]！到处里胡为做。现放着休书，望恩官明鉴取。

（安秀实上，云）适才赵盼儿使人来说："宋引章已有休书了，你快告官去，便好娶他。"这里是衙门首，不免高叫道：冤屈也！

（孤云）衙门外谁闹？拿过来！

（张千拿入科，云）告人当面。

（孤云）你告谁来？

（安秀实云）我安秀实，聘下宋引章，被郑州周舍强夺为妻，乞大人做主咱。

（孤云）谁是保亲？

（安秀实云）是赵盼儿。

（孤云）赵盼儿，你说宋引章原有丈夫，是谁？

（正旦云）正是这安秀才。（唱）

【沽美酒】他幼年间便习儒，腹隐着九经书[148]，又是俺共里同村一处居；接受了钗环财物，明是个良人妇。

（孤云）赵盼儿，我问你：这保亲的委是你么？

（正旦云）是小妇人。（唱）

【太平令】现放着保亲的堪为凭据，怎当他抢亲的百计亏图[149]？那里是明婚正娶，公然的伤风败俗！今日个诉与太府做主，可怜见断他夫妻完聚。

(孤云)周舍,那宋引章明明有丈夫的,你怎生还赖是你的妻子?若不看你父亲面上,送你有司问罪。您一行人听我下断:周舍杖六十,与民一体[150]当差;宋引章仍归安秀才为妻;赵盼儿等宁家住坐[151]。

(词云)只为老虔婆[152]受贿贪钱,赵盼儿细说根源,呆周舍不安本业,安秀才夫妇团圆。(众叩谢科)

(正旦唱)

【收尾】对恩官一一说缘故,分剖开贪夫怨女;面糊盆[153]再休说死生交,风月所重谐燕莺侣[154]。

题目　安秀才花柳成花烛

正名　赵盼儿风月救风尘

---

① 花:元俗称妓女叫花。花星犹如说“桃花运”。下文“花台”指妓院;“花钱”,即指花在妓女身上的钱。　② 同知:官名。元代州、县的副长官。　③ 子弟:嫖客。　④ 汴梁:又称汴京,北宋、金之首都。今河南开封。　⑤ 拆白道字:一种文字游戏。把一个字拆开来说,如“好”字拆为“女边着子”。　⑥ 顶真续麻:一种文字游戏。上句末一字和下句头一字相重迭,诗称“顶真格”。　⑦ 谎彻梢虚:此指敷衍应付。　⑧ 板障:阻挠。　⑨ 奶奶:仆人、佣人或后辈对妇

女的尊称。 ⑩ 刘蕡(fén)下第:唐刘蕡考试时在文章里劝皇帝杀宦官,考官怕得罪宦官,没敢录取他。后人用此典表示贤才被扼杀。⑪ 范丹:东汉人,曾从马融学经学,但不愿做官,卖卜为生,一生清贫。 ⑫ 忘情:不为感情所动。 ⑬ 八拜交:异姓朋友结为兄弟姐妹。 ⑭ 姨姨:对女性的泛称。 ⑮ 收计:结局,下场。 ⑯ 脚搭着脑杓成事早:元时俗谚。形容快跑时脚后跟几乎碰着脑壳,指急于成事。 ⑰ 前程:妓女所谓的前程即指婚姻。 ⑱ 遮莫:尽管、纵使,拼着。 ⑲ 合扑地:俯面扑地。 ⑳ 折的:折磨得。 ㉑ 也波:衬字,无义。 ㉒ 直甚颓:值什么鸟,骂人话。此指不算稀奇,不足诧异。 ㉓ 三梢末尾:指结局、收场。 ㉔ 查梨:像梨而不好吃的酸果。 ㉕ 敲镘儿:敲竹杠。 ㉖ 干(gàn)家:主管家务。㉗ 羊羔利:元代高利贷的一种,放债过了一年,要加倍收回利钱。㉘ 拖刀计:战场上武将的刀法之一,比喻机谋,阴谋。 ㉙"南头做了北头开"二句:元时俗谚。指不接受前人教训,重蹈覆辙。 ㉚ 人情:指作客,应酬,交往。 ㉛ 打莲花落:意指做乞丐。莲花落,当时乞儿常唱的小曲。 ㉜ 大姐:当时妓女的俗称。"姐""疖"谐音,所以说"出了一包儿脓"。 ㉝"三思而行"二句:化用《论语·公冶长》"季文子三思而后行,子闻之,曰:'再,斯可矣。'"语意,意思是临事不必三次思考,思考两次也就够了。再,二次。 ㉞ 铜斗儿家缘家计:即"铜斗家私",比喻坚牢、稳当的家财。 ㉟ 虚脾:虚情假意。㊱ 忒(tuī):太。 ㊲ 虼(gè)螂皮:吃屎的屎克螂,外壳乌黑发亮,很是好看。 ㊳ 头面:首饰。 ㊴ 衠(zhūn):全部、整个,纯是。㊵"窨子里秋月"二句:歇后语。意思是地窨里出月亮,可没见过这样的事。食,谐音"事"。窨(yìn)子,地窨。 ㊶ 歪剌骨:卑劣下贱的人，旧时多用于妇女。 ㊷ 狐魅：迷惑。传说狐狸狡猾，善于迷人，比喻用阴柔女色迷惑人。 ㊸“则他那裤儿里休猜做有腿”三句：承上文说这妮子是女妖精，所以这里说她裤子里不会有人腿；有时装病吐血，你也只能把它当做苏木水。苏木水，一种红色染料。㊹ 疾省：猛醒。 ㊺ 双郎：指双渐，又称双同叔，双通叔。他和庐州妓女苏小卿相爱，小卿鸨母却将小卿卖给茶商冯魁。经过许多波折，最后双渐终于和苏小卿结为夫妇。其事始见南宋罗烨《醉翁谈录》，元曲中写双渐、苏卿故事颇多，流传甚广。 ㊻ 金冠霞帔(pèi)：即“凤冠霞帔”，指古代官僚贵族妇女的盛装，一般用于婚礼时的装束。霞帔，有彩绣的披服。 ㊼ 三千张茶引：等于说钱财饶富。引，古代代表金额或准许购销货物的一种凭证，也指购销货物的重量。茶引，茶贩茶商卖茶纳税后由政府发给的凭证；一说，茶引之“引”为衡名，元代创制，见《草木子》卷三。冯魁：人名。他用三千张茶引的银子从鸨母处买走苏小卿。双渐状元及第后，寻访小卿，知被冯魁买走，张帆追赶，至金山，见苏小卿事先留在寺中的书信，便一夜千里赶到临安，夺回小卿，二人终于结为夫妇。 ㊽ 绵子：棉絮。旧时北方人做棉被，先缝好布套，再铺上棉絮，然后将棉絮翻转到里面。此处是周舍借这件事骂宋引章没有能耐，不会做事。 ㊾ 休：即休妻。指旧时丈夫抛弃妻子。买休，用钱赎身，与原夫断绝夫妻关系。卖休，指卖妻。 ㊿ 杀威棒：打棍子杀威风。本是对待初流配犯人的酷刑，此指对才进门妻妾的毒打。 (51) 巴劫：巴结；依附，投靠。 (52) 嘴卢都似跌了弹的斑鸠：形容被石弹击中的斑鸠。嘴卢都，指撅着嘴不说话，一说，歪着嘴，口吐白沫的样子。 (53) 因循成就：指轻易地成就婚事。 (54) 浮沤：水泡。比喻妓女的婚姻难得长久。 ㊺ 参辰:参星和辰星。参星、辰星一在西方,一在东方,一起一落,不同时相见。卯酉:卯时和酉时,犹言一早一晚。卯,古代记时单位,相当于早上五至七时;酉,古代记时单位,相当于十七至十九时。 ㊻ 中机彀(gòu):比喻上当受骗。机彀,同机括,箭弩机械。 ㊼ 贞烈:封建时代对妇女的道德规范。封建伦理道德要求妇女对丈夫忠贞至死,“从一而终”。不改嫁,不失身,叫“贞”;保持贞节而死,叫“烈”。 ㊽ 公事:此指婚事。 ㊾ 作念:念叨,叙说。 ㊿ 应口:应验。 61 薄幸:薄情。班头:头领。 62 绸缪(chóu móu):紧缠密绕,比喻情意绵绵的爱情。 63 鸳衾(qīn):鸳鸯被。凤帱(chóu):鸾凤帐。此处语义双关,既指结婚时的床上陈设,也寓含合欢恩爱之意。 64 滋味:对环境苦乐的感受。合休:应该罢休。 65 几番家:几次,几回。打干净:“打干净球儿”的省略。为当时俗语,意思是置身事外。 66 待离了我这手:待不要插手。 67 “可不羞杀”句:意为自己如果对宋引章的事撒手不管,就违背了当初结拜姐妹的情义,被前贤羞死。桃园中杀白马、宰乌牛,指三国时刘备、关羽、张飞桃园三结义故事。 68 碜(chěn)可可:令人恐怖而难受的样子。道横死亡:发誓说不得好死。 69 实丕丕:实在得很。丕丕,形容实在的程度。拔了短筹:短命早死。 70 亚仙:指唐代妓女李亚仙。唐人白行简小说《李娃传》写贵公子郑生与李娃相恋,历尽曲折,终于结成夫妇。元杂剧中皆称“李娃”为“李亚仙”。此处以喻宋引章。 71 女娘:妓女。 72 秋风过耳:指誓言像秋风从耳边吹过,说过后就完了,并非出自真心。休休:同“休也”,感叹词,犹言算了,罢了,完了。 73 压被的银子:私房钱。 74 则除是这般:只除非是这样。意思是只有如此。 75 禁持不过:忍受不住了。

⑯ 残生：余生。丧荒丘：死在荒凉的坟场。 ⑰ 做了个游街野巷村务酒：意思是说成了可怜的游魂野鬼。游街野巷，是元代的酷刑之一。村务酒，是犯人死前在乡村酒店喝的永别酒。一说“村务酒”即“村酒务”，乡村的小酒店。 ⑱ 知心书：机密信。 ⑲ 天机：形容极端机密的计谋。 ⑳ 传示：传信，指明。莽戆（gàng）：莽撞。收心：灰心，绝望。 ㉑ 浑身疼的歹事头：指宋引章。因前面说宋引章被周舍朝打暮骂，所以这里想象她“浑身疼”。歹事头，倒霉的人。㉒ 赤津津：血淋淋。 ㉓ 逐朝家：逐日，天天。家，口语语尾。暴囚：被虐待的囚犯。 ㉔ 怎生：怎么，怎样。 ㉕ 消受：忍受。㉖ 索合：应该，必须。 ㉗ 云鬟（huán）蝉鬓：古代妇女发髻的样式。㉘ 珊瑚钩、芙蓉扣：都是古代妇女佩带的装饰品。 ㉙ 女骷髅：形容面容憔悴的妇女，此指宋引章。 ㉚ 烟月手：烟月的手段。烟月，即烟花风月。烟花指妓女，风月指男女间不正当的关系。此处“烟月手”是指长于与嫖客间的勾心斗角的手段。 ㉛ 花叶不损觅归秋：比喻不受伤害，好去好回。 ㉜ 驴共狗：禽兽的意思。 ㉝ 玲珑剔透：通明透彻的样子，形容技巧圆熟。 ㉞ 淹的：忽然地。㉟ 风月：指男女风情欢爱之事。 ㊱ 私科子：暗娼。 ㊲ 粉房：妓院。 ㊳ 一涌性：一时冲动。 ㊴ 输个姓因：此句语义不明。有人认为，“姓因”疑为“婚姻”之误，输即输赢之输；有人认为，“姓因”系“信音”的借字，输即送，给予；也有人认为“姓因”乃“情”字的急读，此句即“给点春情”的意思。译文姑从第一说。 ⑩⓪ 背槽抛粪：指牛马等牲口背转过身离开食料槽就拉屎，比喻忘恩负义。 ⑩① 蓦：迈。⑩② 使数：随从，供使唤的人。支分：打发，差遣。 ⑩③ 干茨腊：也作“干支剌”，形容干枯的样子。 ⑩④ 襻（pàn）：结，系，联缀。胸带：古

时妇女梳头时用来包裹头发的带子，要缠过下颏。 ⑮ 猢孙：即“猢狲”，猴子的别称。 ⑯ 乔躯老：怪模怪样、别别扭扭的身段姿态。乔，装扮，作假。 ⑰ 风尘：指妓院，亦指妓女。 ⑱ 客火：客店。 ⑲ 忒现新：太喜新厌旧。 ⑳ 忘昏：健忘。 ⑪ 唱词话：民间曲艺，有说有唱。“武陵溪畔曾相识”二句，即词话所说唱的刘晨、阮肇入山采药，遇仙女于溪边的故事。 ⑫ 断梦劳魂：形容苦苦相思，睡不安稳。 ⑬ 一房一卧：一房妆奁；一床铺盖。 ⑭ 南京：即汴梁，今河南开封；金主完颜亮改汴都作南京。 ⑮ 妆儇（xuān）：装假，装腔作势。 ⑯ 特故里：特别，特意。里，语助词，无义。 ⑰ 外相儿通疏就里村：外表聪明，内里却很蠢。就里，内中，内情。 ⑱ 抢生吃：难道我和你抢生东西吃。承上文“一递一刀子戳”说的。 ⑲ 肋底下插柴自忍：俗语，意为痛苦只好自己隐忍。 ⑳ 双同叔：双渐，见注㊺。 ㉑ 虚科儿喷：装模作样地哄骗。 ㉒ 道儿：诡计。 ㉓ 打一棒快球子：当时打球的行话，比喻快速解决问题。 ㉔ 造次：莽撞。 ㉕ 肉吊窗儿：指眼皮儿。 ㉖ 堂子：指澡堂，浴室。 ㉗ 臁（lián）儿骨：腰骨。臁，本指家畜腰下、股前、肋骨之后的软陷处。此借为指人的腰部。 ㉘ 红：红罗。红色丝织品，是旧时婚礼时的用品。 ㉙ 拼着个十米九糠：意为不管好歹。十米九糠，当时成语，比喻坏的多、好的少。 ㉚ 奁（lián）房：妆奁、嫁妆。 ㉛ 不比：不同于。 ㉜ 针指：即针黹。指剪裁缝纫等针线活。油面：用油涂抹脸。指美容化妆，修饰打扮。 ㉝ 铺房：宋时婚俗。婚礼前一天，女家派人到男家铺设卧室。此指收拾整理房间。 ㉞ 我将你写了的休书正了本：意思是说我（赵盼儿自指）会让你（指周舍）觉得休弃宋引章所付出的代价是值得的。正了本，即够本。 ㉟ 揣驹：怀上小马驹。

⑬⑥ 鞁(bèi):同“鞴”,把鞍辔等套在马、骡身上。 ⑬⑦ 漏蹄:牲口蹄子生的一种疾病,疼痛不能行走。 ⑬⑧ 案板:切菜用的厚木板。借板面平稳,比喻办事的稳妥可靠。 ⑬⑨ 脱空:说谎、不实在。 ⑭⓪ 得胜葫芦说到有九千句:意为抵不过我这张厉害的嘴。葫芦,指嘴巴。 ⑭① 红定:订婚时下聘的礼物。 ⑭② 活路:可以变通的门路。 ⑭③ 休书题目:指抄给宋引章的假休书。 ⑭④ 亲模:亲自写下的真文书。亲,真切。 ⑭⑤ 九重:指朝廷。 ⑭⑥ 混赖:诈骗,骗取。 ⑭⑦ 无徒:无赖。 ⑭⑧ 九经书:泛指各种经书,九不是实数。 ⑭⑨ 亏图:图谋暗算。 ⑮⓪ 一体:一样。 ⑮① 宁家住坐:宋元官府判案用语,意为回家安分守己过日子。 ⑮② 虔婆:即鸨母,旧时指妓女的假母。 ⑮③ 面糊盆:比喻糊里糊涂的环境或缠绕不清的事。 ⑮④ 谐燕莺侣:比喻美满婚姻。

翻译

人物表

赵盼儿 久处风尘的歌妓,正旦扮。

宋引章 年轻歌妓,外旦扮。

宋　母 宋引章之母。卜儿扮。

周　舍 郑州周同知之子,嫖客,冲末扮。

安秀实 穷秀才,外扮。

李公弼 郑州太守,即孤,外扮。

张小闲　市井帮闲，丑扮。

店小二　客店主人。

张　千　衙门随从。

第一折

（周舍上）

周　舍　（念诗）酒肉场中三十载，花星整照二十年。一生不识柴米价，只少花钱和酒钱。

（云）我是郑州人，周同知的孩儿周舍。从小在花柳巷里做嫖客。这汴梁城里，有一个歌女，就是宋引章。她一心想嫁我，我一心想娶她，不料她妈妈不肯。我现在做买卖回来，今天特地到她家里去，一来去看她妈妈，二来就提这门亲事，这多好。（下）

（宋母与宋引章上）

宋　母　（云）我是汴梁人，自家姓李，丈夫姓宋，早年就已去世。只有这个女儿，叫做宋引章。俺孩儿拆白道字、顶真续麻，没有一件不会，没有一件不懂。郑州周舍，和俺孩儿相好多年，一个想娶，一个愿嫁，我只是敷衍应付，怎能就答应？引章，那周舍的亲事，不是我千方百计阻挠，只怕你以后自己受苦。

宋引章　（云）奶奶，没关系。我一心只想要嫁给他。

宋　母　（云）随你！随你！

（周舍上）

周　舍　（云）我是周舍，来到这里，正好是她家门口，只管进去。

（周舍与引章相见）

宋引章　（云）周舍，你来了啊！

周　舍　（云）我专程来问这桩亲事。母亲怎么说？

宋引章　（云）母亲答应了亲事啦。

周　舍　（云）我见母亲去。

（与宋母相见）母亲，我专程来问这桩亲事哩。

宋　母　（云）今天是好日子，我答应了你。只是你别欺负俺孩儿。

周　舍　（云）我决不敢欺侮大姐。母亲，把你那些姊妹弟兄都邀请了，我收拾了就来啦。

宋　母　（云）大姐，你在家照看。我去请那一班老姊妹来。

周　舍　（念诗）几年里费尽精神，到今朝才许成亲。

宋引章　（接念）这都是天缘注定。

宋　母　（接念）也还有不测风云。

（同下。安秀实上）

安秀实　（念诗）刘蕡下第千年恨，范丹守志一生贫；料得苍生如有意，断然不负读书人。

（云）我姓安，名秀实，洛阳人。从小熟读儒家经典，学成满腹文章，只是平生不能忘情花酒。来到这汴梁，有一个歌女宋引章，和俺作伴。当初她想嫁给我，现在却嫁给了周舍。她有一个八拜结交的姐姐是赵盼儿，我央求她去劝一劝,也没什么不好。赵大姐在家吗?

(赵盼儿上)

赵盼儿 (云)我是赵盼儿。听见有人叫门,我开门看一看吧。(见安秀实,云)我以为是谁,原来是妹夫。你从哪里来?

安秀实 (云)我专程来烦劳你。当初引章姨姨要嫁给我,现在她却要嫁给周舍,我央求你去劝她一劝。

赵盼儿 (云)当初这亲事不是答应你了吗?现又想嫁给别人。这姻缘事也真是不容易啊!

(唱)妓女追陪,觅钱一世。

收场时,
怎能够夫唱妻随,
敬重咱风流婿?

我想这姻缘婚配,
纵然差了一刻一时,
也难勉强成双成对。
哪里来中意?
怎么地相知?
纵然是脚碰着后脑成事早,
怎知他手拍着胸脯后悔迟。
求婚姻,觅归宿,
恰正是黑海一般难寻觅。

料想是良心纵不问，
天理也难欺。

姻缘簿难道全凭我与你，
谁不想拣一个称心如意的？
她们都拣来拣去千百回，
想嫁一个老实的，
又怕一辈子难成对；
想嫁一个聪俊的，
又怕半路里轻抛弃。
拼着自甘轻贱往狗尿处躲，
纵然是不嫌卑污藏往牛粪里，
免不了跌个嘴啃泥，
那时候又瞪着眼睛怨得了谁？

我想这先嫁的还没有过上几日，
早已被折磨得容貌呵瘦似鬼。
只叫你难分辩、难诉说、泪空垂。
我看了些追求婚姻的俏姑娘，
见了些铁石心肠的男儿辈。
纵然一辈子孤身独眠，
我也不诧异！

(云)妹夫，我倒也想嫁一个客人，不过有个比喻。

安秀实 (云)什么比喻？

赵盼儿 (唱)想要装得老实，

学做三从四德；

怎奈是男的匪、女的妓，

双方都三心二意。

真的是哪里是归宿结尾？

俺虽然住在柳陌中、花街内，

可哪件儿得过便宜？

俺不是把酸果卖作甜梨，

他却是横眉竖眼来挑剔。

一个个败坏人伦，胡作非为！

(云)只要来上二三趟，向他要钱，他就说："这婊子敲竹杠哩！"

(唱)只要见俺有些不伶俐，

就说是姑娘家想哄骗东西。

那姑娘们呵，

有人喜欢做娼妓，

有人喜欢作小妾。

持家的白落得淘闲气，

弄虚的赚取些羊羔利，

嫁人的早中了拖刀计。

她正是：

南头做了北头开，

东行不见西行例。

（云）妹夫，你暂且坐一会，我去劝她。能劝醒她时，你别欢喜；劝不醒她时，别烦恼。

安秀实 （云）我不坐了。暂且回家去等消息吧。大姐多费心了。（下）

（赵盼儿前行，来到宋家，与引章相见）

赵盼儿 （云）妹子，你到哪里做客去？

宋引章 （云）我不去做客，我打算嫁人哩！

赵盼儿 （云）我正想来给你保亲。

宋引章 （云）你保谁？

赵盼儿 （云）我保安秀才。

宋引章 （云）我嫁了安秀才呵，一对儿做乞丐，正好唱莲花落。

赵盼儿 （云）你想嫁谁？

宋引章 （云）我嫁周舍。

赵盼儿 （云）你现在嫁人，恐怕还早了些吧？

宋引章 （云）有什么早不早的！今天也大姐，明天也大姐，大疖出了一包儿脓。我嫁了人，做一个张郎家妇，李郎家妻，立一个妇名，我做鬼也是风流的。

赵盼儿　（唱）你也该三思而行，再思可矣。

你现在年纪还小呢，

我给你慢慢地另找婚配。

那时你能得好处，

只须守着殷实的家产家私。

也是你歹姐姐把衷肠话来劝妹妹，

我怕你受不了男儿脾气。

（云）妹子，那做丈夫的做不得嫖客；做嫖客的却也做不得丈夫。

宋引章　（云）你说给我听听。

赵盼儿　（唱）做丈夫的就做不了嫖客，

因为他终不知其中意味。

那做嫖客的骨子里会作假，

那做丈夫的却又太老实。

宋引章　（云）那周舍穿着一身衣服，好惹人喜欢哩。

赵盼儿　（唱）那家伙虽然穿着几件蛇螂皮，

其实是蛇螂吃粪满腹屎，

人伦事晓得啥的！

（云）妹子，你为什么只想嫁他？

宋引章　（云）只因为他敬重你妹子，所以想嫁他。

赵盼儿　（云）他怎样敬重你？

宋引章　（云）一年四季，夏天我好好地睡一个午觉，他替你妹子打着扇；冬天替你妹子温得被窝儿暖了，叫你妹子休息；只要你妹子出去做客，穿的都是他给的那一套衣服，戴的是他给的那一副首饰，还替你妹子系领扣，整钗环。只因为他这样敬重你妹子，所以才一心想嫁他。

赵盼儿 （云）你原来是为了这些呵。

（唱）我听着你说原因，

你原来是为了这些，

倒引得我忍不住笑微微。

你说是暑天里扇子扇着你睡，

冬天里让那炭火煨，

哪愁他寒冷透重衣。

吃饭时，

用筷子剔了筋和皮；

出门去，

系领扣、整衣袂，

梳头束发戴首饰。

一味儿全是假意，

姑娘们不醒悟反而越着迷。

你说这嫖客情肠甜似蜜，

只要娶到他家里，

多半不上半载一年就抛弃，
早已是龇牙咧嘴，
拳打脚踢，
打得你哭哭啼啼。
到这时候，
真是船到江心补漏迟，
烦恼满腹怨得了谁？
事要前思免后悔。
现在我也劝你不动，
有朝一日，
准备着搭救你一块望夫石。

（云）妹子，往后你受苦呵，别来求我。

宋引章 （云）我就是真的受了那该死的罪，也不会来求你的。

（周舍上）

周　舍 （云）孩儿们，把这礼物摆得好看一些。

赵盼儿 （云）来的大概是周舍吧？那家伙不说就罢，他要是多嘴，就让他吃我几句好听的！

周　舍 （云）那边姨姨大概是赵盼儿吧？

赵盼儿 （云）是啊。

周　舍 （云）请姨姨喝点儿茶吧。

赵盼儿 （云）你请我？我家里饿死人啦？揭了锅底啦？真是地窖里出月亮——我可没见过这样的事！

周　舍　（云）央求姨姨保门亲事。

赵盼儿　（云）你叫我保谁？

周　舍　（云）保宋引章。

赵盼儿　（云）你叫我保宋引章哪点儿？保她那针指女工，烧菜做饭，刺绣铺床，大裁小剪，生儿育女？

周　舍　（云）这赖婆娘好毒的嘴哪！我已经成了事，用不着求你。

赵盼儿　（云）我还是走吧。（出门）

（安秀实上）

安秀实　（云）姨姨，劝得引章怎么样了？

赵盼儿　（云）不行了啊。

安秀实　（云）这样呵，我进京应考求官去吧。

赵盼儿　（云）你暂且别去。我还要用着你哩。

安秀实　（云）依了姨姨的话，我姑且在客店里住下，看你怎么用着我。（下）

赵盼儿　（唱）这妮子是狐魅人的女妖怪，

缠郎君的天魔鬼。

她那裤管里，别以为有人腿，

吐下口鲜红血，

只当作红药水。

耳边别听那种等闲事，

那确是最容易、变作眼中刺，

——除非是讨好着她才欢喜。

(带云)让她猛醒呵,

(唱)哎,

你这个志诚的双渐,

替她安排好了凤冠霞帔。

(带云)一个诰命夫人眼看到手了,

(唱)她却只为了三千茶引,

嫁给了冯魁。(下)

周　舍　(云)辞了母亲,让大姐上轿,回咱郑州去。(念诗)才出娼家门,便作良家妇。

宋引章　(念诗)只怕吃了良家亏,还想娼家做。(同下)

第二折

(周舍与宋引章上)

周　舍　(云)自家是周舍。我骑马一世,却在驴背上跌了一跤。我为娶这女人呵,整整磨短了半截舌头,才成了事。现在使这女人上了轿,我骑着马,离开汴京,来到郑州。我让她的轿子走在前面,怕那些跟我一样的哥儿们说"周舍娶了宋引章",被人笑话。只见那轿子一晃一晃的,我上前打那抬轿的小伙,说:"你这样欺侮我!"举起鞭子就打。我问他:"你走就走,晃什么?"那小伙说:"不关我的事,奶奶在里边不知做什么?"我揭开轿帘一看,只见她赤身裸体的在里面翻跟斗。来到家里,我说:"你套一床被给我盖。”我到房里，只见被子倒高得像床铺。我就叫：“那女人在哪里？”只听见被子里答应道：“周舍，我在被子里哩。”我说：“在被子里面做什么？”她说：“我套棉絮，把我翻在里头了。”我拿起棍子，正想要打，她说：“周舍，打我不要紧，别打了隔壁王婆婆。”我说：“好哇，把邻居都翻在被套里面了！”

宋引章　（云）我那里有过这种事？

周　舍　（云）我也说不了这许多。那贱人，我手里有打死的，没有买休卖休的。让我暂且吃酒去，回来再慢慢地打你。（下）

宋引章　（云）不信好人言，必有苦恼事。当初赵家姐姐来劝，我不听，果真才进了门，就打了我五十杀威棒。这样朝打暮骂，岂不是要死在他手里。我这隔壁有个王货郎，他现在要去汴梁做买卖，我写一封信让他捎去，叫俺母亲和赵家姐姐来救我。要是来迟了，我就不是活的人了。天哪，被你打杀我了啊！（下）

宋　母　（哭上，云）自家是宋引章的母亲。我女儿自从嫁给周舍，昨天托王货郎捎信来，信里写道：“自从来到他家，进门就打了五十杀威棒。如今朝打暮骂，眼看将死，可急急央求赵家姐姐来救我。”我拿着信去告诉赵家姐姐，看怎么去救她。引章孩儿，被你痛杀我了啊！（下）

（赵盼儿上）

赵盼儿 （云）我是赵盼儿。我想咱这门行当，何时是个了结呵！

（唱）咱这几年想嫁人的心思也曾有，

听得人说谁借债、谁买休。

她们硬巴结深宅大院，

怎知道反而摧折了舞榭歌楼？

一个个张大惊诧的眼，恰如是漏网游鱼，

一个个嘴歪斜，好似石弹击伤的斑鸠。

御园里岂能栽种路边花柳，

好人家怎容得这种娼优？

他们开始时还有些儿真情，

到后来再没回头。

哪一个不是轻易结合？

哪一个不是片刻散伙？

哪一个不是随便分手？

她们一个个似水上浮泡难长久，

和爹娘结下不相见的冤仇。

恰正似日月、参辰和卯酉，

一早一晚不碰头，

正中了那男儿的计谋。

他使那千般贞烈，万种恩情，

到如今一笔勾走。

（宋母上）

宋　母　（云）这是她门口，我只管过去。（与赵盼儿相见，云）大姐，烦恼杀我了啊！

赵盼儿　（云）奶奶，你为什么这样哭泣？

宋　母　（云）好让大姐知道：引章不听你的劝告，嫁给了周舍。进门去就打了五十杀威棒，如今打得眼看将死，不久身亡。姐姐，怎么办才好？

赵盼儿　（云）呀，引章吃打了哪！

（唱）想当初她悄悄成亲事，

还只怕不能够。

我当初唠叨你的话头，

今天是应验时候。

你那会儿去的时刻，

恰好似飘逝的清秋。

他本是薄情的领头，

你还说有恩爱、结绸缪。

你铺好了鸳鸯被和凤凰帐，

指望着效仿做天长与地久；

迈入门知滋味就明白应罢休。

我几次三番想冷眼作旁观，

落得个干净，

待不要插手。

（带云）赵盼儿，

（接唱）你做什么见死不救，

岂不是羞杀这桃园中结义，

杀白马，宰乌牛？

（云）既然这样呵，谁叫你嫁给他的？

宋　母　（云）大姐，周舍立过誓的。

赵盼儿　（唱）哪一个不惨凄凄发誓说不得好死？

哪一个不是实丕丕成短寿？

只有你这李亚仙母女老实头，

相信那普天下玩弄姑娘的嫖客口，

（带云）奶奶，不只周舍说谎啊，

（接唱）哪一个不指皇天百般赌咒？

到头来，

恰似那秋风过耳早休休！

宋　母　（云）姐姐，怎么搭救引章孩儿？

赵盼儿　（云）奶奶，我有几个私房钱，咱俩拿着去买得他休书回来。

宋　母　（云）他说："只有打死的，没有买休卖休的。"

赵盼儿　（沉思片刻，对宋母耳语云）除非是这样才行。

宋　母　（云）这行不行啊？

赵盼儿　（云）没关系。拿信来给我看。（接过信念）引章拜上姐姐与奶奶：当初不信好人言，果有烦恼事。进得他门，就打我五十杀威棒。如今朝打暮骂，被折磨得忍受不了。你们来得早时，还能见到我；来得迟呵，就不能够见我的面了。专此拜上。妹子啊，当初谁让你做这事的！

（唱）想当初有忧呵，一同忧，

有愁呵，一起愁。

到如今，

她说是残生早晚丧荒丘，

落得个可怜的游魂无处走；

可当时你说是百年之后——

（云）妹子呀，你不是说吗，这个也大姐，那个也大姐，大姐（疖）出了一包脓；不如做个张郎妇，李郎妻，

（唱）立一个妇名儿做鬼也风流？

（云）奶奶，那捎信的人去了没有？

宋　母　（云）还没有去哩。

赵盼儿　（云）我写一封信捎去给引章。（写信）

（唱）我把这知心的信儿亲手写，

叫她莫把天机来泄漏。

传示给休莽撞、绝望的女孩儿，

拜上你浑身疼倒霉的小鬼头。

（带云）引章，我是怎么劝你的？

（唱）你好没理由，

去遭他毒手。
无情的棍棒抽，
殷红的鲜血流，
每日里如死囚，
岂不把性命丢！
况家乡隔郑州，
有哪个来看顾，
白这样出尽丑。

宋　母　（哭，云）我那女孩儿怎么忍受得了啊！大姐，你该怎么救她一救？

赵盼儿　（云）奶奶，放心！
（唱）只教你怎么忍受，
我必须再做一个计谋。
把这云鬟蝉鬓梳理罢，
（带云）还再穿上些锦绣衣服。
（唱）珊瑚钩、芙蓉扣，
扭捏得身子儿格外娇柔。

我让这粉脸儿来搭救你那女骷髅，
豁出去一不做二不休，
拼了个由他来咒呵咒。
不是我夸海口，

他怎么逃得出我这烟月手！

宋　母　（云）姐姐，到那里小心哪。（哭，云）孩儿，被你烦恼杀我了啊！

赵盼儿　（唱）你收拾起心头忧，

你舒展开眉间愁，

我定教花叶无损觅归秋。

那家伙玩弄姑娘的心思，

看起来就像驴和狗，

卖弄他的聪明却似玲珑剔透。

（云）我到那里，三言两语，他肯写休书，万事罢休；要是不肯写休书，我把他掐一掐，拈一拈，搂一搂，抱一抱，叫那家伙浑身酥、遍体麻。在他鼻凹里抹上一块砂糖，叫那家伙舔又舔不到，吃又吃不着。哄得那家伙写了休书，引章拿了休书来，一下子溜了。我这里出了门儿，

（唱）岂不是一场风月事，我叫那家伙即刻就完蛋罢休。

（同下）

第三折

（周舍与店小二上）

周　舍　（念诗）万事命已定，浮生空自忙；无非花与酒，恼乱我心肠。

（云）店小二，我让你开着这间客店，我哪里稀罕你那房租来养家；不论官妓私娼，只要有漂亮的到你客店里，你

就来叫我。

店小二　（云）我知道。只是你行踪不定，一时间哪里去找你？

周　舍　（云）你到妓院里来找我。

店小二　（云）妓院里没有呢？

周　舍　（云）赌房里来找。

店小二　（云）赌房里没有呢？

周　舍　（云）牢房里来找。（下）

（张小闲挑箱笼上）

张小闲　（念诗）钉靴修伞为活计，偷寒送暖作营生。不是闲人闲不得，等到有了闲时又闲不成。

（云）我就是张小闲。平生做不了买卖，只是给歌女姐姐们叫些客人，两头往来，传消息，递书信的都是我。这里有个大姐赵盼儿，叫我收拾两箱子衣服行李，到郑州去。都已收拾停当了，请姐姐上马。

（赵盼儿上）

赵盼儿　（云）小闲，我这样打扮，能够打动得了那家伙吗？

（小闲软倒）

赵盼儿　（云）你做什么呀？

张小闲　（云）甭说冲动那家伙，这会儿连小闲也酥倒了。

赵盼儿　（唱）只为她满怀愁，心头闷，

落得个进退无门。

那婆娘一时冲动不思忖，

我只得强打入这迷魂阵。

我这里轻轻的哼一声，

输了这场婚姻，

怎不叫那家伙负义忘恩！

纵然是普天下也找不出他这种郎君。

想着你那轻率的情，太殷勤，

几次三番想要不过问。

第一来我只是可怜着那无依无靠的老娘亲，

第二来我一贯身为旅客偏怜客，

第三来也是我自己贪杯惜醉人。

到那里呵，

也须要费些精神。

（云）说话间，已经来到郑州地方。小闲，拴了马。暂且在柳荫下歇一歇吧。

张小闲 （云）我知道。

赵盼儿 （云）小闲，咱们闲口说闲话：这好人家好举止，恶人家恶家法。

张小闲 （云）你说我听。

赵盼儿 （唱）夫人县君就是夫人县君，

妓女娼人就是妓女娼人。

纵然是扭捏着身子迈入他家门，

怎奈他家做奴仆的反倒来差遣你，
——也只好背地里暗忍。

那好人家把粉扑儿淡淡抹、轻轻匀，
哪像咱干枯枯的手满把刷着粉；
好人家把那篦梳儿慢慢地理着双鬓，
哪像咱解了那裹发带，
下巴颏儿勒着一道深痕。
好人家知道个轻重，
看觑着浅深，
真一派良人家风韵。
哪像咱们，
恰好似空房里锁了只猢狲：
有那千般不实的乔模样，
有那万种虚假的恶议论，
断不了娼家风尘。

张小闲 （云）这里有一间客店，姐姐正好住下。

赵盼儿 （云）叫店家来。

（店小二相见）

赵盼儿 （云）小二哥，你打扫一间干净房儿，放下行李。你给我请那周舍来，就说我在这里等了好久了。

店小二 （云）我知道。（行路，叫）小哥在哪里？

（周舍上）

周　舍　（云）店小二，有什么事？

店小二　（云）店里有个漂亮姑娘请你哩。

周　舍　（云）咱就和你去来。（见赵盼儿，云）真好一个妞儿啊。

赵盼儿　（云）周舍，你来了啊。

（唱）俺那妹子儿真有眼光，
真有福分，
照料得丈夫俊上添俊，
年纪儿恰正青春。

周　舍　（云）我在哪里曾经见过你？我在客店里，你弹着一架筝，我不是给了你一个褐色绸缎儿？

赵盼儿　（云）小的们，你可见过？

张小闲　（云）没见过他的什么褐色绸缎儿。

周　舍　（云）哦，早上杭州客店散了以后，赶到陕西客店里吃酒，我不是给了大姐一份饭来着？

赵盼儿　（云）小的们，你可见过？

张小闲　（云）我没见过。

赵盼儿　（唱）你只是太喜新、太健忘，
再加上眼拙看不真。
那唱词话的有两句遗文：
咱也曾武陵溪畔曾相识，

今日装作不认人。

我为你断梦劳魂。

周　舍　（云）我想起来了，你大概是赵盼儿吧？

赵盼儿　（云）是啊。

周　舍　（云）你是赵盼儿，好，好！当初破亲的就是你。小二，关了店门，就打这小闲。

张小闲　（云）你别打我。俺姐姐带着锦绣衣服、妆奁被褥来嫁你，你反倒打我？

赵盼儿　（云）周舍，你坐下。你听我说：你在汴梁的时候，别人说起你的名字，说得我耳满鼻满的，只是没有见过你。后来见到你呵，害得我茶不思饭不香，只是想念着你。听到你娶了宋引章，叫我怎么不恼？周舍，我想要嫁你，你却让我保亲！

（唱）我当初高傲地装假主婚，

怎知我嫉妒呵故意破亲？

你这家伙外表儿聪明肚子里蠢！

你今天和咱结了婚姻，

咱就肯罢休不论。

（云）我好意带着车辆鞍马嫁妆来找你，你反而把我打骂？小闲，拦回车儿，咱们回家去。

周　舍　（云）早知道姐姐来嫁我，我怎肯打舅舅？

赵盼儿　（云）你真的不知道？你既然不知道，你就别出门，只守着我坐下。

周　舍　（云）甭说一两天，就是一两年，您儿也坐得下去。

（宋引章上）

宋引章　（云）周舍两三天没回家，我寻到这店门口，我试着看一看。原来是赵盼儿和周舍一起坐着哩。那老家伙不知羞，竟然赶到这里来了。周舍，你再不要回家来，你来的时候，我拿一把刀子，你拿一把刀子，跟你一刀子来一刀子去地对戳呢！（下）

周　舍　（取棍，云）我跟你抢生食吃哩！要不是奶奶在这里，我打死你。

赵盼儿　（唱）我更是不想饶人，

我为什么不敢说明？

肋骨底下插柴——自忍，

怎能就看着你打她一顿？

岂不闻"一夜夫妻百夜恩"？

你应该息怒停嗔。

你蠢时候背地里使一些蠢，

当着我的面应该思量：

哪一个双同叔打杀俏红裙？

只见他恶狠狠按摸着无情棍，

纵然有那火性子的，

也不像你这郎君。

（云）你拿着这么粗的棍棒，要是打死了她，该怎么了结？

周　舍　（云）丈夫打死老婆，不用偿命。

赵盼儿　（云）这样说，谁还敢嫁给你？

（背唱）我虚情假意地瞒，

装模作样地哄，

叫这家伙有家难回。

妹子呀，

你试看咱风月救风尘。

（云）周舍，你好诡计！你在这里坐着，却指使你媳妇来骂我一顿。小闲，拦回车儿，咱们回去。

周　舍　（云）好奶奶，请坐。我不知道她来；我要是知道她来，我就该死。

赵盼儿　（云）你真的没指使她来？这妮子不贤惠，爽爽快快地说，你舍得了宋引章，我马上嫁给你。

周　舍　（云）我回家就休了她。

（背云）且慢，那女人是平时被我打怕了的，要是给了一纸休书，那女人就一溜烟地跑了。这婆娘要是不肯嫁给我呵，岂不是弄得尖担儿两头脱空？可别莽撞，把这婆娘弄稳当了再说。

（向赵盼儿云）奶奶，您孩儿肚里是驴马的见识。我现在回家去把媳妇休了呵，奶奶，要是你把肉吊窗儿放下来——闭着眼睛不认人，不肯嫁给我，我就落得个尖担儿两头脱空。奶奶，你发一个誓吧。

赵盼儿 （云）周舍，你真的要我赌咒？要是你休了媳妇，我不嫁你呵，我被澡堂子里马踏杀，灯草打折腰脊骨。你逼得我赌这样的重咒哩！

周　舍 （云）小二，拿酒来。

赵盼儿 （云）甭买酒，我车上有十瓶酒哩。

周　舍 （云）还要买羊。

赵盼儿 （云）甭买羊，我车上有只熟羊哩。

周　舍 （云）好、好、好，等我买花红去。

赵盼儿 （云）甭买花红，我箱子里有一对大红罗。周舍，你争什么哪？你的就是我的，我的就是你的。

（唱）这紧的到头终是紧，
亲的原来只是亲。
凭着我花朵儿般秀美的身子，
笋条儿般年轻的年龄，
为了这锦绣般婚姻，
倒赔了几锭花银。
豁出去十米九糠，好歹不分，
管什么两妇三妻！
受了些万苦千辛，

我叫人把头上的火气忍，
不让你白做了一辈子郎君。

你穷杀呵，
甘心守本分、挨贫困，
你富贵呵，
别笑我饱暖生淫欲、惹议论。
您心中定一个分寸，
只要休了你这眼前人，
不要你钱财花半分，
已是我走过来自上门。
家业家私好待你六亲，
肥马轻裘侍候你一身，
倒陪送嫁妆和你成姻亲。

（云）我要是嫁了你，我不像那宋引章，剪裁缝纫、美容化妆、刺绣铺房、大裁小剪，都不晓得一丁点儿的。

（唱）我会把你休弃她的代价还个够本！

（同下）

第四折

（宋引章上）

宋引章 （云）这个时候周舍大约该来了吧。

（周舍上，与宋引章相见）

宋引章　(云)周舍,你想吃点什么茶饭?

周　舍　(怒冲冲地云)好哇! 拿纸笔来,写给你一纸休书,你快走。

宋引章　(接过休书不肯走,云)我有什么不是,你休了我?

周　舍　(云)你还在这里? 你快走!

宋引章　(云)你真的休了我? 你当初要我时怎么说的? 你这负心汉,遭天灾的! 你要我去,我偏不去。

(周舍推宋引章出门)

宋引章　(云)我出了这门。周舍,你好傻呵! 赵家姐姐,你好强啊! 我拿着这休书,径直到店里找姐姐去。(下)

周　舍　(云)这贱人去了,我到店里娶那女人去。(行路,到店。叫)店小二,刚才来的那女人在哪里?

店小二　(云)你刚出门,她也上马去了。

周　舍　(云)反倒上了她的当啦。牵马来,我追她去。

店小二　(云)马怀驹了。

周　舍　(云)备骡子。

店小二　(云)骡子瘸了。

周　舍　(云)这样,我步行追她去。

店小二　(云)我也追她去。(同下)

(赵盼儿与宋引章上)

宋引章　(云)要不是姐姐,我怎能够出得了这门啊!

赵盼儿　(云)走、走、走!

（唱）笑吟吟案板似写着休书，

俺这撒谎的故人在何处？

卖弄他能玩弄女性有手段，

怎敌咱厉害的嘴巴说了有九千句。

（云）引章，你把那休书拿过来给我看看。

（宋引章递过休书。赵盼儿接过，换了休书，交给宋引章，云）引章，你再要嫁人时，全凭这一张纸做凭证，你收好哪！

（宋引章接过休书。周舍追上）

周　舍　（喝道）贱人，哪里去？宋引章，你是我的老婆，怎么逃走？

宋引章　（云）周舍，你给了我休书，把我赶出来了。

周　舍　（云）休书上手模要印五个指头，哪有印四个指头的休书？

（宋引章打开休书看，周舍夺过用牙咬碎）

宋引章　（云）姐姐，周舍咬碎了我的休书了。

（赵盼儿上前救护引章）

周　舍　（云）你也是我的老婆。

赵盼儿　（云）我怎么是你的老婆？

周　舍　（云）你吃了我的酒。

赵盼儿　（云）我车上有十瓶好酒，怎么是你的？

周　舍　（云）你可是受了我的羊来！

赵盼儿　（云）我自己有一只熟羊，怎么是你的？

周　舍　（云）你接了我的红罗定礼。

赵盼儿　（云）我自己有大红罗，怎么是你的？

（唱）酒和羊，车上物，

大红罗，自携去。

你一心淫滥无是处，

要把人白赖取。

周　舍　（云）你曾经发过誓要嫁给我的。

赵盼儿　（唱）俺本是买空卖空，

靠着那嘴头上的盟言咒誓为活路。

（带云）要是你不信呵。

（唱）遍花街请来娼家女，

哪一个不对着明香宝烛，

哪一个不指着皇天后土，

哪一个不赌着鬼戮神诛？

若信这咒盟言，

早死得绝门户。

（云）引章妹子，你跟他去。

宋引章　（害怕地云）姐姐，跟了他去就是死。

赵盼儿　（唱）就因为你不考虑，太糊涂。

周　舍　（云）休书已经毁了，你不跟我去，还想怎么？

（宋引章害怕）

赵盼儿　（云）妹子，别慌莫怕！他咬碎的是假休书。

（唱）我故意抄给你一张假休书，

我跟前现放着这真休书。

（周舍抢夺）

赵盼儿　（唱）纵然有九头牛也拽不出去。

周　舍　（扯住赵、宋二人，云）明有王法。我和你们见官去。（同下）

（李公弼带张千上）

李公弼　（念诗）声名德行朝廷闻，良夜家家不闭门；雨后有人耕绿野，月明无犬吠花村。

（云）我是郑州州守李公弼。今天升起早衙，处理些公事。张千，喝道受理公案。

张　千　（云）知道了。

（周舍与赵盼儿、宋引章、宋母上）

周　舍　（高叫）冤枉啊！

李公弼　（云）告什么事？

周　舍　（云）大人可怜哪，有人骗取我媳妇。

李公弼　（云）谁人骗取你媳妇？

周　舍　（云）是赵盼儿设计，骗取我媳妇宋引章。

李公弼　（云）那女人怎么说？

赵盼儿　（云）宋引章是有丈夫的，被周舍强占为妻，昨天又给了休书，怎么是小女子诈骗他的？

（唱）这家伙心狠毒，
这家伙家豪富，
全都是假肠肚，
不踏着实途路。

宋引章有亲夫，
他强占作家属。
淫乱心意恶，
凶顽胆气粗。
歹徒！到处非为胡做。
现摆着休书，
望恩官明白鉴取。

（安秀实上）

安秀实 （云）刚才赵盼儿让人来说："宋引章已有休书了，你快告官去，就能娶她。"这里是衙门口，只好高叫一声：冤枉啊！

李公弼 （云）衙门外谁在吵闹？带过来！

张　千 （推安秀实进内，云）原告人见官。

李公弼 （云）你告哪个？

安秀实 （云）我安秀实，聘下宋引章，被郑州周舍强夺为妻，乞求大人作主哪。

李公弼 （云）谁是保亲？

安秀实　(云)是赵盼儿。

李公弼　(云)赵盼儿,你说宋引章原来有丈夫,是谁?

赵盼儿　(云)就是这安秀才。

(唱)他幼年时就学儒,

腹藏着九经书,

又是俺同乡共村一块住;

她接受了钗环财物,

明明是个良人妇。

李公弼　(云)赵盼儿,我问你:这保亲的确实是你吗?

赵盼儿　(云)是小女子。

(唱)现摆着俺这保亲的足可作凭据,

怎敌他抢亲的百计谋图?

哪里是明媒正娶,

公然地伤风败俗!

今天俺诉与太守作主,

可怜着判他一个夫妻团聚。

李公弼　(云)周舍,那宋引章明明是有丈夫的,你怎么还赖作是你妻子?要不是看你父亲面上,就送你到衙门定罪。你们这一伙人听我判决:周舍杖六十,与平民一样当差;宋引章仍归安秀才为妻;赵盼儿等回家安分过日子。

(念诗)只为老虔婆受贿贪钱,赵盼儿细说根源,呆周舍不安本业,安秀才夫妇团圆。

（众叩首谢恩）

赵盼儿 （唱）对恩官一一说缘故，

分剖开贪夫怨女；

糊涂人再别说死生交，

风月场看重谐燕莺侣。

题目　安秀才花柳成花烛

正名　赵盼儿风月救风尘

关大王独赴单刀会(第三、四折)

在《三国演义》成书之前,舞台上就已经出现了不少三国戏,关汉卿的《单刀会》就是其中最优秀的剧目之一。它在今天仍活跃在京剧舞台上。

本剧写鲁肃为索取荆州,约请关羽过江赴会,想在席间挟持关羽。他事先与司马徽、乔国老商量,遭到他们反对。但鲁肃仍一意孤行。宴会之日,关羽只带周仓等几名随从,单刀赴会,挫败了鲁肃的阴谋。

本剧前二折,主要借司马徽、乔国老之口,侧面衬托关羽形象。这里选取后二折,则对关羽作了正面刻画。第三折对关平等人诉说创业的艰辛,从中表现了关羽过人的胆略,显示其视敌如鼠的大无畏气概。第四折面对大江,慷慨激昂;针对鲁肃的责难,据理力争,磅礴凛然,英雄豪气,突兀峥嵘。

第三折

(正末扮关公领关平、关兴、周仓上,云)某姓关,名羽,字云长,蒲州解良人也。见随刘玄德[1],为其上将。自天下三分,形如鼎足:曹操占了中原,孙策占了江东,我哥哥玄德公占了西蜀。着某镇守荆州,久镇无虞。我想当初楚汉争锋，我汉皇[2]仁义用三杰，霸主[3]英雄凭一勇。三杰者，乃萧何、韩信、张良；一勇者，喑呜叱咤[4]，举鼎拔山[5]。大小七十余战，逼霸主自刎乌江。后来高祖登基，传到如今，国步艰难，一至于此！（唱）

【中吕粉蝶儿】那时节天下荒荒，恰周、秦早属了刘、项，分君臣先到咸阳[6]。一个力拔山，一个量容海，他两个一时开创。想当日黄阁乌江[7]，一个用了三杰，一个诛了八将。
【醉春风】一个短剑下一身亡，一个静鞭[8]三下响。祖宗传授与儿孙，到今日享、享。献帝[9]又无靠无依，董卓[10]又不仁不义，吕布[11]又一冲一撞。

（云）某想当日，俺弟兄三人，在桃园中结义，宰白马祭天，宰乌牛祭地，不求同日生，只愿同日死。（唱）

【十二月】那时节兄弟在范阳[12]，兄长在楼桑[13]，关某在蒲州解良[14]，更有诸葛在南阳[15]；一时出英雄四方，结义了皇叔[16]、关、张。

【尧民歌】一年三谒卧龙冈[17]，却又早鼎分三足汉家邦。俺哥哥称孤道寡世无双，我关某匹马单刀镇荆襄。长江，今经几战场，却正是后浪催前浪。

(云)孩儿,门首觑者,看甚么人来。

(关平云)理会的。

(黄文上,云)某乃黄文是也。将着这一封请书,来到荆州,请关公赴会。早来到也。左右,报伏去[18]:有江下鲁子敬,差上将拖地胆黄文,持请书在此。

(平云)你则在这里者,等我报伏去。

(平见正末,云)报的父亲得知:今有江东鲁子敬,差一员首将,持请书来见。

(正[19]云)着他过来。

(平云)着你过去哩。(黄文见科)

(正末云)兀那厮甚么人?

(黄慌云)小将黄文。江东鲁子敬差我下请书在此。

(正云)你先回去,我随后便来也。

(黄文云)我出的这门来。看了关公英雄,一像[20]个神。道:"鲁子敬,我替你愁哩!"小将是黄文,特来请关公。髯长一尺八,面如挣枣[21]红。青龙偃月刀,

九九八十一斤；脖子里着一下，那里寻黄文？来便吃筵席，不来豆腐酒吃三钟[22]。（下）

（正末云）孩儿，鲁子敬请我赴单刀会，走一遭去。

（平云）父亲，他那里筵无好会，则怕不中么？

（正云）不妨事。（唱）

【石榴花】两朝[23]相隔汉阳江，上写着道“鲁肃请云长”。安排筵宴不寻常，休想道“画堂别是风光”。那里有凤凰杯满捧琼花酿[24]，他安排着巴豆、砒霜[25]！玳筵前摆列着英雄将，休想肯“开宴出红妆[26]”。

【斗鹌鹑】安排下打凤牢龙[27]，准备着天罗地网；也不是待客筵席，则是个杀人、杀人的战场。若说那重意诚心更休想，全不怕后人讲。既然谨谨相邀，我则索亲身便往。

（平云）那鲁子敬是个足智多谋的人，他又兵多将广，人强马壮。则怕父亲去呵，落在他彀中[28]。（正唱）

【上小楼】你道他“兵多将广，人强马壮”；大丈夫

敢勇当先，一人拼命，万夫难当。（平云）**许来大江面，俺接应的人，可怎生接应？**（正唱）**你道是隔着江起战场，急难亲傍；我着那厮鞠躬躬送我到船上。**

（平云）你孩儿到那江东，旱路里摆着马军，水路里摆着战船，直杀一个血胡同。我想来，先下手的为强。

（正唱）

【幺】你道是先下手强，后下手殃。我一只手攥住宝带，臂展猿猱，剑掣秋霜。（平云）**父亲，则怕他那里有埋伏。**（正唱）**他那里暗暗的藏，我须索紧紧的防。都是些狐朋狗党！**（云）**单刀会不去呵，**（唱）**小可如千里独行，五关斩将**[29]**。**

（云）孩儿，量他到的哪里？

（平云）想父亲私出许昌一事，您孩儿不知，父亲慢慢说一遍。

（正唱）

【快活三】小可如我携亲侄访冀王[30]**，引阿嫂觅刘**

皇，灞陵桥上气昂昂，侧坐在雕鞍上。

【鲍老儿】俺也曾挝鼓三鼕斩蔡阳，血溅在沙场上。刀挑征袍出许昌，险唬杀曹丞相。向单刀会上，对两班文武，小可如三月襄阳[31]。

(平云)父亲，他那里雄赳赳排着战场。

(正唱)

【剔银灯】折莫他雄赳赳排着战场，威凛凛兵屯虎帐，大将军智在孙、吴[32]上，马如龙、人似金刚；不是我十分强[33]，硬主张，但题起厮杀呵磨拳擦掌。排戈甲，列旗枪，各分战场。我是三国英雄汉云长。端的是豪气有三千丈。

(云)孩儿，与我准备下船只，领周仓赴单刀会走一遭去。

(平云)父亲去呵，小心在意者！

(正唱)

【尾声】须无那临潼会秦穆公[34]，又无那鸿门会楚霸王[35]，折么他满筵人列着先锋将，小可如百万军

刺颜良时那一场嚷[36]。（下）

(周仓[37]云)关公赴单刀会,我也走一遭去。志气凌云贯九霄,周仓今日逞英豪。人人开弓并蹬弩,个个贯甲与披袍。旌旗闪闪龙蛇动,恶战英雄胆气高。假饶鲁肃千条计,怎胜关公这口刀! 赴单刀会走一遭去也。(下)

(关兴[38]云)哥哥,父亲赴单刀会去了,我和你接应一遭去。大小三军,跟着我接应父亲去。到那里古剌剌[39]彩磨旌旗,扑鼕鼕画鼓凯征鼙,齐臻臻枪刀如流水,密匝匝人似朔风疾。直杀的苦淹淹尸骸遍郊野,哭啼啼父子两分离;恁时节喜孜孜鞭敲金镫响,笑吟吟齐和凯歌回。(下)

(关平[40]云)父亲兄弟都去也,我随后接应走一遭去。大小三军,听吾将令:甲马不许驰骤,金鼓不许乱鸣,不许交头接耳,不许语笑喧哗,弓弩上弦,刀剑出鞘,人人敢勇,个个威风。我到那里:一刃刀,两刃剑,齐排雁翅;三股叉,四楞锏,耀日争光;五方旗[41],六沉枪[42],遮天映日;七稍弓[43],八楞棒[44],打碎天灵[45];九股索,红绵套,漫头便起;十分战,十分杀,显耀高强。俺这里雄兵浩浩渡长江,汉阳两岸列刀枪,水军不怕江心浪,旱军岂惧铁衣郎! 关公杀入

单刀会，显耀英雄战一场。匹马横枪诛鲁肃，胜如亲父刺颜良。大小三军，跟着我接应父亲走一遭去。（下）

第四折

（鲁肃上，云）欢来不似今朝，喜来那逢今日。小官鲁子敬是也。我使黄文持书去请，关公欣喜，许今日赴会，荆襄地合归还俺江东。英雄甲士已暗藏壁衣[46]之后，令人江上相候，见船到便来报我知道。

（正末关公引周仓上，云）周仓，将到那里也？

（周云）来到大江中流也。

（正云）看了这大江，是一派好水也呵！（唱）

【双调新水令】大江东去浪千叠，引着这数十人驾着这小舟一叶。又不比九重龙凤阙[47]，可正是千丈虎狼穴。大丈夫心别[48]，我觑这单刀会似赛村社[49]。

（云）好一派江景也呵！（唱）

【驻马听】水涌山叠，年少周郎[50]何处也？不觉的灰飞烟灭，可怜黄盖[51]转伤嗟。破曹的樯橹一时

绝，鏖兵的江水犹然热，好教我情惨切！（云）这也不是江水，（唱）二十年流不尽的英雄血！

(云)却早来到也，报伏去。(卒报科)(做相见科)

(鲁云)江下小会，酒非洞里之长春[52]，乐乃尘中之菲艺，猥劳君侯[53]屈高就下，降尊临卑，实乃鲁肃之万幸也。

(正云)量某有何德能，着大夫置酒张筵。既请必至。

(鲁云)黄文，将酒来。二公子满饮一杯。

(正云)大夫饮此杯。(把盏科)(正云)想古今咱这人过日月好疾也呵！

(鲁云)过日月是好疾也。光阴似骏马加鞭，浮世似落花流水。

(正唱)

【胡十八】想古今立勋业，那里也[54]舜五人、汉三杰[55]？两朝相隔数年别，不付能[56]见者，却又早老也。开怀的饮数杯，（云）将酒来。（唱）尽心儿待醉一夜。

（把盏科）（正云）你知"以德报德，以直报怨"么？

（鲁云）既然将军言"以德报德，以直报怨"，借物不还者谓之怨。想君侯文武全材，通练兵书，习《春秋》《左传》，济拔颠危，匡扶社稷，可不谓之仁乎？待玄德如骨肉，觑曹操若仇雠，可不谓之义乎？辞曹归汉，弃印封金[57]，可不谓之礼乎？坐服于禁，水淹七军[58]，可不谓之智乎？且将军仁义礼智俱足，惜乎止少个信字，欠缺未完。再若得全个信字，无出君侯之右也。

（正云）我怎生失信？

（鲁云）非将军失信，皆因令兄玄德公失信。

（正云）我哥哥怎生失信来？

（鲁云）想昔日玄德公败于当阳之上，身无所归，因鲁肃之故，屯军三江夏口。鲁肃又与孔明同见我主公[59]，即日兴师拜将，破曹兵于赤壁之间。江东所费巨万，又折了首将黄盖。因将军贤昆玉[60]无尺寸地，暂借荆州以为养军之资；数年不还。今日鲁肃低情曲意，暂取荆州，以为救民之急；待仓廪[61]丰盈，然后再献与将军掌领。鲁肃不敢自专，君侯台鉴[62]不错。

（正云）你请我吃筵席来那，是索荆州来？

（鲁云）没、没、没，我则这般道。孙、刘结亲，以为唇齿[63]，两国正好和谐。

（正唱）

【庆东原】你把我真心儿待，将筵宴设，你这般攀今览古，分甚枝叶？我根前使不着你“之乎者也”、“诗云子曰”，早该豁口截舌[64]！有意说孙刘，你休目下番成吴越[65]！

（鲁云）将军原来傲物轻信！

（正云）我怎么傲物轻信？

（鲁云）当日孔明亲言：破曹之后，荆州即还江东。鲁肃亲为代保。不思旧日之恩，今日恩变为仇，犹自说“以德报德，以直报怨”。圣人道：“信近于义，言可复也。”[66]去食去兵，不可去信[67]。“大车无輗，小车无軏，其何以行之哉[68]？”今将军全无仁义之心，枉作英雄之辈。荆州久借不还，却不道“人无信不立”！

（正云）鲁子敬，你听的这剑戛[69]么？

（鲁云）剑戛怎么？

（正云）我这剑戛，头一遭诛了文丑[70]，第二遭斩了蔡阳[71]，鲁肃呵，莫不第三遭到你也？

（鲁云）没、没，我则这般道来。

(正云)这荆州是谁的?

(鲁云)这荆州是俺的。

(正云)你不知,听我说。(唱)

【沉醉东风】想着俺汉高皇图王霸业,汉光武[72]秉正除邪,汉献帝将董卓诛,汉皇叔把温侯[73]灭,俺哥哥合承受汉家基业。则你这东吴国的孙权,和俺刘家却是甚枝叶[74]?请你个不克己[75]先生自说!

(鲁云)那里甚么响?

(正云)这剑戛二次也。

(鲁云)却怎么说?

(正云)这剑按天地之灵,金火之精,阴阳之气,日月之形;藏之则鬼神遁迹,出之则魑魅潜踪;喜则恋鞘沉沉而不动,怒则跃匣铮铮而有声。今朝席上,倘有争锋,恐君不信,拔剑施呈。吾当摄剑,鲁肃休惊。这剑果有神威不可当,庙堂之器[76]岂寻常;今朝索取荆州事,一剑先教鲁肃亡。(唱)

【雁儿落】则为你三寸不烂舌[77],恼犯我三尺[78]无情铁。这剑饥餐上将头,渴饮仇人血。

【得胜令】则是条龙向鞘中蛰[79]，唬得人向坐间呆[80]，今日故友每才相见，休着俺弟兄每相间别[81]。鲁子敬[82]听者，你心内休乔怯[83]，畅好是随邪[84]，休怪我十分酒醉也。

(鲁云)臧宫[85]动乐。

(臧宫上，云)天有五星，地攒[86]五岳，人有五德，乐按五音。五星者：金、木、水、火、土。五岳者：常、恒、泰、华、嵩。五德者：温、良、恭、俭、让。五音者：宫、商、角、徵、羽[87]。(甲士拥上科)

(鲁云)埋伏了者。

(正击案，怒云)有埋伏也无埋伏？

(鲁云)并无埋伏。

(正云)若有埋伏，一剑挥之两段！(做击案科)

(鲁云)你击碎菱花[88]。

(正云)我特来破镜！(唱)

【搅筝琶】却怎生闹炒炒军兵列，上来的休遮当，莫拦截！(云)当着我的，呵呵！(唱)我着他剑下身亡，目前流血。便有那张仪口、蒯通舌[89]，休那里躲闪藏遮。好生的送我到船上者，我和你慢慢的

相别。

(鲁云)你去了倒是一场伶俐。

(黄文云)将军,有埋伏哩。

(鲁云)迟了我的也。

(关平领众将上,云)请父亲上船,孩儿每来迎接哩。

(正云)鲁肃,休惜殿后[90]。(唱)

【离亭宴带歇指煞】我则见紫袍银带公人列,晚天凉风冷芦花谢,我心中喜悦。昏惨惨晚霞收,冷飕飕江风起,急飐飐[91]云帆扯。承管待、承管待,多承谢、多承谢。唤梢公慢者,缆解开岸边龙,船分开波中浪,棹搅碎江心月。正欢娱有甚进退,且谈笑不分明夜[92]。说与你两件事先生记者:百忙里趁[93]不了老兄心,急且里倒不了俺汉家节[94]。(并下)

题目　孙仲谋[95]独占江东地

请乔公言定三条计[96]

正名　鲁子敬设宴索荆州

关大王独赴单刀会

① 刘玄德：刘备。玄德是他的字。 ② 汉皇：指西汉开国皇帝汉高祖刘邦。 ③ 霸主：指项羽。秦王朝被推翻后，项羽以兵多势大，先立诸将为王侯，自立为西楚霸王，为诸侯王之王，故称霸主。 ④ 喑呜叱咤（yīn wū chì zhà）：即"喑恶叱咤"，意为厉声怒喝。《史记·淮阴侯列传》："项王喑恶叱咤，千人皆废。"司马贞《索隐》："喑恶，怀怒气；叱咤，发怒声。" ⑤ 举鼎拔山：形容勇武。《史记·项羽本纪》载，项羽"力能扛鼎，才气过人"。又载其自作之诗云："力拔山兮气盖世。" ⑥ 分君臣先到咸阳：事见《史记·高祖本纪》。刘邦和项羽曾约定，谁先打到秦国都城咸阳即由谁做皇帝。 ⑦ 黄阁：宰相办事的厅堂，此指刘邦的统帅府。乌江：秦置乌江亭，因附近有乌江而得名，在今安徽和县东北苏皖界上的乌江镇。楚汉之际，项羽在垓下被刘邦战败，至此自刎。项羽诛八将事，史书未详。 ⑧ 静鞭：帝王仪式的一种，振鞭发声，示意肃静，故称"静鞭"。这里意指刘邦做了皇帝。 ⑨ 献帝：汉献帝刘协。公元190—220年在位。其时东汉皇权已名存实亡，他也先后成为董卓、曹操的傀儡。曹操死后，操子曹丕代汉称帝，他被废为山阳公。 ⑩ 董卓：东汉末年军阀，他曾废黜少帝，立献帝，专断朝政，自为太师，独掌朝廷大权。后为王允、吕布所杀。 ⑪ 吕布：东汉末年军阀，曾与王允合谋杀董卓，割据徐州。后为曹操所败，被擒杀。吕布善弓马，当时号为"飞将"，故此称他"一冲一撞"。 ⑫ 兄弟：指张飞。宋元以来小说戏曲中把刘备、关羽、张飞写成结拜兄弟的关系，刘备年长为兄，关羽次之，张飞为三弟。范阳：张飞的出生地。今河北涿州市。 ⑬ 兄长：指刘备。

楼桑：刘备的出生地。刘备是涿郡涿县人，《三国演义》中即称他家住涿县楼桑村。 ⑭ 蒲州解良：关羽的出生地，今山西蒲县。 ⑮ 诸葛：诸葛亮。南阳：今河南南阳。诸葛亮本为琅玡（今山东诸城）人，随叔父避乱至南阳。 ⑯ 结义：朋友间因意气相投相约结为兄弟或姊妹。皇叔：指刘备。《三国演义》称汉献帝排列皇家世系谱，发现刘备是献帝的叔辈，故人皆称刘皇叔。 ⑰ 三谒卧龙冈：指刘备"三顾茅庐"的故事。《三国志·蜀书·诸葛亮传》载，徐庶向刘备推荐诸葛亮，刘备便到诸葛亮隐居的乡间去拜访他"凡三往，乃见"。 ⑱ 伏：同"复"，报告。 ⑲ 正：正末。 ⑳ 一像：完全像，简直像。 ㉑ 挣枣：犹言重枣，蒸枣。形容关羽脸色紫红，像枣子一样。 ㉒ 豆腐酒：豆腐羹。钟：古代盛酒水的容器。 ㉓ 两朝：指蜀汉和东吴两国。 ㉔ 凤凰杯：指精美名贵的酒器。琼花酿：指美酒。 ㉕ 他安排着巴豆砒霜：意思是说鲁肃设筵不怀好意。巴豆，中药名，主泻。砒霜，剧毒药。 ㉖ 红妆：指宴会上伴酒助兴的美女。 ㉗ 打凤牢龙：犹言圈套。 ㉘ 彀中：指圈套。 ㉙ 小可如：比较之词，谓这种事比那件事还容易些。小可，轻易、微不足道。千里独行，五关斩将：三国故事。言关羽护送刘备妻室等辞别曹操去河北寻找刘备的路上，只身闯过五座关隘，斩杀阻挡他的守将六人。㉚ 冀王：元杂剧和《三国志平话》中都称袁绍为冀王。刘备兵败后依附袁绍，关羽辞别曹操前去找他。 ㉛ 三月襄阳：刘备在荆州投刘表时，刘表的小舅子蔡瑁在襄阳置酒谋害他，席间刘备假装解手，骑马跳过几丈宽的檀溪才脱险。这件事发生在三月。 ㉜ 孙吴：孙武，吴起。春秋时两个著名的军事家。 ㉝ 强：同"犟"，执拗，倔强。㉞ 临潼会秦穆公：春秋时秦穆公在临潼斗宝，要十七国诸侯带宝物前来参加。楚派伍员前往，胜过秦国，穆公恼羞成怒，命令武士擒拿十七国诸侯。伍员仗剑捉住秦穆公，迫使他放了十七国诸侯，并答应与各方修好。此句意为鲁肃并没有秦穆公那样厉害。临潼，县名，在今西安市临潼区。 ㉟ 鸿门会楚霸王：指“鸿门宴”。《史记·项羽本纪》载，项羽曾在鸿门举行宴会，邀刘邦出席。宴会上，项羽的谋士范增屡次设计要杀刘邦。后来就把充满杀机的宴席称为“鸿门宴”。鸿门，地名，在今陕西临潼东。 ㊱ 刺颜良：事本《三国志·蜀书·关羽传》。传载：“建安五年，曹公东征，先主奔袁绍。曹公擒羽以归，拜为偏将军，礼之甚厚。绍遣大将颜良攻东郡太守刘延于白马，曹公使张辽及羽为先锋击之。羽望见良麾盖，策马刺良于万众之中，斩其首还，绍诸将莫能当者，遂解白马围。” ㊲ 周仓：关羽随将。 ㊳ 关兴：关羽子。 ㊴ 古剌剌：象声词，挥动军旗的声音。㊵ 关平：关羽义子。 ㊶ 五方旗：代表西南北东中五个方位的旗号。 ㊷ 六沉枪：即绿沉枪。深绿色枪杆的枪。 ㊸ 稍弓：硬弓。㊹ 楞棒：四方形的棍棒。 ㊺ 天灵：天灵盖，即头顶骨。此指脑袋。㊻ 壁衣：蒙盖或装饰墙壁的帐幕，用布帛或织锦做成。 ㊼ 九重龙凤阙：指帝王的宫殿。 ㊽ 心别：别有胸怀。别，特别。 ㊾ 赛村社：即“赛社”，周代蜡祭的遗俗。宋以后，每年农历十月农事完毕后，乡村里巷举行祭田神的祭祀活动，村民相聚饮酒作乐，叫“赛社”。这种活动，《事物纪原》卷八“赛神”中称为“社礼”，认为是“始于周人之蜡”。 ㊿ 周郎：指东吴大都督周瑜。 51 可怜：见爱，受敬重。黄盖：东吴大将。赤壁之战时，曾与周瑜定计，诈降曹操，采用火攻大败曹军。据本出文字看，黄盖在赤壁之战中阵亡，所以这里说“转伤嗟”。 52 长春：神话传说中仙人酿的酒。 53 猥(wěi)

劳:劳驾。客气的说法。君侯:指关羽。君侯是古代诸侯的尊称。《三国志·蜀书·关羽传》载,白马之战后,"曹公即表羽为汉寿亭侯"。故此称关羽为"君侯"。 ㊹ 那里也:哪里是,说什么。㊺ 舜五人:指舜的五个贤臣,即禹、弃、契、皋陶、垂。汉三杰:指辅助汉高祖刘邦取得天下的张良、韩信、萧何。 ㊻ 不付能:即不甫能。才能够,好不容易。 ㊼ 辞曹归汉,弃印封金:三国故事。事本《三国志·蜀书·关羽传》:"及羽杀颜良,曹公知其必去,重加赏赐。羽尽封其所赐,拜书告辞,而奔先主于袁军。"汉,蜀汉,此指刘备。关羽奔时,刘备尚未称帝。弃印,指放弃汉寿亭侯的封爵。封金,把金银封置起来,表示不受曹操赏赐。 ㊽ 坐服于禁,水淹七军:三国故事。事本《三国志·蜀书·关羽传》:"(建安)二十四年,先主为汉中王,拜羽为前将军,假节钺。是岁,羽率众攻曹仁于樊。曹公遣于禁助仁。秋,大霖雨,汉水泛滥,禁所督七军皆没。禁降羽,羽又斩将军庞德。"坐服,形容毫不费力。服,顺服,归顺。于禁,曹操部将。初从济北相鲍信镇压黄巾起义军,后归曹操。 ㊾ 主公:国主。此指孙权。 ㊿ 贤昆玉:对别人弟兄的美称。昆玉是称呼他人弟兄的敬词。 ⑥1 仓廪:贮藏米谷的仓库。 ⑥2 台鉴:即观察,省视。台是尊敬对方的称呼。 ⑥3 孙刘结亲,以为唇齿:三国故事。孙权为了对抗曹操,与刘备结成联盟,并把其妹嫁给刘备,于是东吴和蜀汉成了姻亲之邦,唇齿之国。此喻国家与国家之间利害关系十分密切。 ⑥4 豁口截舌:豁开口,割掉舌头,意思是怪他多嘴。 ⑥5 吴越:吴国和越国,春秋时两个敌对的国家。 ⑥6 信近于义,言可复也:守信用是跟"义"相接近的,因为他的话可以用行动来印证。语出《论语·述而》。 ⑥7 去食去兵,不可去信:意思是说宁可没有军粮、没有武器，也不可没有信用。《论语·颜渊》："子贡问政。子曰：'足食，足兵，民信之矣。'子贡曰：'必不得已而去，于斯三者何先？'曰：'去兵。'子贡曰：'必不得已而去，于斯二者何先？'曰：'去食。自古皆有死，民无信不立。'" ⑱ 大车无輗(ní)，小车无軏(yuè)，其何以行之哉：意思是说人如果不讲信用，就像大车没有輗、小车没有軏，凭什么行动呢。语出《论语·为政》。大车，古代的牛车；小车，古代的马车。车杠前端与车衡相衔接的关键，大车上的叫輗，小车上的叫軏。没有輗或軏，就不能套牲口，车也不能行进。 ⑲ 剑戛：一作"剑戒"。剑响。传说剑在鞘中自行响动，表示杀人征兆。⑳ 文丑：三国故事中袁绍的大将，被关羽在战场上杀死。 ㉑ 蔡阳：三国故事中曹操的部将，关羽过五关时将他杀死。 ㉒ 汉光武：东汉的开国皇帝刘秀。 ㉓ 温侯：即吕布。受封为温侯，故称。㉔ 枝叶：犹言瓜葛。此指亲属关系。 ㉕ 克己：约束己身。语本《论语·颜渊》："克己复礼为仁。" ㉖ 庙堂之器：犹言国家的宝物。庙堂，即廊庙，本指朝廷，此代指国家。 ㉗ 三寸不烂舌：犹言能说会道。 ㉘ 恼犯：激怒，激恼。三尺：指剑。古代的剑约三尺长，故通常用来代称剑。 ㉙ 蛰(zhé)：蛰伏。 ㊵ 坐间：登时，很快的时间。 ㊶ 间别：分离，隔绝。 ㊷ 鲁子敬：即鲁肃。子敬是他的字。㊸ 乔怯：害怕。 ㊹ 畅好：正好，真是，正是。随邪：放肆，胡闹。㊺ 臧宫：鲁肃军中负责音乐的官员。 ㊻ 攒：聚。 ㊼ 宫、商、角、徵、羽：即中国古代音乐中的"五音"，表示音阶高低。古时对别人的名字要避讳。羽是关羽的名讳。鲁肃命臧宫动乐，念到羽字，甲士即拥上，显然这是个暗号，也同时表示对关羽的不敬。故下文关羽也以"我特来破镜"相回答。镜与敬谐音，鲁肃字子敬，关羽的答语也是对鲁肃表示不敬。 ⑱ 击碎菱花:打破镜子。菱花原是镜上的图案,借指镜子。 ⑲ 张仪口、蒯(kuǎi)通舌:比喻善辩,会说话。张仪,战国时魏人,曾游说六国以连横事秦国;蒯通,楚汉时说客,韩信用他的计谋平定齐地。他们都是著名的辩士。 ⑳ 殿后:指掩护撤退的后军。休惜殿后是嘲讽鲁肃。 ㉑ 急飐飐:船帆抖动的样子。 ㉒ 明夜:白昼与黑夜。 ㉓ 趁:通"称"。遂。 ㉔ 倒不了俺汉家节:汉家的旗帜不倒,形容胜利。节,旌节,指代旗帜。 ㉕ 孙仲谋:孙权。仲谋是他的字。 ㉖ 乔公:即乔国老,东吴的老臣。三条计:指本出戏第一、二折鲁肃确定的迫使关羽交出荆州的三条计策,即第一计是利用酒宴机会,历述孙刘联盟破曹的友谊和联姻情义,在祝贺刘备"称主于汉中"时指出暂借的荆州应当归还,这叫"饮酒席中间,以礼索取荆州",此乃上策;第二计是扣留关羽过江船只,软禁关羽,使其"自知中计",被迫献还荆州,此乃中策;第三计是在上述二计行不通时,则"暗藏甲士",擒住关羽作为人质,逼刘备归还荆州,此乃下策。

翻译

人物表

关　公　名羽,字云长,三国时蜀国名将,为镇守荆州的蜀军统帅。正末扮。

鲁　肃　字子敬,三国时吴国中大夫。冲末扮。

关　兴　关羽子。

关　平　关羽义子。

周　仓　关羽部将。

黄　文　鲁肃部将。

臧　宫　鲁肃军中的乐官。

甲士若干人。

第三折

（关公领关平、关兴、周仓上）

关　公　（云）我姓关，名羽，字云长，蒲州解良人。现在跟随刘玄德，做他的上将。自从天下一分为三，形势好比三足鼎立：曹操占了中原，孙策占了江东，我哥哥玄德公占了西蜀。让我镇守荆州，久守无事。我想，当初楚汉争锋，我汉高祖仁义用三杰，楚霸王英雄凭一勇。这三杰，就是萧何、韩信、张良；那一勇，就是喑呜叱咤，举鼎拔山。大小七十多仗，逼得楚霸王自刎在乌江。后来高祖登帝位，传到现在，国势艰难，竟然到这种地步！

（唱）那时候天下惶惶，

周、秦已经分属了刘、项，

为区分君与臣，

只看谁先到咸阳。

一个是勇力可拔山，

一个是气量能容海，

新天地他俩当时开创。
想当日在官厅与乌江，
一个用了三杰，
一个杀了八将。

一个是短剑之下把命丧，
一个是静鞭三响成汉皇。
祖宗传授给子孙，
到今天把祖上留下的家业坐享。
献帝又无靠无依，
董卓又不仁不义，
吕布又一冲一撞。

(云)我想当时，俺弟兄三人，在桃园中结义，宰白马祭天，宰乌牛祭地，不求同日生，只愿同日死。

(唱)那时候三弟在范阳，
兄长在楼桑，
关某在蒲州解良，
还有诸葛在南阳——
一时英雄出四方，
结义了刘皇叔、关、张。

一年中三次造访卧龙冈，

又已是鼎分三足汉家邦。

俺哥哥称帝称皇举世无双，

我关某匹马单刀威镇荆襄。

长江，

如今几番成战场，

却正是后浪催前浪。

(云)孩儿，门口看着，看有什么人来。

关　平　(云)知道了。

(黄文上)

黄　文　(云)我就是黄文。拿着这一封请柬，来到荆州，请关公赴会。已经来到了。左右，去禀报：江下鲁子敬，差上将拖地胆黄文，持请帖在此。

关　平　(云)你就在这里，等我去禀报。(见关公，云)报告父亲知道：今有江东鲁子敬，派一员上将，持请柬来见。

关　公　(云)让他过来。

关　平　(云)让你过去哩。

(黄文谒见关公)

关　公　(云)这家伙是什么人？

黄　文　(惊慌地云)小将黄文。江东鲁子敬，派我送请柬在这里。

关　公　(云)你先回去，我随后就来。

黄　文　(云)我出了这门。看了关公英雄，简直像一个天神模样。“鲁子敬，我替你发愁哩！”小将黄文，特地来请关公。他胡须长达一尺八，面孔重枣一样红。青龙偃月刀，九九八十一斤；要是脖子里着一下，哪里去找黄文？来就吃筵席，不来就吃三钟豆腐酒。（下）

关　公（云）孩儿，鲁子敬请我赴单刀会，去走一趟。

关　平（云）父亲，他那里的筵席没安好心，只怕不行吧？

关　公（云）没关系。

（唱）两朝相隔汉阳江，

帖上写着“鲁肃请云长”。

安排筵宴不平常，

别指望“画堂别是风光”。

哪里有凤凰杯满捧琼花酿，

他安排着巴豆和砒霜！

盛筵前排列着英雄将，

别指望“开宴出红妆”。

安排下圈套陷阱，

准备着天罗地网；

也不是招待客人的宴席，

只是一个杀人、杀人的战场。

要说那真心诚意更甭想，

全不怕后人讲。

既然恭敬相邀，

我就该亲身前往。

关　平　（云）那鲁子敬是一个足智多谋的人，他又是兵多将广，人强马壮。只怕父亲这一去呵，落在他圈套里。

关　公　（唱）你说他“兵多将广，人强马壮”，大丈夫奋勇当先，

一人拼命，万夫难当。

关　平　（云）这么大的江面，俺接应的人，该怎么接应？

关　公　（唱）你说是隔着江摆战场，

紧急危险时难近傍；

我要让那家伙鞠着躬、

鞠着躬送我到那回船上。

关　平　（云）你孩儿到那江东，陆路上摆着马队，水路里摆着战船，直杀出一条血路来。我想来，先下手的为强。

关　公　（唱）你说是先下手为强，

后下手遭殃。

我一只手揪住宝带，

舒展长臂，如同猿猴般的敏捷，

拔出宝剑，闪着秋霜似的寒光。

关　平　（云）父亲，只怕他那里有埋伏。

关　公　（唱）他那里暗暗地藏，

我必须紧紧地防。

都是些狐朋狗党！

（云）单刀会不去呵，

（唱）比不上俺千里独行，过五关斩六将。

（云）孩儿，量他又能怎的？

关　平　（云）想父亲私自离开许昌这件事，你孩儿不清楚，父亲慢慢说一遍吧。

关　公　（唱）比不上我带亲侄访冀王，

领阿嫂寻刘皇，

灞陵桥上气昂昂，

侧坐在雕花的马鞍上。

俺也曾擂鼓三通斩蔡阳，

血溅在沙场上。

刀挑征袍出许昌，

差点儿唬杀曹丞相。

往单刀会里，

对两班文武，

比不上刘皇叔三月赴襄阳。

关　平　（云）父亲，他那里雄赳赳摆开战场。

关　公　（唱）纵然他雄赳赳摆开战场，

威凛凛兵驻虎帐，

大将军智比孙武、吴起强，

马如龙，人似金刚；

不是我十分强，硬主张，

只要提起厮杀呵摩拳擦掌。

排戈戟，列旗枪，

各分战场。

我是三国英雄关云长，

真的是豪气有三千丈。

（云）孩儿，给我准备好船只，带周仓赴单刀会去走一趟。

关　平　（云）父亲去呵，要小心在意哪！

关　公　（唱）既没那临潼会上秦穆公，

又不是鸿门宴上见楚霸王，

纵然他满筵人排列着先锋将，

比不上百万军中刺颜良时那一场嚷。

（下）

周　仓　（云）关公赴单刀会，我也去走一趟。志气凌云贯九霄，周仓今日逞英豪。人人开弓并蹬弩，个个带甲和披袍。旌旗闪闪龙蛇动，恶战英雄胆气高。任凭鲁肃千条计，怎胜关公这口刀！

（云）赴单刀会走一趟去！（下）

关　兴　（云）哥哥，父亲赴单刀会去了，我和你去接应一趟。大小三军，跟着我接应父亲去。到那里古剌剌五彩舞旌旗，扑冬冬画鼓响征鼙，齐整整枪刀如流水，密匝匝人似朔风疾。直杀得苦恹恹尸骸遍郊野，哭啼啼父子两分离；那时候喜孜孜鞭敲金镫响，笑吟吟齐唱凯歌回。

（下）

关　平　（云）父亲兄弟都去了哪，我随后接应去走一趟。大小三军，听我号令：甲马不许驰骤，金鼓不许乱鸣。不许交头接耳，不许说笑喧哗。弓弩上弦，刀剑出鞘，人人奋勇，个个威风。我到那里：一刃刀，两刃剑，齐排雁翅；三股叉，四棱锏，耀日争光；五方旗，六沉枪，遮天映日；七稍弓，八楞棒，打碎天灵；九股索，红绵套，迎头就起；十分战，十分杀，显耀高强。俺这里雄兵浩荡渡长江，汉阳两岸列刀枪；水军不怕江心浪，陆军岂惧铁衣郎！关公杀入单刀会，显耀英雄战一场。匹马横枪诛鲁肃，胜如亲父刺颜良。大小三军，跟着我接应父亲去走一趟。（下）

第四折

（鲁肃上）

鲁　肃　（云）欢来不似今朝，喜来哪逢今日。小官是鲁子敬。我派黄文带信去请关公，他欣喜高兴，答应今天赴宴，荆襄两郡该归还俺江东了。英雄甲士已经暗藏在壁衣之后。派人江边等候，一见船到，就来向我报告。

（关公带着周仓上）

关　公　（云）周仓，快到哪里了？

周　仓　（云）来到大江中流了。

关　公　（云）看了这大江，真一派好水啊！

（唱）大江东去浪千叠，

带着这几十人，

驾着这小舟一叶。

又不同九重龙凤阙，

恰正是千丈虎狼穴。

大丈夫心胆与人别，

我瞧这单刀会，

好比热闹的赛神春社。

（云）好一派江天水色啊！

（唱）眼前是水涌山叠，

年少的周郎何处寻觅？

不觉中多少往事灰飞烟灭，

可敬的黄盖引人悲哀叹嗟。

破曹的楼船转眼消失，

激战后的江水依然是那般热。

真叫人情怀惨切！

（带云）这也不是江水，

（唱）是二十年流不尽的英雄血！

（云）已经到了哪。报告去！

（一士卒报告；关公与鲁肃相见）

鲁　肃　（云）江下小会，这酒不是神仙府的长春仙酒，音乐只是尘俗中的浅薄技艺，有劳君侯屈高就下，降尊临卑，实在是鲁肃的荣幸啊！

关　公　(云)想我有什么才德，让大夫置酒设宴？不过，既请就必到。

鲁　肃　(云)黄文，拿酒来。二公子满饮一杯。

关　公　(云)大夫，喝了这杯。(举杯饮尽)想古今，咱们这些人过岁月过得好快啊！

鲁　肃　(云)过岁月的确过得好快哪。光阴似骏马加鞭，人世似落花流水。

关　公　(唱)想古今立勋业，

说什么舜五臣、汉三杰？

两朝相隔，咱们几年分别，

好容易见着，

却又早老也。

应开怀痛饮几杯，

(带云)拿酒来！

(唱)尽情地打算醉一夜。

(举杯饮尽，云)你知道“以德报德，以直报怨”吗？

鲁　肃　(云)既然将军说到“以德报德，以直报怨”，借东西不还就叫做怨。想君侯文武全才，通晓兵书，熟读《春秋》《左传》，挽救颠危的时局，救助多难的国家，能说不是仁吗？对玄德公如骨肉，视曹操似仇敌，能说不是义吗？辞曹归汉，弃印封金，能说不是礼吗？坐服于禁，水淹七军，能说不是智吗？将军仁义礼智都已完备，可惜哪，只少了一个“信”字，欠缺未全。要是能保全一个“信”字，才德之士，就没有谁能超过君侯您的了。

关　公　(云)我怎么失信？

鲁　肃　(云)不是将军失信，都是因为令兄玄德公失信。

关　公　(云)我哥哥怎么失信哪？

鲁　肃　(云)想当初玄德公在当阳大败，无处安身，因为鲁肃的缘故，才驻军在三江夏口。鲁肃还与孔明一起去见我主公，我主公马上兴师拜将，在赤壁一带，水破曹兵。江东耗费巨大，还损失了首将黄盖。因为将军贤弟兄们没尺寸之地，才暂时借给荆州作为养军的地盘，谁知过了几年了，还不归还。今天鲁肃低声下气，请求暂时取回荆州，为的是解救百姓的急难；等到仓库丰盈，然后再献给将军掌管。鲁肃不敢擅自作主，还请君侯鉴察明白。

关　公　(云)你是请我来吃筵席的呢，还是索取荆州哪？

鲁　肃　(云)没、没、没，我只是这样说说的。孙、刘结亲，唇齿相依，两国正好和睦。

关　公　(唱)你把我真心儿招待，

把筵席办设，

你这样攀今览古，

分什么枝和叶？

我跟前用不着你卖弄“子乎者也”、

“诗云子曰”，

早该张开嘴割了舌！

故意说孙、刘，

你别叫眼下变成仇敌吴和越！

鲁　肃　（云）将军原来傲物轻信！

关　公　（云）我怎么傲物轻信？

鲁　肃　（云）当时孔明亲口说：破曹之后，荆州立即归还江东。鲁肃亲自做的保人。不念往日的恩情，今天恩变成仇，还说什么“以德报德，以直报怨！”圣人说：信和义很接近，守信用的人说出的话，可以用行动来印证。宁可没饭吃，不要武器，也不能没有信用。没有信用，就好比大车没有辕端的横木，小车没有辕端的曲钩，套不上牲口，车又怎么能转动呢？如今将军全然没有仁义之心，枉自称作英雄之辈。荆州久借不还，岂不知“人无信不立”！

关　公　（云）鲁子敬，你听到这剑响了吗？

鲁　肃　（云）剑响便怎样？

关　公　（云）我这剑响，头一次诛了文丑，第二次斩了蔡阳，鲁肃呵，莫非第三次轮到你了吧？

鲁　肃　（云）没、没，我只是这样说说的。

关　公　（云）这荆州是谁的？

鲁　肃　（云）这荆州是俺的。

关　公　（云）你不懂，听我说。

（唱）想着俺汉高祖谋取帝业，

汉光武秉正除奸邪，

汉献帝把董卓诛，

汉皇叔把吕布灭，

俺哥哥应继承汉家基业。

而你这东吴孙权，

和俺刘家却有啥枝和叶？

请你这不克己的先生自个儿说！

鲁　肃　（云）那里什么响？

关　公　（云）这剑响第二次了。

鲁　肃　（云）却怎么说？

关　公　（云）这剑禀受了天地的灵气，金火的精华，阴阳之气，日月之形；藏时鬼神遁迹，出时魑魅潜踪；喜时就留恋剑鞘，沉沉不动，怒时就跃出剑匣，铮铮有声。今天筵席间，如果有争斗，怕你不信，就拔剑献呈。我应执剑，鲁肃别惊。这剑呵，本有神威不可挡，庙堂之器岂寻常；今朝索取荆州事，一剑先教鲁肃亡。

（唱）只因你三寸不烂舌，

激恼我三尺无情铁。

这剑饥餐上将头，

渴饮仇人血。

这是条龙往鞘中伏，

吓得人登时呆痴无色，

今天故友们才相见，

别叫俺弟兄们相间别。

鲁子敬听着，

你心里别胆怯，

真要是胡闹放肆，

别怪我十分酒醉情义绝。

鲁　肃　（云）臧宫奏乐。

（臧宫上）

臧　宫　（念）天有五星，地聚五岳，人有五德，乐依五音。五星是：金、木、水、火、土；五岳是：常、恒、泰、华、嵩；五德是：温、良、恭、俭、让；五音是：宫、商、角、徵、羽。

（听到念出“羽”字，埋伏的甲士拥上）

鲁　肃　（云）快伏下哪。

（甲士退下）

关　公　（击案，怒云）有埋伏还是没埋伏？

鲁　肃　（云）并没有埋伏。

关　公　（云）要是有埋伏，一剑把你挥作两段。

（击案）

鲁　肃　（云）你击碎菱花。

关　公　（云）我特来破镜！

（唱）你为什么闹吵吵把军兵排列？

上前来的休要遮挡我的归路，

不要把我的行动拦截！

（带云）挡着我的，呵呵！

（唱）我叫他剑下身亡，眼前流血。

纵有那张仪口、蒯通舌，

别在那里躲闪藏遮。

好好地送我到船上，

我跟你慢慢地分别。

鲁　肃　（云）你去了倒还落得一场干净。

黄　文　（云）将军，有埋伏哩。

鲁　肃　（云）已经迟了啊。

（关平领众将上）

关　平　（云）请父亲上船，孩儿们来迎接哩。

关　公　（云）鲁肃，别舍不得替俺作掩护。

（唱）我只见紫袍银带官员两边列。

傍晚天气，

凉风冷、芦花谢，

我心中喜悦。

昏惨惨晚霞收，

冷飕飕江风起，

急飐飐云帆扯。

蒙款待、蒙款待，

多感谢、多感谢。

叫艄公慢些，

缆解开岸边龙，

船分开波中浪，

桨搅碎江心月。

正欢娱有什么进和退？

且谈笑不分那昼和夜！

说给你两件事，

请先生牢牢记：

百忙里趁不了你老兄心，

急迫中倒不了俺汉家节！

（并下）

题目　孙仲谋独占江东地

　　　请乔公言定三条计

正名　鲁子敬设宴索荆州

　　　关大王独赴单刀会

望江亭中秋切脍(第三折)

本剧写潭州(今湖南长沙)地方官白士中,在姑母的撮合下,娶了年轻貌美的寡妇谭记儿为妻。事情被花花太岁杨衙内闻知。杨早就垂涎于谭的美貌,于是在皇帝面前诬奏白士中“贪恋花酒,不理公事”,带了势剑金牌,前来潭州杀人夺妻。谭记儿闻讯,巧扮渔妇,在中秋节晚上,来到杨衙内歇息的望江亭上,为杨切脍佐酒,将杨灌醉,盗去势剑金牌与捕人文书。第二天公堂上,杨找不到捕人文书,却找出他和谭记儿调笑时写的小词,当场出丑,最终被治以“夺人妻妾”之罪。

全剧采用喜剧情节,塑造了谭记儿这一勇敢机智的妇女形象。这里选的第三折,写谭记儿在望江亭上与杨衙内周旋。这位聪明机智的“渔妇”,驾一叶孤舟,撒开网去,让杨衙内这“趁浪寻食”的鱼儿,乖乖地落入网中。

(衙内领张千、李稍上。衙内云)小官杨衙内是也。颇奈[①]白士中无理,量你到的那里!岂不知我要取谭记儿为妾,他就公然背了我,娶了谭记儿为妻,同临任所[②],此恨非浅!如今我亲身到潭州,标取白士中首级。你道别的人为甚么我不带他来?这一个

是张千，这一个是李稍；这两个小的聪明乖觉，都是我心腹之人，因此上则带的这两个人来。(张千去衙内鬓边做拿科)(衙内云)嗯！你做什么？

(张千云)相公鬓边一个虱子。

(衙内云)这厮倒也说的是，我在这船只上个月期程，也不曾梳篦的头。我的儿好乖！(李稍去衙内鬓上做拿科)(衙内云)李稍，你也怎的？

(李稍云)相公鬓上一个狗鳖[3]。

(衙内云)你看这厮！(亲随、李稍同去衙内鬓上做拿科)(衙内云)弟子孩儿，直恁的般多！

(李稍云)亲随！今日是八月十五日中秋节令，我每安排些酒果，与大人玩月，可不好？

(张千云)你说的是。

(张千同李稍做见科，云)大人，今日是八月十五日中秋节令，对着如此月色，孩儿每与大人把一杯酒赏月，何如？

(衙内做怒科，云)嗯！这个弟子孩儿，说什么话！我要来干公事，怎么教我吃酒？

(张千云)大人，您孩儿每并无歹意，是孝顺的心肠。大人不用，孩儿每一点不敢吃。

(衙内云)亲随，你若吃酒呢？

(张千云)我若吃一点酒呵，吃血[4]。

(衙内云)正是,休要吃酒。李稍,你若吃酒呢?

(李稍云)我若吃酒,害疔疮。

(衙内云)既是您两个不吃酒,也罢,也罢,我则饮三杯,安排酒果过来。

(张千云)李稍,抬果卓[5]过来。

(李稍做抬果卓科,云)果卓在此,我执壶,你递酒。

(张千云)我儿,釃满着!(做递酒科,云)大人满饮一杯。(衙内做接酒科)(张千倒退自饮科)

(衙内云)亲随,你怎么自吃了?

(张千云)大人,这个是摄毒[6]的盏儿。这酒不是家里带来的酒,是买的酒,大人吃下去,若有好歹,药杀了大人,我可怎么了?

(衙内云)说的是,你是我心腹人。

(李稍做递酒科,云)你要吃酒,弄这等嘴儿;待我送酒,大人满饮一杯(衙内接科)(李稍自饮科)

(衙内云)你也怎的?

(李稍云)大人,他吃的,我也吃的。

(衙内云)你看这厮!我且慢慢的吃几杯。亲随,与我把别的民船都赶开者!

(正旦拿鱼上,云)这里也无人。妾身白士中的夫人谭记儿是也。妆扮做个卖鱼的,见杨衙内去。好鱼也!这鱼在那江边游戏,趁浪寻食,却被我驾一孤

舟，撒开网去，打出三尺锦鳞[7]，还活活泼泼的乱跳，好鲜鱼也！（唱）

【越调斗鹌鹑】则这今晚开筵，正是中秋令节。只合低唱浅斟[8]，莫待他花残月缺。见了的珍奇[9]，不消的咱说。则这鱼鳞甲鲜，滋味别。这鱼不宜那水煮油煎，则是那薄批细切[10]。

（云）我这一来，非容易也呵！（唱）

【紫花儿序】俺则待稍关打节[11]，怕有那惯施舍的经商，不请言赊[12]。则俺这篮中鱼尾，又不比案上罗列。活计[13]全别，俺则是一撒网，一蓑衣，一箬笠[14]。先图些打捏[15]，只问那肯买的哥哥，照顾俺也些些。

（云）我缆住这船，上的岸来。（做见李稍，云）哥哥万福[16]！

（李稍云）这个姐姐，我有些面善。

（正旦云）你道我是谁？

（李稍云）姐姐，你敢是张二嫂么？

(正旦云)我便是张二嫂。你怎么不认的我了？你是谁？

(李稍云)则我便是李阿鳖。

(正旦云)你是李阿鳖？(正旦做打科，云)儿子，这些时吃得好了，我想你来。

(李稍云)二嫂，你见我亲么？

(正旦云)儿子，我见你，可不知[17]亲哩。你如今过去，和相公[18]说一声，着我过去切脍[19]，得些钱钞，养活我来也好。

(李稍云)我知道了。亲随，你来。

(张千云)弟子孩儿，唤我做什么？

(李稍云)有我个张二嫂，要与大人[20]切脍。

(张千云)甚么张二嫂？

(正旦见张千科，云)媳妇孝顺的心肠，将着一尾金色鲤鱼特来献新[21]，望与相公说一声咱。

(张千云)也得，也得，我与你说去。得的钱钞，与我些买酒吃。你随着我来。

(做见衙内科，云)大人，有个张二嫂，要与大人切脍。

(衙内云)甚么张二嫂？

(正旦见科，云)相公万福！

(衙内做意科，云)一个好妇人也！小娘子，你来做甚么?

(正旦云)媳妇孝顺的心肠,将着这尾金色鲤鱼,一径的来献新。可将砧板、刀子来,我切脍哩。

(衙内云)难的小娘子如此般用意!怎敢着小娘子切脍,俗了手[22]!李稍,拿了去,与我姜辣煎爦了来。

(李稍云)大人,不要他切就村了。

(衙内云)多谢小娘子来意!抬过果卓来,我和小娘子饮三杯。将酒来,娘子满饮一杯。(张千做吃酒科)

(衙内云)你怎的?

(张千云)你请他,他又请你,你又不吃,他又不吃,可不这杯酒冷了?不如等亲随乘热吃了,倒也干净。

(衙内云)哇[23]!靠后!将酒来!小娘子满饮此杯。

(正旦云)相公请!

(张千云)你吃便吃,不吃我又来也。

(正旦做跪衙内科)

(衙内扯正旦科,云)小娘子请起!我受了你的礼,就做不得夫妻了。

(正旦云)媳妇来到这里,便受了礼,也做得夫妻。

(张千同李稍拍卓科,云)妙,妙,妙!

(衙内云)小娘子请坐。

(正旦云)相公,你此一来何往?

(衙内云)小官有公差事。

(李稍云)二嫂,专为要杀白士中来。

(衙内云)哇!你说什么!

(正旦云)相公,若拿了白士中呵,也除了潭州一害。只是这州里怎么不见差人来迎接相公?

(衙内云)小娘子,你却不知:我恐怕人知道,走了消息,故此不要他们迎接。

(正旦唱)

【金蕉叶】相公,你若是报一声着人远接,怕不的船儿上有五十座笙歌摆设[24]。你为公事来到这些,不知你怎生做兀的关节[25]?

(衙内云)小娘子,早是[26]你来的早;若来的迟呵,小官歇息了也。

(正旦唱)

【调笑令】若是贱妾晚来些,相公船儿上黑齁齁[27]的熟睡歇。则你那金牌势剑[28]身傍列,见官人远离一射[29],索用甚从人拦当者,俺只待拖狗皮的拷

断他腰截。

(衙内云)李稍,我央及你,你替我做个落花媒人[30]。你和张二嫂说:大夫人不许他,许他做第二个夫人,包髻、团衫、绣手巾[31],都是他受用的。

(李稍云)相公放心,都在我身上。(做见正旦科,云)二嫂,你有福也!相公说来,大夫人不许你,许你做第二个夫人,包髻、团衫、袖腿绷……

(正旦云)敢是绣手巾?

(李稍云)正是绣手巾。

(正旦云)我不信,等我自问相公去。

(正旦见衙内科,云)相公,恰才李稍说的那话,可真个是相公说来?

(衙内云)是小官说来。

(正旦云)量媳妇有何才能,着相公如此般错爱也。

(衙内云)多谢,多谢,小娘子就靠着小官坐一坐,可也无伤。

(正旦云)妾身不敢。(唱)

【鬼三台】不是我夸贞烈,世不曾和个人儿热。我丑则丑,刁决古憋[32],不由我见官人便心邪。我

也立不的志节。官人，你救黎民，为人须为彻[33]；拿滥官，杀人须见血。我呵，只为你这眼去眉来，(正旦与衙内做意儿科[34]，唱)使不着我那冰清玉洁[35]。

(衙内做喜科，云)勿、勿、勿[36]！

(张千与李稍做喜科，云)勿、勿、勿！

(衙内云)你两个怎的？

(李稍云)大家耍一耍。

(正旦唱)

【圣药王】珠冠儿怎戴者？霞帔儿怎挂者？这三檐伞怎向顶门遮？唤侍妾簇捧者。我从来打鱼船上扭的那身子儿别，替你稳坐七香车[37]。

(衙内云)小娘子，我出一对与你对：罗袖半翻鹦鹉盏[38]。

(正旦云)妾对：玉纤[39]重整凤凰衾。

(衙内拍卓科，云)妙、妙、妙！小娘子，你莫非识字么？

(正旦云)妾身略识些撇竖点划。

(衙内云)小娘子既然识字,小官再出一对:鸡头[40]个个难舒颈。

(正旦云)妾对:龙眼[41]团团不转睛。

(张千同李稍拍卓科,云)妙、妙、妙!

(正旦云)妾身难的遇着相公,乞赐珠玉[42]。

(衙内云)哦,你要我赠你什么词赋?有、有、有,李稍,将纸笔砚墨来。

(李稍做拿砌末[43]科,云)相公,纸墨笔砚在此。

(衙内云)我写就了也,词寄【西江月】。

(正旦云)相公,表白一遍咱。

(衙内做念科,云)夜月一天秋露,冷风万里江湖,好花须有美人扶,情意不堪会处。仙子初离月浦[44],嫦娥忽下云衢,小词仓卒对君书,付与你个知心人物。

(正旦云)高才!高才!我也回奉相公一首,词寄【夜行船】。

(衙内云)小娘子,你表白一遍咱。

(正旦做念科,云)花底双双莺燕语,也胜他凤只鸾孤。一霎恩情,片时云雨,关连着宿缘前注[45]。天保今生为眷属,但则愿似水如鱼。冷落江湖,团圞人月[46],相连着夜行船去。

(衙内云)妙、妙、妙!你的更胜似我的。小娘子,俺和你慢慢的再饮几杯。

(正旦云)敢问相公,因甚么要杀白士中?

(衙内云)小娘子,你休问他。

(李稍云)张二嫂,俺相公有势剑在这里!

(衙内云)休与他看。

(正旦云)这个是势剑?衙内见爱媳妇,借与我拿去治三日鱼好那?

(衙内云)便借与他。

(张千云)还有金牌哩!

(正旦云)这个是金牌?衙内见爱我,与我打戒指儿罢。再有什么?

(李稍云)这个是文书。

(正旦云)这个便是买卖的合同?(正旦做袖文书科,云)相公再饮一杯。

(衙内云)酒勾了也。小娘子休唱前篇,则唱幺篇[47]。(做醉科)

(正旦云)冷落江湖,团圞人月,相随着夜行船去。(亲随同李稍做睡科)(正旦云)这厮都睡着了也。(唱)

【秃厮儿】那厮也忒懵懂,玉山低趄[48],着鬼祟醉眼乜斜[49],我将这金牌虎符都袖褪者[50];唤相公,

早醒些，快迭[51]！

【络丝娘】我且回身将杨衙内深深的拜谢，您娘向急飐飐船儿上去也。到家对儿夫尽分说那一场欢悦。

（带云）惭愧，惭愧！（唱）

【收尾】从今不受人磨灭[52]，稳情取[53]好夫妻百年喜悦。俺这里，美孜孜在芙蓉帐笑春风；只他那，冷清清杨柳岸伴残月。（下）

（衙内云）张二嫂，张二嫂，那里去了？（做失惊科，云）李稍，张二嫂怎么去了？看我的势剑金牌，可在那里？

（张千云）就不见了金牌，还有势剑共文书哩！

（李稍云）连势剑文书都被他拿去了！

（衙内云）似此怎了也！

（李稍唱）

【马鞍儿】想着想着跌脚儿叫。（张千唱）想着想着我难熬。（衙内唱）酩子里[54]愁肠酩子里焦。（众合

唱)又不敢着傍人知道；则把他这好香烧、好香烧，咒的他热肉儿跳！

(李稍云)黄昏无旅店，

(张千云)今夜宿谁家?

(衙内云)这厮每扮戏那！(众同下)

---

① 颇奈：可恨。 ② 任所：做官的地方。此指潭州。 ③ 狗鳖：狗蚤，即狗身上的一种跳蚤，形状像龟，故名。 ④ 吃血：疑指受刑，如受刑为吃敲，被杀为吃剑。一说像吃血的蚊子，即自骂是畜牲。 ⑤ 卓：同“桌”。 ⑥ 摄毒：试验是否有毒。 ⑦ 锦鳞：美鱼。 ⑧ 低唱浅斟：慢慢喝酒，听人曼声唱歌。形容悠闲享乐的情态。斟，筛酒。 ⑨ 珍奇：此指珍贵而奇异的食品。 ⑩ 薄批细切：即切脍，把鱼肉切得很薄，供生食。 ⑪ 稍关打节：疏通关节。 ⑫ 赊(shē)：欠账。 ⑬ 活计：做法。 ⑭ 俺则是一撒网，一蓑(suō)衣，一箬(ruò)笠：形容打鱼的辛苦劳累。撒网，指打鱼网。蓑衣，雨具，用蓑草或棕毛编成的雨衣。箬笠，斗笠，是用箬竹叶或竹皮编结成的，宽边圆幅，可遮阳避雨。 ⑮ 打捏：收益。此指钱财。 ⑯ 万福：旧时妇女相见时致敬行礼的用语。 ⑰ 可不知：当然。 ⑱ 相公：古时对上层社会年轻人的敬称。 ⑲ 切脍(kuài)：把鱼肉切成薄片，供生食。脍，细切的鱼肉，特指供生食的鱼片。唐代流行生食鱼片。《酉阳杂俎・物革》：“进士段硕常识南孝廉者，喜斫脍，縠薄

丝缕，轻可吹起。” ⑳ 大人：对做官的人的称呼，此指杨衙内。㉑ 献新：向人进呈鲜美食品的谦词。 ㉒ 俗了手：犹言脏了手。意思是说切脍是下贱人做的事，不宜让漂亮的女子去做。和下文“不要他切就村了”正相反，意谓美人切脍是雅事，不叫她切就太蠢了。㉓ �華（dōu）：怒斥声。 ㉔ 五十座笙歌摆设：形容欢迎的仪式盛大。笙歌，指乐队。 ㉕ 关节：指机谋。 ㉖ 早是：幸亏。 ㉗ 黑齁齁（hōu）：形容酣睡时打呼噜的声音。 ㉘ 金牌势剑：皇帝授予大臣全权处理要案的两种信物。 ㉙ 远离一射：离开一箭之地。 ㉚ 落花媒人：现成的媒人。一说给出过嫁的妇女作媒人。 ㉛ 包髻、团衫、绣手巾：当时娶妾所送的服饰、礼品。 ㉜ 刁决古憋：形容脾气儿固执古怪。 ㉝ 为彻：做到底。 ㉞ 正旦与衙内做意儿科：这里指谭记儿假意和杨衙内调情。 ㉟ 冰清玉洁：比喻人的操行清白。㊱ 勿、勿、勿：象声调。是喜笑若狂时所发出的应答声。 ㊲ 七香车：多种香料涂抹的华贵的车辆。 ㊳ 鹦鹉盏：酒杯名，用鹦鹉螺制成。 ㊴ 玉纤：指女人的手，像玉一般美丽纤细。 ㊵ 鸡头：芡实的别名。一年生水草，结实如栗球，状似鸡首。 ㊶ 龙眼：指桂圆。㊷ 珠玉：对别人文学作品的美称。 ㊸ 砌末：古代戏剧术语，指舞台道具。此指纸墨笔砚。 ㊹ 仙子：指嫦娥。月浦：月亮。 ㊺ 宿缘前注：前生注定的缘分。 ㊻ 团圞（luán）人月：人月两团圆。㊼ 幺（yāo）篇：词曲的后片。这里指【夜行船】的下片。 ㊽ 玉山低趄（qiè）：形容酒醉的样子。玉山，指身躯。低趄，斜靠着。 ㊾ 乜（miē）斜：眼迷糊的样子。 ㊿ 袖褪者：藏在袖子里。 51 快迭：快点。 52 磨灭：折磨，欺负。 53 稳情取：定然能够。 54 酩子里：暗地里。

翻译

人物表

谭记儿 年轻貌美的寡妇，后嫁潭州地方官白士中。正旦扮演。

杨衙内 花花太岁，权豪势官的子弟。净扮。

张　千 杨衙内的贴身随从，又称亲随。

李　稍 杨衙内的随从。

（杨衙内领张千、李稍上）

杨衙内 （云）小官是杨衙内。可恨白士中无理，量你算得老几！明明知道我要娶谭记儿为妾，他竟公然背着我，娶了谭记儿为妻，一同去了潭州，这仇恨太深了！现在我亲自到潭州，包取白士中的人头。你说别的人我为什么不带他来？这一个是张千，这一个是李稍；这两个小的聪明乖巧，都是我的心腹之人，所以只带了这两个人来。

（张千去衙内鬓边作捏状）

杨衙内 （云）呸！你干什么？

张　千 （云）相公鬓边有一个虱子。

杨衙内 （云）这家伙倒也说得对。我在这船上都有个把月时间了，还没有篦过头。我的儿好乖！

（李稍在衙内鬓边作捏状）

杨衙内　（云）李稍，你也想怎么的？

李　稍　（云）相公鬓上有一个狗鳖。

杨衙内　（云）你瞧这家伙！

（亲随张千与李稍一同去衙内鬓边作捏状）

杨衙内　（云）婊子养的！哪来这么多！

李　稍　（云）亲随，今天是八月十五中秋节，我们安排些酒果，与大人赏月，好不好？

张　千　（云）你说得是。

（同李稍一起见衙内）大人，今天是八月十五中秋节，对着这样的月色，孩儿们与大人敬一杯酒赏月怎么样？

杨衙内　（怒云）呸！这婊子养的，说什么话！我要去干公事，怎么叫我吃酒？

张　千　（云）大人，您孩儿们并没有恶意，而是一副孝顺的心肠。大人不要，孩儿们一点都不敢吃。

杨衙内　（云）亲随，你要是吃酒呢？

张　千　（云）我要是吃一点酒呵，挨打。

杨衙内　（云）就是。别吃酒。李稍，你要是吃酒呢？

李　稍　（云）我要是吃酒，长疔疮。

杨衙内　（云）既然你们两个不吃酒，也罢，也罢，我只饮三杯。安排酒果过来。

张　千　（云）李稍，搬果桌过来。

李　稍　（搬过果桌，云）果桌在这里。我拿壶，你递酒。

张　千　（云）我儿，斟满上！

（递酒）大人满饮一杯。

（衙内欲接酒，张千倒退一步，自饮）

杨衙内　（云）亲随，你怎么自己吃了？

张　千　（云）大人，这杯酒是试有没有毒的。这酒不是从家里带来的酒，是买来的酒，大人吃下去，要是有个好歹，毒死了大人，我该怎么办？

杨衙内　（云）说得是。你是我心腹人。

李　稍　（递酒，云）你想吃酒，却弄这副嘴脸；让我来送酒，大人满饮一杯。

（衙内欲接，李稍举杯自饮）

杨衙内　（云）你也想怎么的？

李　稍　（云）大人，他吃得，我也吃得。

杨衙内　（云）你瞧这家伙！我暂且慢慢吃几杯。亲随，给我把别的民船都赶开！

（谭记儿提鱼上）

谭记儿　（云）这里没有人。我是白士中的夫人谭记儿，装扮作一个卖鱼的，去见杨衙内。好一条鱼啊！这鱼在那江边戏耍，逐浪寻食，却被我驾一孤舟，撒开网去，打出三尺长一条鲜美的鱼儿，还活活泼泼地乱跳，好新鲜的鱼啊！

（唱）这今晚排开宴席，

　　正好是中秋时节。

理应低唱浅斟，
莫等到花儿凋残月儿缺。
见过的珍奇，
用不着咱细细述说，
就说这鱼，
肉鲜美，滋味特别。
这鱼不宜用水煮油煎，
只宜薄薄割，细细切。
(云)我这一趟来，真不容易呵！
(唱)俺只想施展谋略，
只怕有那惯施舍的商贾，
不买鱼，说欠赊。
只是俺这篮中鱼儿，
又不比案板上摆放的来得容易，
我的作法跟别人全然有别。
俺是凭一张撒网，一件蓑衣，一顶箬笠。
先图些钱物收益，
只望那肯买的哥哥，
照顾俺一些。
(云)我缆住这船，上了岸来。
(见李稍，云)哥哥万福。

李　稍　(云)这位姐姐，我有些面熟。

谭记儿 （云）你说我是谁？

李　稍 （云）姐姐，你大概是张二嫂吧？

谭记儿 （云）我就是张二嫂。你怎么不认识我了？你是谁？

李　稍 （云）我就是李阿鳖。

谭记儿 （云）你是李阿鳖？（举手打李稍）儿子，这些时候吃得好了，我想你哪。

李　稍 （云）二嫂，你见了我亲热吗？

谭记儿 （云）儿子，我见了你，真不知道有多亲热哩。你现在过去和相公说一声，让我过去切脍，得些钱，也好养活我。

李　稍 （云）我明白了。亲随，你来。

张　千 （云）婊子养的，叫我干什么？

李　稍 （云）我有个张二嫂，要给大人切脍。

张　千 （云）什么张二嫂？

谭记儿 （上前与张千相见，云）媳妇孝顺的心肠，拎着一尾金色鲤鱼，特来献新，望与相公说一声哪。

张　千 （云）也行，也行，我给你说去。得来的钱，给我一些买酒吃。你跟着我来。（引见给杨衙内，云）大人，有位张二嫂，要给大人切脍。

杨衙内 （云）什么张二嫂？

谭记儿 （给杨衙内施礼，云）相公万福！

杨衙内 （垂涎欲滴地盯着谭记儿，云）是一个漂亮女人哪。小娘子，你来做什么？

谭记儿 （云）媳妇孝顺的心肠，拎着这尾金色鲤鱼，专程来献新。可拿砧板、刀子来，我要切脍哩。

杨衙内 （云）难得小娘子这样用心！怎敢叫小娘子切脍，俗了你的手！李稍，你拿去，给我用姜辣煎炒了来。

李　稍 （云）大人，不要她切就太傻了。

杨衙内 （云）多谢小娘子美意！搬过果桌来，我和小娘子饮三杯。拿酒来，娘子满饮一杯。

（谭记儿、杨衙内互让，张千自己喝了酒）

杨衙内 （云）你干什么？

张　千 （云）你请她，她又请你，你又不吃，她也不吃，岂不冷了这杯酒？不如让亲随趁热吃了，倒还干净。

杨衙内 （云）呸！靠后！拿酒来！小娘子满饮此杯。

谭记儿 （云）相公请。

张　千 （云）叫你吃就吃，不吃我又来啦。

（谭记儿跪拜杨衙内）

杨衙内 （扯谭记儿，云）小娘子请起！我受了你的礼，就做不得夫妻了。

谭记儿 （云）媳妇来到这里，即使受了礼，也做得夫妻。

张千、李稍 （拍桌叫道）妙！妙！妙！

杨衙内 （云）小娘子请坐。

谭记儿 （云）相公，你这一趟要到哪里去？

杨衙内 （云）小官有公事。

李　稍　（云）二嫂，专为杀白士中来。

杨衙内　（云）呸！你说什么！

谭记儿　（云）相公，要是抓了白士中呵，也除了潭州一害。只是这州里怎么没派人来迎接相公？

杨衙内　（云）小娘子，这你就不知道了——我怕别人知道，走漏了消息，所以不要他们迎接。

谭记儿　（唱）相公，

你要是说一声叫人迎接，
岂不是船儿上有五十座笙歌摆设。
你为公家事来到这里，
不知你怎么安排这一机谋？

杨衙内　（云）小娘子，幸亏你来得早！要是来得迟呵，小官就休息了。

谭记儿　（唱）要是我来得晚一些，

相公船儿上黑齁齁熟睡安歇。
你那金牌势剑身边列，
见官人得退避三舍，
哪用什么侍从阻挡拦截，
俺只将拖死狗似的打断他的腰脊。

杨衙内　（云）李稍，我央求你，你替我做一个现成媒人。你对张二嫂说：大夫人不许诺她，许诺她做第二夫人。包髻、团衫、绣手巾，都有她享用的。

李　稍　（云）相公放心，包在我身上。（对谭记儿云）二嫂，你真有福气！相公说啦，大夫人不许诺你，许诺你做第二夫人，包髻、团衫、袖腿绷……

谭记儿　（云）大概是绣手巾吧？

李　稍　（云）正是绣手巾。

谭记儿　（云）我不信。等我自己问相公去。（对杨衙内云）相公，刚才李稍说的那话，果真是相公说的吗？

杨衙内　（云）是小官说的。

谭记儿　（云）想媳妇有什么才能，让相公这样垂爱呀！

杨衙内　（云）哪里，哪里。小娘子就靠着小官坐一坐，谅也无妨。

谭记儿　（云）妾不敢。

（唱）不是我夸贞烈，
从没有过跟别人依偎亲热。
我丑虽丑，脾气古怪，
见官人却不由我心儿邪，
我也守不成什么贞节。
官人，
你救百姓，救人须到底；
抓贪官，杀人须见血。
我呵，
只为你这眼去眉来，
（故意与杨衙内调情，唱）

用不着我那冰清玉洁。

杨衙内 （高兴得手舞足蹈）呵、呵、呵！

张千、李稍 （手舞足蹈）呵、呵、呵。

杨衙内 （云）你们两个怎么啦？

李　稍 （云）大家耍一耍。

谭记儿 （唱）珠冠儿怎么戴？

霞帔儿怎么挂？

这三道檐的阳伞怎么把脑门遮？

唤侍妾们簇拥着我这个新来者。

我向来在打鱼船上扭得那身子儿特别，

准替你稳坐那七香车。

杨衙内 （云）小娘子，我出一个对子让你对：罗袖半翻鹦鹉盏。

谭记儿 （云）妾对：玉纤重整凤凰衾。

杨衙内 （拍桌叫道）妙！妙！妙！小娘子，你莫非识字？

谭记儿 （云）妾略懂些儿撇竖点划。

杨衙内 （云）小娘子既然识字，小官再出一对：鸡头个个难舒颈。

谭记儿 （云）我对：龙眼团团不转睛。

张千、李稍 （拍桌叫道）妙！妙！妙！

谭记儿 （云）俺难得遇着相公，乞赐珠玉之辞。

杨衙内 （云）哦，你想我赠给你什么词赋？有、有、有。李稍，拿纸笔来。

李　稍 （取来道具云）相公，纸墨笔砚在这里。

杨衙内　(云)我写好啦。词寄《西江月》。

谭记儿　(云)相公,你念诵一遍吧。

杨衙内　(念)夜月一天秋露,冷风万里江湖,好花须有美人扶,情意不堪会处。仙子初离月浦,嫦娥忽下云衢,小词仓促对君书,付与你个知心人物。

谭记儿　(云)高才!高才!我也回奉相公一首,词寄《夜行船》。

杨衙内　(云)小娘子,你念诵一遍哪。

谭记儿　(念)花底双双莺燕语,也胜他凤只鸾孤。一霎恩情,片时云雨,关连着宿缘前注。天保今生为眷属,但则愿似水如鱼。冷落江湖,团圞人月,相连着夜行船去。

杨衙内　(云)妙、妙、妙!你的还胜过了我的。

小娘子,俺和你慢慢地再饮几杯。

谭记儿　(云)斗胆问相公,为什么要杀白士中?

杨衙内　(云)小娘子,你别管他。

李　稍　(云)张二嫂,俺相公有势剑在这里!

杨衙内　(云)别给她看。

谭记儿　(云)这就是势剑?衙内喜欢媳妇,借给我拿去切三天鱼好吗?

杨衙内　(云)就借给她。

张　千　(云)还有金牌哩!

谭记儿　(云)这就是金牌?衙内喜欢我,给我打个戒指吧。还有什么?

李　稍　（云）这是文书。

谭记儿　（云）这就是做买卖的合同？（把文书藏入袖中，云）相公再饮一杯。

杨衙内　（云）酒够啦。小娘子别唱前篇，只唱后篇。（醉倒）

谭记儿　（念）冷落江湖，团圞人月，相随着夜行船去。

（张千、李稍一同睡去）

谭记儿　（云）这些家伙都睡着了啊。

（唱）那家伙也是太糊涂，

玉山似的身躯歪斜，

鬼祟迷心醉眼迷。

我把这金牌虎符袖里藏，

叫相公，早点儿醒，

快些！

我姑且回身，

把杨衙内深深地拜谢，

您娘向急飐飐的船儿上去也。

到家里对夫君，

尽情地诉说那一场欢悦。

（带云）侥幸，侥幸！

（唱）从今不受人磨折，

管教那好夫妻百年欢悦。

俺这里，

美滋滋芙蓉帐里笑春风；

他那里，

冷清清杨柳岸边伴残月。（下）

杨衙内 （醒来，云）张二嫂！张二嫂！哪里去了？

（吃惊地）李稍，张二嫂怎么去了？看我的势剑金牌，还在那里吗？

张　千 （云）就是不见了金牌，还有势剑和文书哩！

李　稍 （云）连势剑文书都被她拿去了！

杨衙内 （云）这可怎么办哪！

李　稍 （唱）想着想着顿足叫。

张　千 （接唱）想着想着我难熬。

杨衙内 （接唱）背地里愁烦背地里焦躁。

（众合唱）又不敢让旁人知道；

只得把他这好香烧、好香烧，

咒得她心惊肉跳！

李　稍 （念）黄昏无旅店，

张　千 （念）今夜宿谁家？

杨衙内 （云）这家伙们扮戏哪！

（同下）

钱大尹智宠谢天香（第一折）

《谢天香》写北宋著名词人柳永和妓女谢天香悲欢离合的故事。钱大尹起初对柳永重妓色轻士夫的行为感到不满，后来惊羡谢氏的才华，假意娶谢氏为妾，使之脱了乐籍，实则秋毫无犯，以便日后柳、谢团圆。而柳、谢不知其计，误会之中，翻起种种波澜。

本剧虽以喜剧收场，其实喜剧的表象下，渗透了悲剧性意蕴。正如谢天香在第三折中对钱大尹以骰子譬喻自己："一把纸微骨，置君掌握中；料应嫌点涴，抛掷任东风。"揭示了沦落青楼的妇女的命运。而悲喜交融，正是中国喜剧的最高境界。

全剧共四折一楔子，这里选译第一折。

（外扮钱大尹，引张千上，诗云）寒蛩[①]秋夜忙催织，戴胜[②]春朝苦劝耕；若道民情官不理，须知虫鸟为何鸣。老夫姓钱名可，字可道，钱塘人也。自中甲第以来，累蒙擢用，颇有政声。今谢圣恩，加老夫开封府尹之职。老夫自幼修髯满部，军民识与不识，皆呼为波厮钱大尹。暗想老夫当时有一同堂故友，姓

柳名永，字耆卿，论此人学问，不在老夫之下，相离数载，不知他得志也不曾，使老夫悬悬在念。今日升堂，坐起早衙。张千，有该签押的文书，将来我发落。

（张千云）禀的老爷知道，还有乐人[3]每未曾参见哩。

（钱大尹云）前官手里曾有这例么？

（张千云）旧有此例。

（钱大尹云）既是如此，着他参见。

（张千云）参官乐人走动。

（正旦同众旦上，云）今日新官上任，咱参见去来。你每小心在意者！

（众旦云）理会的。

（正旦唱）

【仙吕点绛唇】讲论诗词，笑谈街市，学难似，风里飏丝，一世常如此。

【混江龙】我逐日家把您相试，乞求的教您做人[4]时，但能勾[5]终朝为父，也想着一日为师。但有个敢接我这上厅行首[6]案，情愿吩咐与你这班演戏台儿。则为四般儿误了前程事[7]，都只为“聪明智慧”，因此上辛苦无辞。

（众旦云）姐姐，你看笼儿中鹦哥念诗哩。

（旦云）这便是你我的比喻。（唱）

【油葫芦】你道是金笼内鹦哥能念诗，这便是咱家的好比似。原来越聪明越不得出笼时，能吹弹好比[8]人每日常看伺，惯歌讴好比人每日常差使。（云）我不怨别人。（众旦云）姐姐，你怨谁？（旦云）咱会弹唱的，日日官身[9]；不会弹唱的，倒得些自在。（唱）我怨那礼案里几个令史[10]，他每都是我掌命司，先将那等不会弹不会唱的除了名字，早知道则做个哑猱儿[11]。

【天下乐】俺可也图甚么香名贯人耳！想当也波时，不三思：越聪明，不能勾无外事。卖弄的有伎俩，卖弄的有艳姿，则落的临老来呼"弟子"！

（张千云）谢大姐，你怎生这早晚才来？你只在这里，我报复去。（做报科，云）报的老爷得知：有乐人每来参见。

（钱大尹云）别的休进来，则着那为头的一人来见。

（张千云）别的都回去，则着谢大姐过去哩！（众旦下）

(正旦见、拜科,云)上厅行首谢天香谨参。

(钱大尹云)休要误了官身!

(旦云)理会的。(做出门科,云)爷爷,那官人好个冷脸子也!(唱)

【金盏儿】猛觑了那容姿,不觉的下阶址,下场头少不的跟官长厅前死;往常觑品官宣使[12]似小孩儿。他则道官身休失误,启口更无词。立地刚一饭间,心战勾两炊时[13]。

(柳上,云)大姐参官去了,我看大姐去来。(做见旦科,云)大姐,你参了官也?我过去见他。

(正旦云)你休见罢,这相公不比其他的。

(柳云)不妨事,哥哥看待我比别人不同。(做见张千科,云)大哥,报复一声:杭州柳永特来参谒。

(张千云)这个便是早辰间在谢大姐家的那先生。你在这里,我报复去。(做报科,云)衙门外有杭州柳永特来拜见。

(钱大尹云)他说是杭州柳永?

(张千云)是。

(钱大尹笑云)老夫语未绝口,不想贤弟果然至此,使老夫不胜之喜。道有请！

（张千云）请进。

（柳见钱科，云）小弟游学到此，不意正值高迁，一来拜贺兄长，二来进取功名⑭去也。

（钱大尹云）自别贤弟许久，想慕颜范，使老夫悬悬在念。今日一会，实老夫之幸也。左右，看酒来！

（柳云）兄弟去的急，不必安排茶饭。

（钱大尹云）虽然如此，许久不会，何妨片时？张千，就讼厅上看酒来，款待学士。

（柳云）哥哥，这是国家公堂⑮，不是您兄弟坐的去处。

（钱大尹云）贤弟差矣！一来是老夫同堂故友，二来贤弟是一代文章，正可管待。老夫欲待留贤弟在此盘桓数日，便好道大丈夫当以功名为念，因此不好留得。贤弟，请满饮一杯！（把酒科）

（柳云）兄弟酒勾了也，辞了哥哥，便索长行。

（钱大尹云）贤弟，不成管待，只听你他日得意，另当称贺。贤弟，恕不远送了。

（柳云）哥哥不必送。（出见旦科，云）柳永，你为甚么来，则为大姐，怎就忘了？我再过去。

（正旦云）耆卿，你休去，这相公不比其他的。

（柳云）不妨事，哥哥待我较别哩。（做见张千科，云）张千，再报一声。

（张千云）你怎么又来？

（柳云）你道杭州柳永再来拜见，有说的话。

（张千报科，云）杭州柳永又要见相公，有说的话。

（钱大尹云）是是，想必老夫在此为理[16]，有见不到处。道有请。

（张千云）有请。（见科）

（钱大尹云）老夫在此为理，多有见不到处，我料贤弟必有嘉言善行教训老夫咱。

（柳云）您兄弟别无他事，则是好觑谢氏。

（钱云）耆卿，敬重看待，恕不远送。

（柳云）多谢了哥哥。（柳见旦，云）大姐，我说了也，他说“敬重看待”。

（正旦云）耆卿，你知道相公的意思么？

（柳云）我不知道。

（正旦唱）

【醉中天】初相见呼你为学士，谨厚不因[17]，而今遍回身嘱咐尔，相公也，冷眼儿频偷视。你觑他交椅上抬颏[18]样儿，待的你不同前次，他则是微分间将表字呼之[19]。

(柳云)怕你不放心,我再过去。

(正旦云)耆卿,你休过去。

(柳云)不妨事,哥哥待我较别哩。

(钱大尹云)张千,你近前来。恰才耆卿说道好觑谢氏,必定是峨冠博带一个名士大夫,你与老夫说咱。

(张千云)禀的老爷知道,就是早晨参官的谢天香。

(钱大尹云)哦,是早间那个谢氏!耆卿,你错用了心也。

(柳做见张千科,云)张大哥,你再报一声:杭州柳永再有说话。

(张千云)你怎么又来?我不敢过去。

(柳云)不妨事,再说一声。

(张千报科,云)杭州柳永有说的话。

(钱大尹云)着他过来。(柳进见科)

(钱大尹云)耆卿,有何见谕?

(柳云)哥哥,则是好觑谢氏。

(钱大尹云)我才不说来:"敬重看待,恕不远送。"

(柳见旦,云)相公说"敬重看待",可是如何?

(正旦唱)

【金盏儿】你拿起笔作文词,衠[20]才调无瑕疵,这一场无分晓、不裁思[21]。他道"敬重看待",自有

几桩儿：看则看你那钓鳌[22]八韵赋，待则待你那折桂[23]五言诗，敬则敬你那十年辛苦志，重则重你那一举状元时。

（柳云）大姐，你也忒心多。怕你放不下，我再过去。

（正旦云）耆卿，休去。

（柳云）不妨事，哥哥看待较别哩。（见张千科，云）张大哥，你再过去，说杭州柳永又来，有说的话。

（张千云）你还不曾去哩？这遭敢不中么？

（柳云）不妨事。

（张千报科，云）杭州柳永又来有话说。

（钱大尹云）着他过来。（见科，钱大尹云）耆卿，有何说话？

（柳云）哥哥，好觑谢氏。

（钱大尹做怒科，云）耆卿，你种的桃花放，砍的竹竿折。

（柳云）多谢了哥哥。（出见旦，云）我说了也。

（正旦云）相公说甚么来？

（柳云）相公说："种的桃花放，砍的竹竿折。"

（正旦唱）

【醉扶归】你陡[24]恁的无才思，有甚省不的两桩儿？我道这相公不是漫词，你怎么不解其中意？他道是种桃花砍折竹枝[25]，则说你重色轻君子。

(柳云)怕你不放心,待我再去与他说过。

(正旦云)耆卿,你休去。

(柳云)不妨事,哥哥待我较别哩。(见张千,云)张大哥,你再说一声:杭州柳永又来有话说。

(张千云)那里有个见不了的?我不敢报。

(柳云)我自过去。(张千报科)

(钱大尹云)敢是杭州柳永?

(张千云)便是。

(钱大尹云)泼禽兽!你则管着这一桩儿,且过一壁。

(柳云)张千进去,可怎生不见出来?莫非他不肯通报?我自过去。(进见科,云)哥哥。

(钱大尹怒云)敢是好觑谢氏?张千,抬过书案者!耆卿,是何相待?"君子不重则不威,学则不固",你何轻薄至此!这里是官府黄堂,又不是秦楼楚馆[26],则管里谢氏、谢氏!耆卿,我是开封府尹,又不是教坊司乐探[27]!平昔老夫待足下非轻,可是为何?为子有才也。古人道:“德胜才为君子,才胜德为小人。”今观足下所为,可正是才有余而德不足。《礼记》云:君子“奸声乱色,不留聪明”。《老子》曰:“五色令人目盲,五音令人耳聋。”大丈夫当“先天下之忧而忧,后天下之乐而乐”。便好道“富贵不能淫,贫贱不能移,威武不能屈,此之谓大丈夫”也!今子告别,我则道有什么嘉言善行,略无一语;只为一匪妓,往复数次,虽鄙夫有所耻,况衣冠之士,岂不愧颜?耆卿,比及你在花街里留意,且去你那功名上用心,可不道“三十而立”!当今王元之[28]七岁能文,今官居三品,见为翰林学士之职;汝辈不自耻乎,耆卿!(诗云)则你那浑身多锦绣,满腹富文章;不学王内翰,只说谢天香。张千,你近前来!(做耳喑[29]科,云)只恁的便了。

(张千云)理会的。

(钱大尹云)左右的,击鼓退堂,我回私宅去也。(下)

(柳见旦科)

(正旦云)我说甚么来,直逗的相公恼了!

(柳云)大姐放心,我到帝都阙下,若得一官半职,钱可道,你长保着做大尹,休和咱轴头儿厮抹着[30]!大姐,我今便索长行也。

(正旦云)妾送你到城外那小酒务儿[31]里,权与你饯行咱。

(张千上,云)等我一等,我张千也来送柳先生。

(柳云)多有起动了。大姐,我临行做了一首词,词寄【定风波】,是商角调,留与大姐表意咱。(词云)自春来惨绿愁红,芳心事事可可[32]。日上花梢,莺喧柳带,犹压香衾卧。暖酥消[33],腻云鬓[34],终日恹恹倦梳裹。无奈,想薄情一去,音书无个!早知恁么,悔当初不把雕鞍锁。向鸡窗[35]收拾蛮笺象管[36],拘束教吟和。镇日相随莫抛躲,针线拈来共伊坐,和我,免使少年光阴虚过。

(张抄科,云)我先回去也。(下)

(正旦云)耆卿,你去也,教妾身如何是好!

(柳云)大姐放心,小生不久便回。

(正旦唱)

【赚煞】我这府里祗候几曾闲,差拨无铨次[37],从今后无倒断[38]嗟呀怨咨。我去这触热[39]也似官人行将礼数使,若是轻咳嗽便有官司。我直到揭席[40]来到家时,我又索趱下些工夫忆念你。是我那清歌皓齿,是我那言谈情思,是我那湿浸浸舞困袖梢儿[41]。(下)

① 蛩(qióng):蟋蟀。别名促织。 ② 戴胜:候鸟名。春夏之时,戴胜常栖息在桑树上。形状像雀,头上有五彩羽冠,如方胜,故名。胜,两个菱形压角相迭组成的图案或花样,故名。 ③ 乐人:编入乐籍的人。此指歌妓。 ④ 做人:这里指懂事。 ⑤ 勾:同“够”。⑥ 上厅行首:宋时官妓分三等,上等的也叫行首。她们原有到官厅承应的义务,这种义务转而成为资格。获得这一资格的上等妓女中的领头人叫上厅行首。 ⑦ 前程事:犹言婚姻大事。 ⑧ 比:为,替。 ⑨ 官身:官妓。因需要承应官府,故称。 ⑩ 礼案:官妓乐籍档案。即乐户名籍,是妓女登记册的通称。令史:令吏,官衙内的书吏。 ⑪ 猱儿:即优儿,娼妓。 ⑫ 品官宣使:指有相当职位的官员。品官,有品级的官员。宣使,即宣抚使,是由朝廷派出巡视督察地方行政司法军事等的朝官,其置官始于唐代。 ⑬ 两炊时:犹如说两顿饭的时间。 ⑭ 功名:即科第,是读书人科举上的成功。⑮ 公堂:旧称法庭或官署的厅堂。 ⑯ 为理:即为治,指做官。⑰ 不因:不随便、不马虎的意思。 ⑱ 抬颏:也作胎孩,表示抬头昂首,神情严肃。 ⑲ 微分间:细微处。表字:称人的字号。称呼上用字号,表示态度郑重而不亲昵。 ⑳ 衠(zhūn):真正。 ㉑ 裁思:思考鉴别。 ㉒ 钓鳌:比喻远大的抱负与豪迈的行动。鳌,传说里海中大龟。 ㉓ 折桂:旧时认为科举及第就等于到月宫里折到桂枝。 ㉔ 陡:突然。 ㉕ 种桃花砍折竹枝:旧时文人习惯上用桃花比喻女色,用竹表示有气节的君子。 ㉖ 秦楼楚馆:妓院的别称。㉗ 教坊司:即教坊,管理宫廷音乐的官署。乐探:官府内管理僧、尼、

道、官妓的小吏。 ㉘ 王元之：王禹偁(954—1001)，字元之，北宋著名文学家。 ㉙ 耳喑(yīn)：耳语。 ㉚ 轴头儿厮抹着：意谓狭路相逢。厮抹，相碰。 ㉛ 酒务：酒店。 ㉜ 事事可可：每件事都不在意，不放心上。 ㉝ 暖酥消：形容肌肤消瘦。 ㉞ 腻云髻：懒梳头。腻，厌烦。 ㉟ 鸡窗：《幽明录》说晋宋处宗曾买了一只长鸣鸡，笼挂于窗间，鸡遂作人语，与处宗谈论，极有言智，后人遂称书房为鸡窗。 ㊱ 蛮笺象管：指纸和笔。 ㊲ 差拨：差遣，派遣。无铨次：无次序，不按次第。 ㊳ 无倒断：没有穷尽的。倒断，了结，结束。 ㊴ 触热：炙手可热，喻权势正盛。 ㊵ 揭席：宴会散席。 ㊶ 湿浸浸：湿润、浸透的样子。

翻译

人物表

谢天香 开封府官妓，柳永的情人。正旦扮。

柳　永 北宋著名词人，风流才子。字耆卿，排行第七，又称柳七。冲末扮。

钱大尹 开封府尹。名可，字可道。柳永的同窗好友。外扮。

张　千 开封府管理乐妓的小吏，净扮。

众旦扮妓女等。

(钱大尹引张千上)

钱大尹 （念诗）寒蛩秋夜忙催织，戴胜春朝苦劝耕。若道民情官不理，须知虫鸟为何鸣。

（云）我姓钱名可，字可道，钱塘人。自从以第一等进士及第以来，多次受到提升，很有些从政的声誉。现在感谢圣上恩典，提升我担任开封府尹的职务。我从小就长了一部长胡子，军民无论认识的还是不认识的，都叫我波斯钱大尹。暗想我当年有一个同窗学友，姓柳名永，字耆卿。要说这人的学问，不比我差，相别几年，不知道得遂志愿了没有，使我十分挂念。今天升堂，坐起早衙。张千，有需要签发的文书，拿来让我处理。

张　千 （云）禀告老爷知道：还有乐人们没有来参见过呢。

钱大尹 （云）前任手里曾经有这先例吗？

张　千 （云）原有这例。

钱大尹 （云）既然这样，叫她们来见。

张　千 （云）来见官的乐人快进。

（谢天香与众歌妓上）

谢天香 （云）今天新官上任，咱参见去。你们要小心谨慎哪。

众　妓 （云）知道的。

谢天香 （唱）讲论诗词，

笑谈街市，

难学做，风里飘扬的柳丝，

一辈子常如此。

我每日里把您来相探，

巴不得教您懂事时，

只要能终朝为父，

也想着一日为师。

只要有人敢接我这官厅领班的职，

我宁愿交付你这搬演用的戏台儿。

只因四件儿误了婚姻大事：

——都只因“聪明智慧”，

所以才一世辛苦，无法推辞。

众　妓　（云）姐姐，你看这笼儿中鹦哥儿在念诗哩。

谢天香　（云）这就是你我的比喻。

（唱）你说是金笼内鹦哥儿能念诗，

这就是咱家的好比拟。

原来越聪明越得不到出笼时，

能吹弹，正好替人常常服侍，

惯唱歌，正好替人常常差使。

（云）我不怨别人。

众　妓　（云）姐姐，你怨谁？

谢天香　（云）咱会弹唱的，天天官里服侍；不会弹唱的，反倒得了些自由自在。

（唱）我怨那管乐籍的几个令吏，

他们都是主管着我们命运的顶头上司。

先把那种不会弹不会唱的除了名字，

——早知道是这样，

就做一个哑巴倡优儿。

俺岂是图什么香名贯人耳！

想当时，不深思：

越聪明越不能没差事。

卖弄你有伎艺，

卖弄你有艳姿，

只落得到老时被人叫婊子！

张　千　（云）谢大姐，你怎么这时候才来？你就在这里，我报告去。

（禀报）报告老爷知道：乐人们来参见。

钱大尹　（云）别的人不用进来，只让领头的一人来见。

张　千　（云）别的人都回去，只叫谢大姐过去哩！

（众妓下）

谢天香　（见钱大尹，拜礼，云）上厅行首谢天香谨见。

钱大尹　（云）别误了官厅伺候！

谢天香　（云）知道了。（出门，云）我的妈呀，那官员好一副冷面孔哪！

（唱）猛见了那容姿，

不觉得下台基，

到头来免不了在官长厅前死。

往常见大官差使似小孩儿。

他只说官里伺候别耽误，

开口再没别的词。

我站着刚一顿饭的工夫，

心里哆嗦却足足有两炊时。

（柳永上）

柳　永　（云）大姐见官去了，我看大姐去。（与谢天香相见，云）大姐，你见了官啦？我过去见他。

谢天香　（云）你别去见了罢。这相公不同其他的人。

柳　永　（云）没关系，哥哥看待我跟别人不同。（见张千，云）大哥，报告一声：杭州柳永特来拜见。

张　千　（云）这位就是早上在谢大姐家的那先生。你在这里，我去报告。（禀告）衙门外有杭州柳永，特来拜见。

钱大尹　（云）他说是杭州柳永？

张　千　（云）是。

钱大尹　（笑云）我话未离口，不料贤弟果然到了这里，使我喜不自胜。说有请！

张　千　（云）请进。

柳　永　（与钱大尹相见，云）小弟游学到此，不料正逢高升，一来拜见兄长，二来进取功名去哪。

钱大尹　（云）自从别了贤弟这么久，想念你的情况，使我十分挂念。今天一会，真是我的喜事哪。左右，安排酒来！

柳　永　（云）兄弟走得急，不必安排茶饭了。

钱大尹　（云）即使是这样，长久没有相会，哪在乎这一会儿？张千，在公堂上安排酒来，款待学士。

柳　永　（云）哥哥，这是国家公堂，不是您兄弟坐的地方。

钱大尹　（云）贤弟错了。一来是我同窗故友，二来贤弟是一代文章魁首，正该款待。我本想留贤弟在这里逗留几天，常言道：大丈夫当以功名为念，所以不好留你。贤弟，请满饮一杯。（执酒）

柳　永　（云）兄弟酒够了。辞了哥哥，就该远行。

钱大尹　（云）贤弟，不成款待，只等你他日得意，另外再来称贺。贤弟，恕不远送了。

柳　永　（云）哥哥不必送。

（出门见到谢天香，云）柳永，你为着什么来的？就为大姐，怎么就忘了？我再过去。

谢天香　（云）耆卿，你别去，这相公不同其他人。

柳　永　（云）没关系，哥哥对我特殊哩。

（见张千，云）张千，再报一声。

张　千　（云）你怎么又来了？

柳　永　（云）你说杭州柳永再来拜见，有话要说。

张　千　（禀告）杭州柳永，又要见相公，有话要说。

钱大尹　（云）是、是。想必我在这里做官，有什么不周到的地方。

说有请。

张　千　(云)有请。

(柳永与钱大尹相见)

钱大尹　(云)我在这里做官,多有不周到的地方,我想贤弟一定有良言善行教诲我吧。

柳　永　(云)你兄弟没别的事,只是请好好看待谢氏。

钱大尹　(云)耆卿,敬重看待,恕不远送。

柳　永　(云)多谢了哥哥。(见谢天香,云)大姐,我说了哪。他说"敬重看待"。

谢天香　(云)耆卿,你知道相公的意思吗?

柳　永　(云)我不知道。

谢天香　(唱)初相见称你为学士,

恭谨朴实不随便;

这次回身嘱咐你,

(云)相公呵,

(接唱)冷眼儿频偷视。

你看他交椅上威严的样儿,

看待你不同前次,

他只是细微处用表字称呼你。

柳　永　(云)要是你不放心,我再过去。

谢天香　(云)耆卿,你别过去。

柳　永　(云)没关系,哥哥对我特殊哩。

钱大尹 （云）张千，你过来。刚才耆卿说“好好看待谢氏”，一定是高冠阔带的一个名士大儒。你对我说说。

张　千 （云）报告老爷知道，就是早上来参见的谢天香。

钱大尹 （云）哦，是刚才的那个谢氏！耆卿，你错用了心哪。

柳　永 （见张千，云）张大哥，你再报一声：杭州柳永还有话说。

张　千 （云）你怎么又来了？我不敢过去。

柳　永 （云）没关系，再说一声。

张　千 （禀报）杭州柳永有话要说。

钱大尹 （云）叫他过来。

（柳永进内与钱大尹相见）

钱大尹 （云）耆卿有何见教？

柳　永 （云）哥哥，就是好好看待谢氏。

钱大尹 （云）我刚才不是说了：“敬重看待，恕不远送。”

柳　永 （见谢天香，云）相公说“敬重看待”，却是什么意思？

谢天香 （唱）你拿起笔做文章，

真才华横溢没瑕疵。

这一次不明白、不细思。

他说“敬重看待”，

自然有几桩儿：

看只看你那独占鳌头八韵赋，

待只待你那蟾宫折桂五言诗，

敬只敬你那寒窗十年辛苦志，

重只重你那一举状元及第时。

柳　永　（云）大姐，你也太多心。要是你放不下心，我再过去。

谢天香　（云）耆卿，别去。

柳　永　（云）没关系，哥哥对我特殊哩。（见张千，云）张大哥，你再过去，说杭州柳永又来，有要说的话。

张　千　（云）你还没走哇？这次恐怕不行吧？

柳　永　（云）没关系。

张　千　（禀报）杭州柳永又来，有话说。

钱大尹　（云）让他过来。（见柳永，云）耆卿，有什么话说？

柳　永　（云）哥哥，好好看待谢氏。

钱大尹　（怒，云）耆卿，你种得桃花放，砍得竹竿折！

柳　永　（云）多谢了哥哥。（出门，见谢天香，云）我说了。

谢天香　（云）相公说什么？

柳　永　（云）相公说："种得桃花放，砍得竹竿折。"

谢天香　（唱）你突然这样没才思，

这两桩儿有什么悟不了的？

我说这相公不是随便说的话，

你怎么不知其中意？

他说是种桃花砍折竹枝，

就是说你重色轻君子。

柳　永　（云）要是你不放心，等我再去跟他说一遍。

谢天香　（云）耆卿，你别去。

柳　永　(云)没关系，哥哥对我特殊哩。(见张千，云)张大哥，你再说一声：杭州柳永又来，有话说。

张　千　(云)哪里有见个没完没了的？我不敢报。

柳　永　(云)我自己过去。

(张千上前禀报)

钱大尹　(云)大概又是杭州柳永？

张　千　(云)就是。

钱大尹　(云)这畜生！你只管着这一桩儿。暂且站到一边去。

柳　永　(云)张千进去，可怎么不见出来？莫非他不肯通报？我自己过去。

(进内见钱大尹，云)哥哥。

钱大尹　(怒，云)大概又是"好好看待谢氏"吧？张千，抬过书案！耆卿，这是什么道理？君子不庄重就没有威仪，学习也不能巩固。你怎么轻薄到这种地步！这里是太守官厅，又不是秦楼楚馆，只管说谢氏、谢氏！耆卿，我是开封府尹，又不是教坊司乐探！平时我对你不错，是为什么？是因为你有才哪。古人说："德胜才为君子，才胜德为小人。"现在看你的所作所为，恰正是才有余而德不足。《礼记》说：君子"对于使人奸邪淫乱的声色，不让进入耳朵和眼睛里"。《老子》说："五色令人目盲，五音令人耳聋。"大丈夫应该"先天下之忧而忧，后天下之乐而乐"。常言道"富贵不能淫，贫贱不能移，威武不能屈"，才叫做大丈夫。现在你来告别，我还说有什么良言善行，并没一句话，只是为了一个妓女，往返几次！纵然鄙陋浅薄的人也会感到羞耻，何况是衣冠君子，岂不羞愧？耆卿，你与其在妓院里留意，不如姑且去你那功名上用心。岂不闻“三十而立”！当代王元之七岁能作文，如今做到三品官，现为翰林学士。你自己不觉得羞耻么，耆卿！

(念诗)你那：浑身多锦绣，满腹富文章。

不学王内翰，只说谢天香。

(云)张千，你过来！

(耳语，云)这样就可以了。

张　千　(云)明白了。

钱大尹　(云)左右，击鼓退堂，我回私宅去了。

(钱、张二人下。柳永见谢天香。)

谢天香　(云)我怎么说的？直惹得相公恼怒了！

柳　永　(云)大姐放心，我到京都阙下，要是得了一官半职，钱可道，你长保着做大尹，别跟俺狭路相逢！大姐，我就要远行了。

谢天香　(云)我送你到城外那小酒店里，就算是给你饯行吧。

(张千上)

张　千　(云)等我一等，我张千也来送柳先生。

柳　永　(云)多有烦劳了。大姐，我临行做了一首词，词寄《定风波》，是商角调，留给大姐表个心意吧。

(念词)自春来惨绿愁红,芳心事事可可。日上花梢,莺喧柳带,犹压香衾卧。暖酥消,腻云亸,终日恹恹倦梳裹。无奈,想薄情一去,音书无个!早知恁么,悔当初不把雕鞍锁。向鸡窗,收拾蛮笺象管,拘束教吟和。镇日相随莫抛躲,针线拈来共伊坐,和我,免使少年光阴虚过。

张　千　(抄词,云)我先回去了。(下)

谢天香　(云)耆卿,你去了,教我怎么办好?

柳　永　(云)大姐放心,我不久就回来。

谢天香　(唱)我在这官府伺候哪里有空闲,

频繁差遣没序次,

从今后不断地抱怨叹息。

我去这炙手可热的官人处把礼节使,

要是轻咳嗽就会有官司。

我直到散宴时来到家里,

我还得积攒些工夫来忆念你。

是什么缘故使我落到这境地?

——是我那清歌皓齿,

是我那言谈情思,

是我那舞累时湿浸浸的袖梢儿。

(下)

温太真玉镜台（第二、三折）

本剧根据《世说新语》记载的晋代温峤骗娶他表妹倩英的故事改写而成。结局以温刘夫妻和好结束。

这是一个轻松的喜剧，但也有沉重的含蕴。关汉卿在这里提出了一个封建时代具有普遍意义的问题：女性的婚姻幸福依靠什么？应该选择什么样的生活伴侣？

这里选录其中第二、三折。写温峤借教倩英琴书为由，骗娶、完婚的经过。剧中温峤与倩英两人的性格，形成鲜明的对照；这两种性格的碰撞，便闪出喜剧的火花，令人忍俊不禁。

第二折

（老夫人上，云）昨日选定今日是吉日良辰。梅香，门首觑者，则怕学士来时，报我知道。

（梅香云）理会的。

（正末上，云）姑娘选定今日好日辰，不曾衙门里去。肯分[①]的姑娘又来请；便不来请，我也索去。可早来到门首。梅香，报复去，道温峤来了也。

（梅香报科，云）温学士来了。

(夫人云)道有请。

(梅香云)请进。(正末做见科)

(夫人云)今日学士怎生来的恁早?

(正末云)为领尊命教小姐琴书,就不曾到衙门去。

(夫人云)因为老身薄面,误了学士公事,老身知感不尽。梅香,快请小姐出来拜学士者。

(梅香云)小姐有请。

(旦上云)妾身正在绣房中,听的母亲呼唤,须索见去。(做见科)

(夫人云)倩英,你拜哥哥。今日为始,便是你师父了也。(旦做拜科)

(正末背云)小姐比昨日打扮的又别,真神仙中人也!(唱)

【南吕一枝花】藕丝翡翠裙,玉腻蝤蛴[2]颈,妲己[3]空破国,西子枉倾城[4]。天上飞琼,散下风流病。若是寝正浓,梦乍醒,且休问斜月残灯,直睡到东窗日影。

(云)将琴过来,教小姐操一曲咱。(旦学操琴科)

(正末唱)

【梁州第七】兀的不可喜煞罗帏绣幕，风流煞金屋银屏！这七条弦兴亡祸福都相应，端的个圣贤可对，神鬼堪惊，俗怀顿爽，尘虑皆清。一弄儿指法泠泠[5]，早合着古操新声。金徽[6]弹流水潺潺，冰弦打余音齐整，玉纤点逸韵轻盈。聪明，怎生得口诀手未到心先应！海棠色、蕙兰性，想天地全将秀结成，一团儿智巧心灵。

(夫人云)再操一遍，则怕还有不是处，教学士听，有不是处再教。

(正末唱)

【牧羊关】纵然道肌如雪、腕似冰，虽是一段玉，却是几样磨成：指头是三节儿琼瑶，指甲似十颗水晶。稳坐的有那稳坐堪人敬，但举动有那举动可人憎[7]。他兀自未揎起金衫袖，我又早先听的玉钏鸣。

(夫人云)小姐，弹琴不打紧；须装香来，请哥哥在相公抱角床[8]上坐，着小姐拜哥哥。一日为师，终身为父。学士教小姐写字者。(旦写字科)

(正末云)腕平着,笔直着。小姐,不是这等。(正末起把笔捻旦手科)

(旦云)是何道理,妹子跟前捻手捻腕!

(正末云)小生岂有他意?

(夫人云)小鬼头,但得哥哥捻手捻腕,你早十分有福也。

(旦云)"男女七岁,不可同席。"

(夫人笑科,云)哥哥跟前调书带儿[9]。

(正末唱)

【隔尾】你便温柔起手里须当硬,我呆想望迎头儿撇会清[10],恰才轻搭着春葱尽侥幸。(带云)似这等**酥蜜般抢白。**(唱)**遮莫你骂我尽情,我断不敢回你半声,也强如编修院里和书生每厮强挺[11]。**

(云)小姐,不是了也,腕平着,笔直着。

(旦怒云)哥哥,你又来也!(正末唱)

【四块玉】兀的紫霜毫烧甚香,斑竹管有何幸,倒能勾柔荑[12]般指尖擎。只你那纤纤的手腕儿须索平正,我不曾将你玉笋荡,他又早星眼睁,好骂我

这泼顽皮没气性[13]。

(夫人云)小姐,辞了哥哥回绣房去。(旦拜科,下)(正末云)温峤更衣去咱。(做行科,云)见小姐下的阶基,往这里去了。我只见小姐中注[14]模样,不曾见小姐脚儿大小。沙土上印下小姐脚踪儿,早是我来的早,若来的迟呵,一阵风吹了这脚迹儿去,怎能勾见小姐生的十全也呵!(唱)

【牧羊关】妇人每鞋袜里多藏着病,灰土儿没面情,除底外四周围并无余剩。几般儿窄窄狭狭,几般儿周周正正,几时遖逗[15]的独强性,勾引的把人憎。几时得使性气由他跐[16],恶心烦自在蹬。

(带云)小姐去了也。几时得见,着小官撇不下呵!(唱)

【贺新郎】你便是醉中茶,一啜瞟然醒。都为他皓齿明眸,不由我使心作倖,待寻条妙计无踪影。老姑娘手把着头稍自领[17],索什么嘱咐叮咛,似取水垂辘轳,用酒打猩猩[18]。到这里惜甚廉耻,敢倾

人命。休、休、休，做一头海来深不本分，使一场天来大昧前程[19]。

【隔尾】他借妆梳颜色花难并，宜环珮腰肢柳笑轻，一对不倒踏窄小金莲尚古自[20]剩。想天公是怎生？这世情，教他独占人间第一等。

(正末回科)(夫人云)学士稳便。老身有句话：想小姐年长一十八岁，不曾许聘他人，翰林院有一般学士，烦哥哥保一门亲事。

(正末背云)小官暗想来只得如此，若不恁的呵不济事。(做向夫人云)姑娘，翰林院有个学士，才学文章不在侄儿之下。

(夫人云)似你这般才学少有。那学士多大年纪？怎生模样？哥哥你说一遍。

(正末唱)

【红芍药】年纪和温峤不多争，和温峤一样身形；据文学比温峤更聪明，温峤怎及他豪英？保亲的堪信凭，搭配的两下里相应。不提防对面说才能，远不出门庭。

【菩萨梁州】古人亲事，把闺门礼正，但得人心至

诚，也不须礼物丰盈。点灯吃饭两分明：缑山[21]无梦碧瑶笙，玉台[22]有主菱花镜。更有场大厮并[23]，月夜高烧绛蜡灯，只愁那烦扰非轻！

(云)温峤与那学士说成，择定日子同来。

(夫人云)多劳学士用心。

(正末做出门笑科，云)温峤，你早则人生三事[24]皆全了也。

(虚下、将砌末上科。做见夫人科，云)告的姑娘得知，适才侄儿径去与那学士说了。今日是吉日良辰，将这玉镜台权为定物；别使官媒人来通信，央您侄儿替那学士谢了亲者。(唱)

【煞尾】俺待麝兰[25]腮、粉香臂、鸳鸯颈，由你水银渍、朱砂斑、翡翠青[26]。到春来小重楼策杖登，曲阑边把臂行，闲寻芳，闷选胜。到夏来追凉院、近水庭，碧纱厨、绿窗净，针穿珠、扇扑萤。到秋来入兰堂、开图屏，看银河、牛女星，伴添香、拜月亭。到冬来风加严、雪乍晴，摘疏梅、浸古瓶，欢寻常、乐余剩。那时节、趁心性，由他娇痴、尽他怒憎，善也偏宜、恶也相称。朝至暮不

转我这眼睛，孜孜[27]觑定，端的寒忘热、饥忘饱、冻忘冷。（下）

（官媒上，诗云）“析薪如何，匪斧弗克；娶妻如何，匪媒弗得。”[28]自家是个官媒。温学士着我去老夫人家说知，选吉日良辰，娶小姐过门。可早来到也。无人报复，我自过去。（做见科，云）老夫人万福！

（夫人云）媒婆何来？

（官媒云）奉学士言语，着我见老夫人，选日辰娶小姐过门。

（夫人云）是那个学士？

（官媒云）是温学士。

（夫人云）他是保亲的。

（官媒云）他不是保亲的，则他是女婿。

（夫人云）何为定物？

（官媒云）玉镜台便是定礼。

（夫人云）有这等事！我把这玉镜台摔碎了罢。

（官媒云）住，住！这玉镜台不打紧，是圣人御赐之物，不争你摔碎了，做的个大不敬，为罪非小。

（夫人云）嗨，吃他瞒过了我也！梅香，便说与小姐知道，收拾停当，选定吉日，送小姐过门去罢。（下）

第三折

（正末引赞礼[29]鼓乐上）（赞礼唱科，诗云）一枝花插满庭芳，烛影摇红昼锦堂；滴滴金杯双劝酒，声声慢唱贺新郎[30]。请新人出厅行礼！（梅香同官媒拥旦上）

（正末唱）

【中吕粉蝶儿】怕不动的鼓乐声齐，若是女孩儿不谐鱼水，我自拖拽这一场出丑扬疾。安排下佯小心装大胆丹方[31]一味：他若是皱着双眉，我则索牙床前告[32]他一会。

（云）媒婆，你遮我一遮，我试看咱。

（官媒云）我遮着你看。（正末做看科）

（旦云）这老子好是无礼也！

（正末唱）

【红绣鞋】则见他无发付氲氲[33]恶气，急节里[34]不能勾步步相随。我那五言诗作上天梯，首榜上标了名姓，当殿下脱了白衣，今夜管洞房中抓了面皮。

(云)媒人,待咱大了胆过去来。(唱)

【迎仙客】到这里论甚使数[35],问甚官媒?紧逐定一团儿休断离。和他守何亲,等甚喜?一发的走到跟底,大家吃一会没滋味。

(旦云)兀那老子,若近前来,我抓了你那脸!教他外边去。媒婆,你来,我和你说,这老子当初来时节,俺母亲教小姐拜哥哥,他曾受我的礼来。

(官媒云)学士,小姐说,起初时他曾拜你做哥哥,你受过他礼来。

(正末云)我哪里受他礼来?你与小姐说去。

(官媒云)小姐,学士说哪里受你礼来?

(旦云)在俺先父栲栳圈银交椅[36]上坐着,受我的礼来。

(官媒云)小姐说,学士在他老相公栲栳圈银交椅上受他礼来。

(正末唱)

【醉高歌】我见他姿姿媚媚容仪,我几曾稳稳安安坐地?向傍边踢开一把银交椅,我则是靠着个栲

栳圈站立。

(旦云)媒婆你来,他又受我的礼来。

(官媒云)学士,小姐说你又受他的礼来。

(正末云)我哪里又受他礼来?

(官媒云)小姐,学士说他哪里又受你的礼来?

(旦云)这老子!俺母亲着我弹琴写字,他坐在俺先父抱角床上,我拜他为师来。

(官媒云)学士,小姐说学弹琴写字,拜你为师,你在老相公抱角床上受他礼来。

(正末唱)

【醉春风】我坐着窄窄半边床,受了他怯怯两拜礼,我这里磕头礼拜却回席[37]。划地[38]须还了你,你,便得些欢娱,便谈些好话,却有那般福气。

(旦云)媒婆,你说与他去:我在正堂中做卧房,教他再休想到我跟前;若是他来时节,我抓了他那老脸皮,看他好做得人!

(官媒云)学士,小姐说来,他在正堂中做卧房,教你休想到他跟前;若是你来时节,他抓了你老脸皮,教你做人不得。

（正末唱）

【红绣鞋】正堂里夫人寝睡，小官在书房中依旧孤恓，遮莫待尽世儿不能勾到他这罗帏[39]。人都道刘家女被温峤娶为妻，落得个虚名儿则是美！

（云）将酒来，我与小姐把盏咱。

（正末把酒科）

（旦云）我不吃。

（官媒云）小姐接酒。

（正末唱）

【普天乐】初相见在玉堂[40]中，常想在天宫[41]内，则索向空闲[42]偷觑，怎生敢整顿观窥[43]？得如今服侍他，情愿待为奴婢。厨房中水陆烹炮珍羞味，箱柜内无限锦绣珠翠[44]，但能勾与你插戴些首饰，执料些饮食，则这的我早福共天齐。

（旦做瀽酒科，云）我不吃。

（正末唱）

【满庭芳】量这些值个甚的？忒斟得金杯潋滟[45]，因此上把宫锦淋漓[46]。大人家[47]展污了何须计，只要你温夫人略肯心回，便瀽到一两瓮香醪在地，浇到百十个公服朝衣！今夜里我早知他来意，酒淹得袖湿，几时花压帽檐低[48]？

（官媒云）这小姐则管不就亲，做的个违宣抗敕[49]哩。

（正末云）媒婆，休说这般话。（唱）

【上下楼】休提着违宣抗敕，越逗的他烦天恼地[50]。你则说迟了燕尔[51]，过了新婚，误了时刻；你说领着省事，掌着军权，居着高位；又道会亲处倚官挟势。

（云）我则索哀告你个媒婆做个方便者。（做跪科）

（官媒云）学士，你为何在老身跟前下礼？

（正末唱）

【幺篇】我"求灶头不如告灶尾"[52]。为甚我今日媒人跟前做小伏低[53]？教他款慢[54]里劝谏的俺夫妻和会，兀的是罗帏中用人之际。

（官媒云）天色明了也。学士，你先往衙门中去，我自夫人跟前回话去也。

（正末云）夫人，你的心事我已知道了，你听我说。（唱）

【耍孩儿】你少年心想念着风流配，我老则老争多的几岁？不知我心中常印着个不相宜[55]，索将你百纵千随[56]。你便不欢欣，我则满面儿相陪笑；你便要打骂，我也浑身儿都是喜。我把你看承的、看承的家宅土地[57]，本命神祇[58]。

【四煞】论长安[59]富贵家，怕青春子弟稀，有多少千金娇艳[60]为妻室，这厮每黄昏鸾凤成双宿，清晓鸳鸯各自飞，哪里有半点儿真实意？把你似粪堆般看待，泥土般抛掷。

【三煞】你攒着眉熬夜阑[61]，侧着耳听马嘶，闷心欲睡何曾睡，灯昏锦帐郎何在？香烬金炉人未归，渐渐的成憔悴。还不到一年半载，他可早两妇三妻。

【二煞】今日咱守定伊[62]，休道近前使唤丫鬟辈，便有瑶池仙子无心觑，月殿嫦娥懒去窥。俺可也别无意，你道因甚的千般惧怕？也只为差了这一分年纪。

【煞尾】我都得知、都得知，你休执迷、休执迷，你若别寻的个年少轻狂婿，恐不似我这般十分敬重你。（同下）

---

① 肯分：宋元俗语，恰好，凑巧的意思。 ② 蝤蛴(qiú qí)：蝎虫，即天牛的幼虫，色白身长。人们常常用来形容美女的脖颈。 ③ 妲(dá)己：暴君商纣王宠妃。传说纣王因宠她而亡国。 ④ 西子：指古代美女西施。倾城：形容女子极度之美貌。 ⑤ 泠(líng)泠：形容琴声清越。 ⑥ 金徽：代指琴。金，形容美好；徽，古琴表示抚抑之处，即琴面标识音阶的记号。 ⑦ 可人憎：这里反语见义，极言十分可爱，犹如说"冤家"。 ⑧ 抱角床：一种带扶手的椅子。 ⑨ 调书带：即"掉书袋"，讥讽好引经据典、卖弄学问的习惯用语。 ⑩ 撇会清：假装正经。 ⑪ 编修：宋代由朝廷任命的负责修国史、实录、会要的文官。强挺：硬顶、争辩。 ⑫ 柔荑：旧时用以比喻美人手的纤细白嫩。荑，初生的茅草。 ⑬ 气性：脾气，火气。 ⑭ 中注：又作"中珠"，指长相、风度。 ⑮ 迤(yǐ)逗：挑逗、勾引。 ⑯ 跐(cǐ)：踏，踹。 ⑰ 手把着头稍自领：元时歇后语，意为自己情愿接受。此指老夫人无意中给温峤赚娶倩英提供了机会。头稍，头发；自领，自拎。 ⑱ "取水"二句：正要打水，汲水的辘轳垂下来了；猩猩嗜酒如命，恰好把酒扔给它。比喻正中下怀。 ⑲ 昧前程：不光彩的婚姻。 ⑳ 尚古自：尚且、尚还。 ㉑ 缑(gōu)山：在今河南偃师南。相传王子晋升仙时让人告诉他家人，七月七日在缑氏山头等他，到时果然乘白鹤驻山顶，举手辞人而去。 ㉒ 玉台：镜台。这句意为玉台有

了菱花镜作主人，不再是空镜台了；暗喻温峤已找到妻子。㉓ 大厮并：或作大厮八、大四八，大排场的意思。㉔ 人生三事：这里指中举、做官、完婚三件事。㉕ 麝兰：或作兰麝，泛指香气。㉖ 水银渍、朱砂斑、翡翠青：此处用银白色、殷红色、翠绿色来形容倩英腮、唇和头发颜色之美。翡翠，硬玉，一般呈翠绿色。㉗ 孜孜：注视貌。㉘"析薪如何"四句诗：见《诗经·齐风·南山》。原诗句为"析薪如之何，匪斧不克。取妻如之何，匪媒不得"。用"析薪"须用"斧"来喻"取妻"须用"媒"。析薪，劈柴。媒，媒人。㉙ 赞礼：旧时举行婚礼时，唱赞歌并兼做司仪的人。㉚"一枝花插满庭芳"等四句：这首赞礼诗是由【一枝花】【满庭芳】【烛影摇红】【画锦堂】【滴滴金】【双劝酒】【声声慢】【贺新郎】等词牌或曲牌名串成的。㉛ 佯：假装。丹方：药方。此指方案、方法。㉜ 告：哀求。㉝ 氲(yūn)氲：因气动而胀红着脸。㉞ 急节里：急迫中。㉟ 使数：奴仆。㊱ 先父：指去世的父亲。先，是对已去世者的尊称。栲栳(kǎo lǎo)圈银交椅：圆形的镶银坐具。栲栳，本指竹篾或柳条编成的圆形盛物器具。栲栳即指圆形。交椅，即胡床，是一种可以折叠的轻便坐具。宋张端义《贵耳集》："今之交椅，古之胡床也，自来只有栲栳样。" ㊲ 回席：回敬酒席，此指回敬。㊳ 刬(chàn)地：这里是照样、依旧的意思。㊴ 遮莫：或者，也许。尽世儿：等于说一辈子。不能勾到他这罗帏：指不能够跟她结成真正的夫妻。罗帏，丝织的帏帐。㊵ 玉堂：豪华的居宅。此指刘倩英家。㊶ 天宫：天上的宫殿。这里也是说刘府。㊷ 空闲：犹言私下。㊸ 整顿：整齐。观窥：窥看，此指观看。整顿观窥，与上句"向空闲偷觑"意正相反，指正面观看。㊹ 锦绣珠翠：代指贵重的衣料、首饰等。㊺ 忒

(tuī):太,过甚。潋滟(liàn yàn):水波相连的样子。此处是形容酒满。 ㊻ 宫锦:宫廷中特制的锦缎。此指用宫锦作成的朝衣。淋漓:湿透的样子。 ㊼ 大人家:温峤自谓。有气量大的意味。 ㊽ 酒淹得袖湿,几时花压帽檐低:这是温峤的自我解嘲。"酒淹衫袖湿,花压帽檐低",旧时谚语,借用婚礼上新人的失态来形容婚礼的喜庆热闹。 ㊾ 违宣抗敕(chì):违抗皇帝的旨意。因为温峤交给刘母的定亲信物是皇帝赏赐的。敕,皇帝的诏书。 ㊿ 烦天恼地:形容十分愤怒。 (51) 燕尔:即"宴尔"。原为安乐的意思,本《诗经·邶风·谷风》:"宴尔新婚,如兄如弟。"后以"宴尔"作为新婚的代称。 (52) 求灶头不如告灶尾:当时的俗谚。因为灶上虽有食物,但须在灶尾烧薪柴才能把灶上的食物煮熟。故称。这里用来指央求倩英不如央求官媒更好。 (53) 做小伏低:即伏低做小,谓委曲求全,低声下气,卑躬屈膝。 (54) 款慢:慢慢地。 (55) 心中常印着个不相宜:指心知这是一个不相匹配的婚姻。不相宜,不相称。 (56) 百纵千随:百依百顺。 (57) 土地:土地神。 (58) 本命神祇:主管自己命运的神灵。 (59) 长安:代指京城中。 (60) 千金:指富贵人家的女子。娇艳:娇好艳丽。此指美女。 (61) 夜阑:夜尽、更深。 (62) 伊:你。

翻译

人物表

温　峤　字太真,翰林院学士。正末扮。

刘倩英 温峤的表妹，年方十八。旦扮。

老夫人 倩英之母。老旦扮。

官媒、丫环梅香、赞礼等若干人。

第二折

（老夫人上）

老夫人 （云）昨天选定今天是吉日良辰。梅香，门口看着，要是学士来了，就告诉我知道。

梅　香 （云）明白了。

（温峤上）

温　峤 （云）姑姑选定今天是好日子，我没有到衙门去，凑巧姑姑又来请——即使不来请，我也应该去。早已来到门口。梅香，去禀报，说温峤来了哪。

梅　香 （禀告）温学士来了。

老夫人 （云）说有请。

梅　香 （云）请进。

（温峤与老夫人相见）

老夫人 （云）今天学士怎么来得这样早？

温　峤 （云）因为遵从您的吩咐，来教小姐琴书，就没有到衙门里去。

老夫人 （云）因为我的薄面，耽误了学士公事，我感激不尽。梅香，快请小姐出来拜学士吧。

梅　香 （云）小姐有请。

（刘倩英上）

刘倩英 （云）我正在绣房里，听到母亲呼唤，只得去见一见。（见过老夫人）

老夫人 （云）倩英，你拜哥哥。从今天开始，就是你的老师了。

（刘倩英拜温峤）

温　峤 （背云）小姐比昨天打扮得又不同，真是神仙中人哪！

（唱）藕丝色的翡翠裙，

白玉般的蝤蛴颈，

比起她，妲己空破国，

比起她，西施枉倾城。

天上飘琼玉，

撒下风流病。

若是睡正浓，梦乍醒，

且别问斜月残灯，

直睡到东窗见日影。

（云）拿琴过来，教小姐弹一曲吧。

（刘倩英学弹琴）

温　峤 （唱）岂不是欢喜煞罗帏绣幕，

风流煞金屋银屏！

这七条弦兴亡祸福都相应，

真的是圣贤可比、神鬼堪惊，

俗怀顿觉清爽，

尘虑全然澄清。

全是一派指法清越，

早已合着古奏新声。

金徽琴弹奏出流水潺潺，

冰丝弦敲打得余音齐整，

纤纤玉手点拨得逸韵轻盈。

聪明，

怎能够得口诀：手未到心先合应！

海棠般的容颜，

蕙兰般的情性，

想她是天地用秀美凝结而成，

一团儿智巧心灵。

老夫人 （云）再弹一遍，恐怕还有不当的地方，让学士听一听，有不当的地方再教。

温　峤 （唱）简直是肌似雪，腕如冰，

虽然是一段玉，

却是用几件儿琢磨成：

指头是三节儿美玉，

指甲似十颗水晶。

稳坐着有那稳坐的样子让人敬，

举止中有那娴静的举止让人爱怜。

她还没卷起金衫袖，

我又已先听见玉钏鸣。

老夫人 （云）小姐，弹琴不着急；应该插一柱香，请哥哥在相公的扶手椅上坐着，小姐拜哥哥。一日为师，终身为父。学士教小姐写字吧。

（刘倩英写字）

温　峤 （云）腕放平，笔竖直。小姐，不是这样的。（起身，拿笔，捏倩英的手）

刘倩英 （云）这是什么道理！妹子跟前捏手捏腕的。

温　峤 （云）我哪有别的用心？

老夫人 （云）小鬼头，要是能得到哥哥捏手捏腕，你就很有福气了。

刘倩英 （云）"男女七岁，不可同席。"

老夫人 （笑云）哥哥跟前掉书袋儿。

温　峤 （唱）你即使温柔，起手时也必须有劲，

我痴念头迎面儿装作正经，

刚才轻抚着春葱般的手指都是侥幸。

（带云）像这样酥蜜般的责怪，

（唱）纵使你尽情地骂我，

我决不敢回答你半声——

也强过编修院里和书生们硬顶。

（云）小姐，不对，腕放平，笔竖直。

刘倩英 （怒云）哥哥，你又来了！

温　峤　(唱)这紫霜笔毫烧了什么香，

斑竹笔管交了什么运，

倒能够在嫩茅般的指头上擎。

只是你那纤纤的手腕儿应该放平正，

我不曾把你那玉笋般的指头碰，

她却又已是星眼圆睁，

好骂我这泼顽皮没气性。

老夫人　(云)小姐，告辞了哥哥，回绣房去。

(刘倩英拜温峤，下)

温　峤　(云)温峤解手去。(行路，云)见小姐下了台阶，往这边去了。我只见小姐相貌样子，没见过小姐脚儿大小。沙土上印下了小姐脚印，幸亏我来得早，要是来得迟呵，一阵风吹走了这脚印儿，怎能够见到小姐长得十全十美呵！

(唱)女人们鞋袜里多藏着病，

灰土儿却不留情：

除脚底印外，四周并没余剩。

这样的窄窄狭狭，

这样的周周正正，

何时撩拨得脾气犟，

勾引得惹人爱。

何时能够使性子时由她踏，

嫌心烦时任她蹬。

(带云)小姐去了哪,什么时候才能够再见?叫我心里丢不下呵!

(唱)你就是醉中的茶,

人一啜就从昏沉中清醒。

都因为她皓齿明眸,

不由得我费尽心思,

想寻条妙计却无踪影。

幸亏得老姑姑手把着头发——自领(拎),

哪需什么嘱咐叮咛。

恰好似想打水时垂下了辘轳,

用美酒来打嗜酒的猩猩。

到这里管什么廉耻,

敢豁出自家性命。

休、休、休,

做一场海一样深的不安分,

弄一个天一样大的昧前程。

她梳了妆,容颜花难比,

戴环佩,腰肢儿比杨柳轻,

一对轻盈盈的小金莲尚且有余剩。

不知天公是怎地?

这世道，

竟被她独占了人间第一等。

（回到厅内）

老夫人 （云）学士请便。我有句话：想小姐年已十八，还没有许聘人。翰林院里如果有相当的学士，烦劳哥哥保一门亲事。

温　峤 （背云）我暗暗想来，只能是这样。要是不这样的话，成不了事。

（对老夫人云）姑姑，翰林院有位学士，才学文章不在侄儿之下。

老夫人 （云）像你这样才学的世上少有。那学士多大年纪？长什么样儿？哥哥你说一说。

温　峤 （唱）年纪和温峤差不多，

长的和温峤一样的身形；

论文学比温峤更聪明，

温峤怎比得上他豪迈英俊？

俺保亲的可堪信任，

搭配得双方都相称。

她不提防俺当面介绍的才能之士，

其实就远不出门庭。

古人议亲事，

把闺房礼仪来端正，
只要是心地至诚，
也不需礼物丰盈。
点灯和吃饭两下分明：
缑山无梦难见碧瑶笙，
玉台有主就是菱花镜。
还有一个大排场：
月夜高烧绛烛灯，
只愁那烦恼实在不轻！

（云）温峤与那学士说成之后，选定日子同来。

老夫人 （云）多劳学士费心。

温　峤 （出了门，笑，云）温峤，你已就是中举、做官、完婚这人生三事都全了。

（虚下，拿玉镜台道具上。见夫人，云）

告诉姑姑知道：刚才侄儿专门去对那学士说了。今天是良辰吉日，拿这玉镜台姑且作定亲之物；另外再派官媒来通信，还让您侄儿给那学士谢了亲哪。

（唱）俺想着你那麝兰似的腮帮，
粉香的手臂，
鸳鸯般的项颈，
和你那水银般洁白的肤色，
朱砂般红润的嘴唇，

翡翠般青青的蛾眉。
到春来，
小重楼上拄杖登，
曲栏杆边携手行，
闲时寻芳菲，
闷时觅胜景。
到夏来，
追逐清凉院，
靠近水中庭，
碧纱帐、绿纱窗，
针穿珠、扇扑萤。
到秋来，
入兰堂，开画屏，
看银河，牵牛织女星，
伴添香，同在拜月亭。
到冬来，
风愈严、雪乍晴，
摘疏梅、插古瓶，
欢会平常事，
快乐无穷尽。
那时节才趁了我的心，
任她娇痴，由她怒恨，

善也偏相宜，
恶也正相称。
从朝到晚不转我这眼睛，
直直地把她来看定，
真的是寒忘热、饥忘饱、冻忘冷。

（下）（官媒上）

官　媒　（念诗）想劈木柴靠什么？不用斧头没办法。想娶妻子靠什么？没有媒人别想她。

（云）我是一个官媒。温学士让我到老夫人家去说一声，选个吉日良辰，娶小姐过门。已经来到了。没人禀报，我自己过去。（见老夫人，云）老夫人万福！

老夫人　（云）媒婆来做什么？

官　媒　（云）奉学士的话，让我来见老夫人，选日辰娶小姐过门。

老夫人　（云）是哪个学士？

官　媒　（云）是温学士。

老夫人　（云）他是保亲的。

官　媒　（云）他不是保亲的，他就是女婿。

老夫人　（云）用什么做定亲物？

官　媒　（云）玉镜台就是定亲礼。

老夫人　（云）哪有这样的事！我把这玉镜台摔碎了吧。

官　媒　（云）别、别！这玉镜台没什么，但它是圣上御赐的东西，要是你摔碎了，做出大不敬的事来，为罪不小。

老夫人 （云）嗨！被他瞒过了我哪！梅香，就去告诉小姐，收拾停当，选定吉日，送小姐过门去吧。（下）

第三折

（温峤领赞礼鼓乐上）

赞　礼 （念诗）一枝花插满庭芳，烛影摇红昼锦堂；滴滴金杯双劝酒，声声慢唱贺新郎。

（云）请新人出厅行礼！

（梅香与官媒簇拥刘倩英上）

温　峤 （唱）尽管奏得鼓乐声整整齐齐，

如果姑娘她不能跟我相处和谐，

犹如鱼和水，

我就是弄出一场丑剧，自讨一场没趣。

安排下佯小心、装大胆这丹方一味：

她要是皱紧双眉不高兴，

我就在象牙床前哀求她一会。

（云）媒婆，你给我遮一遮，我看一看吧。

官　媒 （云）我遮着，你看。

（温峤观察刘倩英的表情）

刘倩英 （云）这老家伙真无礼哪！

温　峤 （唱）只见她发作了满腔恶气，

急迫中不能够步步相随。

我虽用五言诗作了上天的阶梯，

首榜上标了名和姓，
当场在京殿下脱了白衣换官衣，
可今夜难保洞房中被抓破脸皮。

(云)媒人，让咱大着胆子过去吧。

(唱)到这时还管什么奴婢，
问什么官媒？
紧跟她成一团儿休要分离。
和她守什么亲，等什么喜？
索性走到跟前去，
大家至多讨一场没情趣，吃一会没滋味。

刘倩英 (云)那老家伙，要是走到我面前来，我抓破你那脸！叫他外边去。媒婆，你过来，我和你说，这老家伙当初来的时候，俺母亲教小姐拜哥哥，他曾经受了我的礼。

官　媒 (云)学士，小姐说，起初时她曾经拜你做哥哥，你受过她的礼。

温　峤 (云)我哪里受过她的礼了？你去对小姐说。

官　媒 (云)小姐，学士说哪里受过你的礼了？

刘倩英 (云)在俺先父的栲栳圈银交椅上坐着，受了我的礼。

官　媒 (云)小姐说，学士在他老相公栲栳圈银交椅上受了她的礼。

温　峤 (唱)我看她娇娇媚媚的容貌举止，
我哪曾安安稳稳地坐在那里？

向旁边踢开一把银交椅，

我只是靠着栲栳圈站立。

刘倩英 （云）媒婆，你来。他还受了我的礼哪。

官　媒 （云）学士，小姐说你还受了她的礼哪。

温　峤 （云）我哪里还受过她的礼了？

官　媒 （云）小姐，学士说他哪里还受过你的礼了？

刘倩英 （云）这老家伙！俺母亲让我弹琴写字，他坐在俺先父的扶手椅上，我拜他做老师来着。

官　媒 （云）学士，小姐说学弹琴写字，拜你做老师，你在老相公扶手椅上受了她的礼。

温　峤 （唱）我坐着窄窄的半边椅，

受了她羞怯怯两下拜礼，

我这里磕头礼拜就回了礼，

应是依旧还了你，你！

纵使是得了些欢娱，

纵使是谈了些好话，

却怎有那种福气！

刘倩英 （云）媒婆，你对他说：我在正厅里弄个卧室，叫他再别想到我跟前；要是他来的时候，我抓了他那老脸皮，看他怎么做得人！

官　媒 （云）学士，小姐说啦，她在正厅里弄个卧室，叫你别想到她跟前；要是你来的时候，她抓了你老脸皮，叫你做不得人。

温　峤　（唱）正厅里夫人寝睡，

小官在书房里依旧寂寞凄凉。

也许要一辈子不能够到她这丝罗帐里。

人都说刘家女被温峤娶为妻，

我落得个虚名儿倒真是美！

（云）拿酒来，我给小姐掌杯。（递酒）

刘倩英　（云）我不吃。

官　媒　（云）小姐接酒。

温　峤　（唱）初相见在玉堂中，

常想念她在天宫内，

只得在私下里侧目偷看，

怎么敢正面观窥？

能够现在服侍她，

我情愿为奴作婢。

厨房中烹调山珍海味，

箱柜内堆着无数锦绣珠翠，

只要能给你插戴些首饰，

料理些饮食——

只要能这样呵，我已是福与天齐。

刘倩英　（泼酒，云）我不吃。

温　峤　（唱）量这些算得了什么的！

满满地把美酒斟在金杯里，
因此上才让她把我的朝衣浇得透湿。
大人家被玷污哪里会计较，
只要你温夫人稍稍肯把那心意儿回，
哪怕倾倒一两瓮美酒在地，
浇湿我百十件公服朝衣！
今夜里我早已知道她的用意，
今儿是酒浸得我袖儿湿，
何时才花压着我帽檐低？

官　媒　（云）这小姐只管不肯亲热，做了个违抗圣旨哩。

温　峤　（云）媒婆，别说这种话。

（唱）别提起什么违抗帝王旨意，
越发要逗得她烦天恼地。
你只说她迟了“宴尔”，
过了新婚，
误了佳期；
你若说我领着官事，
掌着军权，
居着高位，
她又说你结亲时倚官仗势。

（云）我只得哀求你这个媒婆做个方便吧。

（对媒婆下跪）

官　媒　（云）学士，你为啥在我面前下礼？

温　峤　（唱）我“求灶头不如告灶尾”。

为啥我今天媒人跟前低声下气？

——教她慢慢地劝谏得俺夫妻和谐，

这就是罗帏中用人之际。

官　媒　（云）天色亮了哪！学士，你先到衙门里去，我自己到夫人跟前回话去了。

温　峤　（云）夫人，你的心事我已经明白了。你听我说。

（唱）你少女心想着风流匹配，

我老虽老能比你差得了几岁？

不知我心中常存着一个念头：

明知道我们的婚姻不相宜。

该对你百纵千随。

你纵然不高兴，

我只是满脸堆笑相伴陪；

你纵然要打我骂我，

我也会浑身上下都是喜。

我把你看作是，

看作是家庭中的土地神，

咱们家的命运主司。

要说起长安的富贵人家，

难道会缺少青春子弟？
有多少千金娇艳做了他们的妻，
这些家伙黄昏鸾凤成双宿，
清晨鸳鸯各自飞，
哪里有半点儿真情实意？
把你像粪土般看待，泥土般抛弃！

你皱着双眉熬得夜将尽，
侧着耳听着马儿嘶，
心怀郁闷欲睡哪曾睡。
灯昏昏锦帐中情郎何在？
金炉中香燃尽人却未归，
渐渐地成憔悴。
还不到一年半载，
他早已两妇三妻。

今天咱守着你，
别说是贴身使唤的丫鬟辈，
纵有瑶池仙子无心看，
月殿嫦娥懒去窥。
俺其实也没别的心意，
你说我为什么千般惧怕你？

也只因为差了这一点儿年纪。

我都明白、都明白，你别痴迷、别痴迷，
你要是另找个年少轻狂夫婿，
恐怕不像我这样十分敬重你！（同下）

包待制智斩鲁斋郎(第二折)

《鲁斋郎》是关汉卿著名的公案戏。它写权势显赫的鲁斋郎垂涎郑州六案都孔目张珪妻子李氏的美色,并且吩咐张珪送妻上门。软弱的张珪惧于威势,只好照办。张珪失去妻子后,灰心出家做了道士;儿女也因缺少照料而失散,为开封府包拯所收养。十五年后,包拯以“鱼齐即”强抢民女一本,奏请皇帝批准处决,然后将三字添笔改成“鲁斋郎”,将其斩首;张珪及妻儿也在云台观相认团圆。剧作揭露了鲁斋郎令人发指的兽行,歌颂了包拯为民除害的行动。

这里选的是本剧最精彩的一折。

鲁斋郎不是一般的强抢民女,而是“吩咐”张珪自己送妻上门,甚至迟一刻也不行。张珪身为六案都孔目,平时也是十分威风的,但在鲁斋郎面前,却不得不乖乖从命,一大早就把妻子送去。他对妻子、家庭无限爱恋,却又不得不与妻子永别,忍受家破人散的苦难。他的内心极度矛盾痛苦,又欲说不能,欲怒不敢。这一切在本折中都有十分细腻深刻的表现。

第二折

(鲁斋郎引张龙上,诗云)着意栽花花不发,等闲插柳柳成阴[1]。谁识张珪坟院里,倒有风流可喜活观音。小官鲁斋郎,因赏玩春景,到于郊野外张珪坟前,看见树上歇着个黄莺儿,我拽满弹弓,谁想落下弹子来,打着张珪家小的,将我千般毁骂,我要杀坏了他,不想他倒有个好媳妇。我着他今日不犯[2],明日送来。我一夜不曾睡着。他若来迟了,就把他全家尽行杀坏。张龙,门首觑者,若来时,报复我知道。

(正末同贴旦上,云)大嫂,疾行动些!

(贴旦云)才五更天气,你敢风魔九伯[3],引的我那里去?

(正末云)东庄里姑娘家有喜庆勾当[4],用着这个时辰,我和你行动些。大嫂,你先行。(贴旦先行科)

(正末云)张珪怎了也?鲁斋郎大人的言语:"张珪,明日将你浑家,五更你便送到我府中来。"我不送去,我也是个死;我待送去,两个孩儿久后寻他母亲,我也是个死。怎生是好也呵!(唱)

【南吕一枝花】全失了人伦天地心，倚仗着恶党凶徒势，活支刺[5]娘儿双拆散，生各扎[6]夫妇两分离。从来有日月交蚀[7]，几曾见夫主婚、妻招婿？今日个妻嫁人、夫做媒，自取些奁房断送[8]陪随，那里也羊酒、花红、段匹？

【梁州第七】他凭着恶哏哏[9]威风纠纠，全不怕碧澄澄天网恢恢[10]。一夜间摸不着陈抟睡[11]，不分喜怒，不辨高低。弄的我身亡家破，财散人离！对浑家又不敢说是谈非，行行里只泪眼愁眉。你、你、你，做了个别霸王自刎虞姬[12]，我、我、我，做了个进西施归湖范蠡[13]，来、来、来，浑一似嫁单于出塞明妃[14]。正青春似水，娇儿幼女成家计，无忧虑，少萦系，平地起风波二千尺，一家儿瓦解星飞。

（贴旦云）俺走了这一会，如今姑娘家在那里？

（正末云）则那里便是。

（贴旦云）这个院宅便是？他做甚么生意，有这等大院宅？

（正末唱）

【牧羊关】怕不“晓日楼台静，春风帘幕低”。没福的怎生消得！这厮强赖人钱财，莽夺人妻室，高筑座莺花寨，斜搠面杏黄旗，梁山泊贼相似，与蓼儿洼争甚的[15]！

(云)大嫂,你靠后。(正末见张龙科,云)大哥,报复一声,张珪在于门首。

(张龙云)你这厮才来,你该死也!你则在这里,我报复去。

(鲁斋郎云)兀那厮做甚么?

(张龙云)张珪两口儿在于门首。

(鲁斋郎云)张龙,我不换衣服罢,着他过来见。

(末、旦叩见科)

(鲁斋郎云)张珪,怎这早晚才来?

(正末云)投到安伏[16]下两个小的,收拾了家私,四更出门,急急走来,早五更过了也。

(鲁斋郎云)这等也罢,你着那浑家近前来我看。(做看科,云)好女人也,比夜来增十分颜色。生受你,将酒来吃三杯。

(正末唱)

【四块玉】将一杯醇糯酒十分[17]的吃。

(贴旦云)张孔目[18]少吃，则怕你醉了。

(正末唱)更怕我酒后疏狂失了便宜。扭回身刚咽的口长吁气，我乞求得醉似泥，唤不归。

(贴旦云)孔目，你怎么要吃的这等醉?

(正末云)大嫂，你那里知道!(唱)我则图别离时，不记得。

(贴旦云)孔目,你这般烦恼,可是为何?

(正末云)大嫂,实不相瞒:如今大人要你做夫人,我特特送将你来。

(贴旦云)孔目,这是甚么说话?

(正末云)这也由不的我,事已至此,只得随顺他便了。(唱)

【骂玉郎】也不知你甚些儿看的能当意?要你做夫人，不许我过今日，因此上急忙忙送你到他家内。

(贴旦云)孔目，你这般下的也!

(正末唱)这都是我缘分薄，恩爱尽，受这等死临逼。

(贴旦云)你在这郑州做个六案都孔目,谁人不让你一分?那厮甚么官职,你这等怕他,连老婆也保不的?你何不拣个大衙门告他去?

(正末云)你轻说些!倘或被他听见,不断送了我也?(唱)

【感皇恩】他、他、他,嫌官小不为,嫌马瘦不骑,动不动挑人眼、剔人骨、剥人皮。(云)**他便要我张珪的头,不怕我不就送去与他;如今只要你做个夫人,也还算是好的。**(唱)**他少甚么温香软玉,舞女歌姬!虽然道我灾星现,也是他的花星照,你的福星催。**

(贴旦云)孔目,不争[19]我到这里来了,抛下家中一双儿女,着谁人照管他?兀的不痛杀我也!

(正末唱)

【采茶歌】撇下了亲夫主不须提,单是这小孽种[20]好孤凄,从今后谁照觑他饥时饭、冷时衣?虽然个留得亲爷没了母,只落的一番思想一番悲。

(正末同旦掩泣科)(鲁斋郎云)则管里说甚么,着他到后堂中换衣服去。

(贴旦云)孔目,则被你痛杀我也!

(正末云)苦痛杀我也,浑家!

(鲁斋郎云)张珪,你敢有些烦恼,心中舍不的么?

(正末云)张珪不敢烦恼,则是家中有一双儿女,无人看管。

(鲁斋郎云)你早不说!你家中有两个小的,无人照管。张龙,将那李四的浑家梳妆打扮的赏与张珪便了。

(张龙云)理会的。

(鲁斋郎云)张珪,你两个小的无人照管,我有一个妹子,叫做娇娥,与你看觑两个小的。你与了我你的浑家,我也舍的个妹子酬答你。你醉了骂他,便是骂我一般;你醉了打他,便是打我一般。我交付与你,我自后堂去也。(下)

(正末云)这事可怎了也?罢,罢,罢!(唱)

【黄钟尾】夺了我旧妻儿,却与个新佳配,我正是弃了甜桃,绕山寻醋梨[21]。知他是甚亲戚!教喝下庭阶,转过照壁[22],出的宅门,扭回身体,遥望

着后堂内养家的人，贤惠的妻！非今生是宿世[23]，我则索寡宿孤眠过年岁，几时能勾再得相逢，则除是南柯梦儿里[24]！（下）

---

①“着意栽花”二句：当时俗谚，有出乎意料的意思。着意，一心一意。等闲，随便，漫不经心。 ②不犯：犯不着，不必。 ③敢风魔九伯：也许是发疯了。风魔，颠狂，神经失常。九伯，即九百，傻气，痴呆。 ④勾当：事情。 ⑤活支剌：活生生地。 ⑥生各扎：即生各支，硬是。 ⑦日月交蚀：指日蚀月蚀同时发生。 ⑧奁房：指嫁妆。断送：此处是赠与的意思。 ⑨恶哏哏：即恶狠狠。 ⑩天网恢恢：语本《老子》：“天网恢恢，疏而不漏。”喻天道广大，无所不包。恢恢，宽大的样子。后借喻国家法网虽宽，但不会漏掉坏人。 ⑪“一夜间”句：意为一夜不曾睡着。陈抟（tuán），五代时隐士，传说他曾一觉睡了一百多天。此处比喻贪睡的人。 ⑫别霸王自刎虞姬：秦末项羽自称西楚霸王，兵败时其爱妾虞姬向他辞别，先行自刎而死。 ⑬进西施归湖范蠡：传说春秋时越王勾践的谋臣范蠡，把未婚妻西施献给吴王夫差。战胜吴国后，范蠡不愿做官，与西施泛舟五湖。 ⑭嫁单于出塞明妃：汉元帝与匈奴和亲，宫女王昭君，因貌美，被远嫁给匈奴呼韩邪单于。后因避司马昭之讳，改昭君为“明妃”。 ⑮“斜搠面杏黄旗”三句：搠，插立。蓼儿洼，梁山泊中的一个水泊名。争，差。 ⑯安伏：安顿、安置。 ⑰十分：尽量、拼命地。 ⑱孔目：宋元地方官衙中掌管文书档案的吏员。 ⑲不争：这里是假如、如果的意思。 ⑳小孽种：指小孩子。这是愤激反语。

㉑ 弃了甜桃，绕山寻醋梨：元时俗谚，意为丢弃好的，去找坏的，得不偿失。 ㉒ 照壁：大宅院里，正房前对门的矮墙。 ㉓ 宿世：前世，前生。 ㉔ 南柯梦儿里：唐代李公佐的传奇小说《南柯太守传》记淳于棼梦为槐安国驸马，经历种种荣华富贵，醒来却是一场梦。后世以此喻虚幻的梦境。

翻译

人物表

张　珪　郑州府六案都孔目。正末扮演。

张　妻　张珪之妻，姓李，貌美。贴旦扮演。

鲁斋郎　权势显赫、得到皇帝保护的贵家子弟。冲末扮演。

张　龙　鲁斋郎的随从。

（鲁斋郎领张龙上）

鲁斋郎　（念诗）着意栽花花不发，等闲插柳柳成荫。谁知张珪家墓地里，倒有风流可喜活观音。

（云）我鲁斋郎，因为赏玩春景，到了郊外张珪家坟地前面，看见树上歇着一只黄莺鸟，我拉紧弹弓，谁想弹子落下来，打着张珪家小孩，把我百般辱骂，原来想杀了他，没想到他倒有一个好媳妇。我让他当天不必，第二天把媳妇送来。我一夜没睡着。他要是来迟了，就把他全家统统杀死。张龙，门口看着，要是张珪来了，就告诉我知道。

（张珪同妻子李氏上）

张　珪　（云）大嫂，走快一些！

张　妻　（云）才五更天气，你是发疯么？领着我到哪里去？

张　珪　（云）东庄里姑姑家有喜庆事儿，选定这个时辰，我和你走快些。大嫂，你先走。（张妻先走）

张　珪　（云）张珪，怎么办哪？鲁斋郎大人说："张珪，明天带你老婆，五更时送到我家里来。"我若不送去，我是个死；我要是送去，两个孩儿以后找他母亲，我也是个死。怎么办才好呵！

（唱）全失了人间伦理天地心，

倚仗着恶党凶徒势，

活生生娘儿们双双被拆散，

硬生生夫妇俩活活被分离。

向来有日蚀与月蚀同在一起，

哪曾见夫主婚、妻招婿？

今天是妻嫁人、夫做媒，

自取些妆奁馈赠作陪嫁，

说什么作聘礼的羊酒、花红与缎匹？

他凭着恶狠狠威风凛凛，

全不怕碧澄澄天网恢恢。

我一夜里不曾合眼入睡，

分不清喜和怒，

辨不出高和低。

弄得我身亡家破、财散人离！

对妻子还不敢说是谈非，

每一步都只有泪眼愁眉。

你、你、你，

做了个告别霸王的自刎虞姬，

我、我、我，

做了个进献西施的泛舟范蠡，

来、来、来，

恰正如远嫁单于的出塞明妃。

正青春似水，

娇儿幼女过日子，

无忧虑，少牵挂，

谁知道平地骤起风波二千尺，

一家人顿时瓦解星飞。

张　妻　（云）俺走了这一会儿，姑姑家在哪一边？

张　珪　（云）那里就是。

张　妻　（云）这个院宅就是？他做什么生意，有这样的大院宅？

张　珪　（唱）岂不知“晓日楼台静，春风帘幕低”，没福的怎么享受得起！

这家伙强赖人钱财，

乱夺人妻室，

高筑一座莺花寨，

斜插一面杏黄旗，

和梁山泊盗贼相似，

与蓼儿洼差得了啥的！

(云)大嫂，你靠后。(见张龙，云)大哥，回报一声，张珪在门口。

张　龙　(云)你这家伙才来，你该死！你就在这里，我回报去。

鲁斋郎　(云)这家伙干什么？

张　龙　(云)张珪两口子在门口。

鲁斋郎　(云)张龙，我不换衣服吧。让他过来见我。

(张珪夫妇叩见鲁斋郎)

鲁斋郎　(云)张珪，怎么这时候才来？

张　珪　(云)等到安顿了两个小孩儿，收拾了家私，四更出门，急急忙忙地走来，就已经过五更了。

鲁斋郎　(云)这样也算了罢。你让你老婆走过来我看看。(看张妻，云)好一个女人哪！比昨晚更漂亮十分。烦劳你了，拿酒来吃三杯。

张　珪　(唱)把一杯醇厚的糯米酒拼命地吃。

张　妻　(云)张孔目少吃点儿，只怕你吃醉了。

张　珪　(唱)更怕我酒后放纵失了分寸。

扭回身才咽下一口长吁气，

我巴不得醉似泥，唤不回。

张　妻　(云)孔目，你为什么要喝得这样醉？

张　珪　(云)大嫂，你哪里知道！

(唱)我只想离别时，没记忆。

张　妻　(云)孔目，你这样烦恼，却是为啥？

张　珪　(云)大嫂，实话对你说：现在大人要你做夫人，我特地把你送来。

张　妻　(云)孔目，这是什么意思？

张　珪　(云)这也由不得我，事已到此，只得听从他罢了。

(唱)也不知你哪些儿看起来能中他的意？

要你做夫人，

不许我拖过今日，

所以才急匆匆送你到他家里。

张　妻　(云)孔目，你竟这样忍心哪！

张　珪　(唱)这都是我缘分薄，恩爱尽，

受这种死一般凌逼。

张　妻　(云)你在这郑州做着六案孔目，哪个不让你一分？那家伙什么官职，你这样怕他，连老婆也保不住？你为什么不找一个大衙门告他去？

张　珪　(云)你说轻一点！要是被他听到，岂不是葬送了我哪？

(唱)他、他、他，

嫌官小不愿做，

嫌马瘦不愿骑，

动不动挑人眼、剔人骨、剥人皮。

(云)他即使要我张珪的头，不怕我不马上给他送去；现在只要你做夫人，也还算是好的。

(唱)他缺什么温香软玉、舞女歌姬！

虽说是我灾星现，

也是他的花星照，

你的福星催。

张　妻　(云)孔目，要是我到这里，抛下家里一双儿女，让哪个照看他？这怎不让我痛苦啊！

张　珪　(唱)撇下了亲丈夫不要提，

单说这小孽种也真是孤苦惨凄。

从今后谁照看他饥时吃饭、冷时穿衣？

虽然是留了亲爹却没了娘，

只落得一番思量一番悲。

(张珪夫妇相对而泣)

鲁斋郎　(云)还一个劲地说什么！让她到后厅里换衣服去。

张　妻　(云)孔目，被你痛杀我了啊！

张　珪　(云)痛苦杀我了，老婆！

鲁斋郎　(云)张珪，你大概有些怨恨，心里舍不得吧？

张　珪　（云）张珪不敢怨恨。只是家里有一双儿女，没人看管。

鲁斋郎　（云）你早不说！你家里有两个小孩，没人照看。张龙，把那李四的老婆梳妆打扮了，赏给张珪罢了。

张　龙　（云）知道了。

鲁斋郎　（云）张珪，你两个小孩没人照看，我有一个妹子，叫做娇娥，给你看顾两个小孩。你给了我你的老婆，我也舍得一个妹子酬答你。你醉了骂她，就是骂我一样；你醉了打她，就是打我一样。我交付给你，我自个儿后厅去了。

（下）

张　珪　（云）这事该怎么办呢？罢、罢、罢！

（唱）夺了我旧妻室，

却给个新佳配，

我正是弃了甜桃满山找酸梨。

鬼知道是他什么亲戚！

被吆喝，下了庭阶，转过影壁，

出了宅门，扭回身子，

遥望着后厅内持家的人，贤惠的妻！

这不是今生，是前世的冤孽，

我只得独宿孤眠过日子，

何时能够再相逢？

除非是在南柯梦儿里！

（下）

杜蕊娘智赏金线池（第三折）

这是关汉卿写书生与妓女恋爱的一本喜剧。

穷书生韩辅臣与济南名妓杜蕊娘相爱，鸨母爱钱，将两人生生拆散，还谎说韩辅臣移情别恋，使蕊娘由爱变恨；不论韩辅臣怎样苦苦哀求与解释，都得不到她的谅解，以致韩辅臣又误以为蕊娘跟鸨母一样心思。最后韩辅臣的好友石好问复任济南，设计使两人和好团圆。

这里选的是第三折。蕊娘以为韩辅臣弃旧恋新，由爱生憎，不肯原谅，甚至不许别人提到“韩辅臣”三字；然而，却正是她自己，念念不忘韩辅臣，以致屡屡违例而被罚酒。爱恨交织，演来情趣横生。

（石府尹上，云）老夫石好问是也。三年任满朝京，圣人道俺贤能清正，着复任济南。不知俺那兄弟韩辅臣进取功名去了，还是淹留在杜蕊娘家？使老夫时常悬念。已曾着人探听他踪迹，未见回报。张千，门首觑者，待探听韩秀才的人来，报复我知道。（韩辅臣上，云）闻得哥哥复任济南，被我等着了也。来到此间，正是济南府门首。张千，报复去，道韩辅

臣特来拜访。(张千报科)

(石府尹云)道有请。(见科)

(韩辅臣云)恭喜哥哥复任名邦,做兄弟的久客空囊,不曾具得一杯与哥哥拂尘[1],好生惭愧!

(石府尹做笑科,云)我已谓贤弟扶摇万里,进取功名去了,却还淹留妓馆,志向可知矣!

(韩辅臣云)这几时你兄弟被人欺侮,险些儿一口气死了,还说那功名怎的!

(石府尹云)贤弟,你在此盘缠缺少,不能快意是有的,那一个就敢欺负着你?

(韩辅臣云)哥哥不知,那杜家老鸨儿欺负兄弟也罢了,连蕊娘也欺负我。哥哥,你与我做主咱!

(石府尹云)这是你被窝儿里的事,教我怎么整理?

(韩辅臣云)您兄弟唱喏[2]。

(石府尹不礼科,云)我也会唱喏。

(韩辅臣云)我下跪。

(石府尹又不礼科,云)我也会下跪。

(韩辅臣云)哥哥,你真个不肯整理,教我那里告去?您兄弟在这济南府里,倚仗哥哥势力,那个不知?今日白白的吃他娘儿两个一场欺负,怎么还在人头上做人,不如就着府堂触阶而死罢了!(做跳科)

(石府尹忙扯住,云)你怎么使这般短见[3]?你要我如何整理？

（韩辅臣云）只要哥哥差人拿他娘儿两个来，扣厅责他四十，才与您兄弟出的这一口臭气。

（石府尹云）这个不难；但那杜蕊娘肯嫁你时，你还要他么？

（韩辅臣云）怎么不要？

（石府尹云）贤弟不知：乐户[4]们一经责罚过了，便是受罪之人，做不得士人妻妾。我想，此处有个所在，叫做金线池，是个胜景去处；我与你两锭银子，将的去卧番羊、窨下酒[5]，做个筵席，请他一班儿姊妹来到池上赏宴，央他们替你赔礼，那其间必然收留你在家，可不好哪？

（韩辅臣做揖科，云）多谢哥哥厚意！则今日便往金线池上，安排酒果，走一遭去也。（下）

（石府尹云）兄弟去了也。这一遭好共歹成就了他两口儿，可来回老夫的话。（诗云）钱为心所爱，酒是色之媒。会看鸳鸯羽，双双池上归。（下）

（外旦三人上，云）妾身张嬷嬷，这是李妗妗，这是闵大嫂。俺们都是杜蕊娘姨姨的亲眷。今日在金线池上，专为要劝韩辅臣、杜蕊娘两口儿圆和。这席面不是俺们设的，恐怕蕊娘姨姨知道是韩姨夫出钱安排酒果，必然不肯来赴，因此只说是俺们请他。

酒席中间，慢慢的劝他回心，成其美事。道犹未了，蕊娘姨姨早来也。

（正旦上，相见科，云）妾身有何德能，着列位奶奶们置酒张筵，何以克当？（唱）

【中吕粉蝶儿】明知道书生教门儿[⑥]负心短命，尽教他海角飘零。没来由强风情[⑦]，刚可喜男婚女聘。往常我千战千赢，透风处使心作倖[⑧]。

【醉春风】能照顾眼前坑，不提防脑后井。人跟前不恁的吃场扑腾[⑨]，呆贱人[⑩]几时能勾醒醒？虽是今番，系干宿世，事关前定。

（众旦云）这是首席，姨姨请坐。

（正旦云）看了这金线池，好伤感人也！（唱）

【石榴花】恰便似藕丝儿分破镜花明[⑪]，我则见一派碧澄澄[⑫]，东关里犹自不曾经[⑬]，到如今整整半载其程[⑭]。眼前面兜率[⑮]神仙境，有他呵怎肯道蓦出门庭。那时节眼札毛和他厮拴定[⑯]，矮房里相扑着闷怀萦。

【斗鹌鹑】虚度了丽日和风，枉误了良辰美景。

往常俺动脚是熬煎，回头是撞挺，拘束的刚刚转过双眼睛[17]。到如今各自托生[18]：我依旧安业着家[19]，他依旧离乡背井。

（众旦云）俺们都与姨姨奉一杯酒。

（正旦唱）

【普天乐】小妹子是爱莲儿[20]，你都将我相钦敬；茶儿是妹子，你与我好好的看承；小妹子是玉伴哥，从来有些独强性。

（众旦云）姨姨，你为何嗟声叹气的？今日这样好天气，又对着这样好景致，务要开怀畅饮，做一个欢庆会才是。

（正旦唱）说什么人欢庆，引得些鸳鸯儿交颈和鸣，忽的见了，愠[21]的面赤，兜的[22]心疼。

（众旦云）姨姨，俺则这等吃酒可不冷静？

（正旦云）待我行个酒令[23]，行的便吃酒，行不的罚金线池里凉水。

（众旦云）俺们都依着姨姨的令行。

（正旦云）酒中不许提着"韩辅臣"三字，但道着的，将大觥来罚饮一大觥。

（众旦云）知道。

（正旦唱）

【醉高歌】或是曲儿中唱几个花名。

（众旦云）我不省得。

（正旦唱）诗句里包笼着尾声[24]。

（众旦云）我不省得。

（正旦唱）续麻道字针针顶[25]。

（众旦云）我不省的。

（正旦唱）正题目当筵合笙[26]。

（众旦云）我不省的，则罚酒罢。

（正旦云）拆白道字，顶针续麻，挡筝拨阮[27]，你们都不省得，是不如韩辅臣。

（众旦云）呀，姨姨，你可犯了令也！将酒来，罚一大觥。

（正旦饮科，唱）

【十二月】想那厮着人赞称，天生的济楚[28]才能，只除了心不志诚，诸余的所事儿[29]聪明。本分的

从来老成，聪俊的到底杂情。

【尧民歌】丽春园则说一个俏苏卿，明知道不能勾嫁双生，向金山壁上去留名，画船儿赶到豫章城。撇甚么清！投至得你秀才每忒寡情，先接了冯魁定[30]**。**

（正旦做叹气科，云）我不合道着韩辅臣，被罚酒也。

（众旦云）姨姨又犯令了！再罚一大觥。

（正旦做饮科，唱）

【上小楼】闪的我孤孤零零，说的话涎涎邓邓[31]**；俺也曾轻轻唤着，躬躬前来，喏喏连声。但酒醒，硬打挣，强词夺正，则除是醉时节酒淘真性。**

（正旦做醉跌科，众旦扶科）（韩辅臣上换科）（众旦下）

（正旦唱）

【幺篇】不死心想着旧情，他将我厮看厮待，厮知厮重，厮钦厮敬。不是我把不定，无记性，言多伤行。扶咱的小哥每是何名姓？

（韩辅臣云）是小生韩辅臣。

（正旦云）你是韩辅臣？靠后！（唱）

【耍孩儿】我为你逼绰了当官令[32]，（带云）谢你那大尹相公呵！（唱）**烟花簿[33]上除抹了姓名，交绝了怪友和狂朋，打并[34]的户净门清。试金石[35]上把你这子弟每从头儿画，分两戥[36]上把郎君子细秤。我立的其身正，倚仗着我花枝般模样，愁甚么锦片也似前程！**

【二煞】我比那窬[37]墙贼蝎螫索自忍，我比那俏郎君掏摸须噤声[38]，那里也恶茶白赖寻争竞[39]？最不爱打揉人七八道猫煞爪[40]，掐扭的三十驮鬼捏青[41]。看破你传槽病[42]，掴着手分开云雨[43]，腾的似线断风筝。

【尾煞】我和你半年多衾枕恩，一片家缱绻[44]情，交明春岁数三十整。（带云）我老了也，你要我怎的？（唱）**你且把这不志诚的心肠与我慢慢等！**（做摔开科，下）

（韩辅臣云）嗨，他真个不欢喜我了，更待干罢！只得到俺哥哥那里告他去。（下）

① 拂尘：洗尘。宴请远道而来的亲友。 ② 唱喏(nuò)：指宋元以来，下级对上级或卑辈对尊辈、长辈行礼作揖时扬声致敬。后通称敬礼。 ③ 短见：指自杀。 ④ 乐户：即乐人。此指乐户中人，即妓女。 ⑤ 卧番羊、窨(yìn)下酒：即宰羊，备酒。喜筵讳说“杀”字，故用“卧”。窨，地窨子，地窖，引申为藏。此处是准备的意思。 ⑥ 教门儿：犹言这类人，这种门道的人。 ⑦ 风情：风月之情，指男女相爱之情。 ⑧ 透风处：这里指疏漏之处，漏洞。引申为失误。使心作倖：即“使心作幸”，指用心机，使计谋。 ⑨ 吃场扑腾：犹言栽个跟头。此指杜蕊娘误认为自己爱上韩辅臣是受了韩辅臣的骗、上了当，相当于在风月场上栽了跟头。所以下句自谓自己是“呆贱人”，并表示要汲取教训，头脑清醒，不再上韩辅臣的当。 ⑩ 贱人：本是骂女人的话，此处是杜蕊娘自谓之词。 ⑪ 分破：分开。镜花：镜中花，比喻虚幻，不真实。 ⑫ 碧澄澄：形容金线池水面碧绿清澄的样子。 ⑬ 东关里：东城一带。金线池在济南城东。犹自：尚自，还。 ⑭ 其程：即期程，指时间。 ⑮ 兜率(lǜ)：即兜率天或兜率宫，佛教认为它是欲界六天中的第四天，是充满欢乐的地方。道教认为是太上老君居住的地方，神仙境界。 ⑯ 那时节眼札毛和他厮拴定：形容杜、韩挨得很近，脸挨着脸，有异常亲密的意思。眼札毛，即眼眨毛，眼睫毛。 ⑰“往常俺动脚是熬煎”三句：写杜蕊娘平时在妓院饱受鸨婆限制、折磨、拘管和行动不自由的苦况。熬煎，受折磨苦难。撞挺，即挺撞，意思是顶撞。拘束，管教，受束缚。刚刚，即刚，勉强。 ⑱ 托生：指谋生。 ⑲ 安业：安于旧业，指作妓女。着

家:有家,居家。 ⑳ 爱莲儿:指荷花。 ㉑ 愠(yùn):恼怒。 ㉒ 兜的:忽然,突然。兜,同“陡”。 ㉓ 酒令:旧时饮酒时助兴取乐的一种游戏。其办法是推举一人为令官,其余的人轮流诵吟诗词或做其他游戏,凡违背游戏规则的人就要受罚,惩罚的方式多为饮酒。 ㉔ 诗句里包笼着尾声:作诗到结末时,结末的诗句要能像曲子的尾声一样可以歌唱。 ㉕ 续麻道字针针顶:即顶真续麻,拆白道字。顶真续麻,是旧时酒令、诗词、曲中的一种修辞格式,即前句末字与后句首字相同。顶真,又作顶针。拆白道字,把字体分拆以表意的一种文字游戏。如黄庭坚【两同心】词:“你共人,女边著子,争知我,门里挑心。”即拆成“好闷”二字。 ㉖ 合笙:即合生,当时勾栏流行的一种临时命题的口头即兴表演。 ㉗ 阮:即月琴。 ㉘ 济楚:整齐漂亮。 ㉙ 所事儿:凡事,事事。 ㉚ “丽春园”七句:用双渐、苏小卿事。豫章,代指江南。撇清,清白。投至,未等到。 ㉛ 涎涎邓邓:迷糊不清,颠三倒四。 ㉜ 逼绰:摆脱,斩断。当官令:这里指官妓的乐籍。 ㉝ 烟花簿:妓女的档案名册,即“当官令”。烟花,旧时妓女的代称。 ㉞ 打并:打扫,收拾。 ㉟ 试金石:检验金子成色的矿石。检验时将金子在石上磨擦,观察其所留的条痕以确定金子纯度。 ㊱ 分两戥(děng):一种称量金银或贵重药材的小秤,因这种小秤通常只标两和分,所以叫“分两戥”。 ㊲ 衮(gǔn):钻。 ㊳ 掏摸:扒窃,偷盗,偷偷摸摸。此指男女偷情。噤声:不敢出声,闭口不言。 ㊴ 那里:如何,怎么。恶茶白赖:即恶叉白赖,凶恶,无理取闹,耍无赖。 ㊵ 猫煞爪:像猫爪一样把人的皮肤抓破。 ㊶ 鬼捏青:睡眠或酒醉中因过敏而在皮肤上凸起的一片青紫色肿块,像挨打受伤所致。旧时迷信,以为遭了鬼打,因称为鬼捏青。 ㊷ 传槽病：骂人的话。是说像畜生那样患的传染病。牲畜同槽而食，疫病相传。此指世间用情不专。 ㊸ 掴（guāi）手：拍手掌，表示高兴。云雨：旧称男女欢合。 ㊹ 缱绻（qiǎn quǎn）：固结不解的样子。形容情深意厚，犹言缠绵。

翻译

人物表

杜蕊娘 济南府名妓。正旦扮。

韩辅臣 穷秀才。末扮。

石好问 济南府尹，韩辅臣的同窗故友。外扮。

张嬷嬷、李妗妗、闵大嫂等若干人。

（石好问上）

石好问 （云）我是石好问。三年任满进京考核，皇上说俺贤能清正，让复任济南。不知俺那兄弟韩辅臣，是进取功名去了，还是滞留在杜蕊娘家？使我经常挂念。已经叫人打听他的踪迹，不见回报。张千，门口看着，如果听到韩秀才的人来了，告诉我知道。

（韩辅臣上）

韩辅臣 （云）听说哥哥复任济南，被我等着了哪！来到这里，正是济南府门口。张千，去禀报，说韩辅臣特来拜访。

（张千禀报）

石好问 （云）说有请。（相见）

韩辅臣 （云）恭喜哥哥复任名郡，做兄弟的长久为客，囊中空涩，不能备上一杯酒给哥哥洗尘，真是惭愧！

石好问 （笑云）我以为贤弟鹏程万里，进取功名去了，却仍然滞留妓馆，志向可知了！

韩辅臣 （云）这段时间你兄弟被人欺负，差点儿被气死了，还说什么功名！

石好问 （云）贤弟，你在这里盘缠钱缺少，不够称心如意应是有的，哪一个敢来欺负你？

韩辅臣 （云）哥哥不知道，那杜家老鸨儿欺负兄弟倒也罢了，连蕊娘也欺负我。哥哥，你给我作主哪！

石好问 （云）这是你被窝里的事，叫我怎么处理？

韩辅臣 （云）您兄弟给您敬礼。

石好问 （不理，云）我也会敬礼。

韩辅臣 （云）我下跪。

石好问 （又不理，云）我也会下跪。

韩辅臣 （云）哥哥，你真的不肯处理，叫我哪里上告去？您兄弟在这济南府里，倚仗哥哥的势力，哪个不知道？今天白白地被她娘儿两个欺负一场，怎么还去人头上做人？不如就在府堂撞阶死了吧！（做跳状）

石好问　(忙扯住,云)你怎么这样寻短见?你要我怎么处理?

韩辅臣　(云)只要哥哥派人捉拿她娘儿两个来,当堂责罚她四十棍,才与您兄弟出了这口气。

石好问　(云)这不难。如果那杜蕊娘肯嫁你时,你还要她吗?

韩辅臣　(云)怎么不要?

石好问　(云)贤弟不知道,乐人们一旦受了责罚,就是犯过罪的人,不能给士人做妻妾。我想,这里有个地方,叫做金线池,是个风景很好的地方;我给你两锭银子,你拿去宰下羊,备好酒,设一个筵席,请她一班姊妹来,到池上赏宴,央求她们给你赔礼,那时候一定会收留你在家里,好不好?

韩辅臣　(对石好问作揖,云)多谢哥哥厚意!今天就到金线池上,安排酒果,走一趟去了。(下)

石好问　(云)兄弟去了哪。这一趟好歹得成全了他两口儿,这才算应了我的话。

(念诗)钱为心所爱,酒是色之媒。定看鸳鸯羽,双双池上归。(下)

(张嬷嬷等众人上)

张嬷嬷　(云)我是张嬷嬷,这是李妗妗,这是闵大嫂。俺们都是杜蕊娘姨姨的亲戚。今天在金线池上,专门为劝韩辅臣、杜蕊娘两口儿和好。这酒席不是俺们设的,怕杜蕊娘姨姨知道是韩姨夫出钱安排的酒果,一定不肯来赴宴，所以只说是俺们请她。酒席中，慢慢地劝她回心，成全了他们的美事。话未说完，蕊娘姨姨已经来了哪！

（杜蕊娘上）

杜蕊娘　（与众人相见，云）我有什么德行能耐，让列位奶奶设置酒筵，怎么担当得起？

（唱）明知道书生这一类人负心短命，
任随他海角飘零。
无缘无故地强作风情，
恰好是可喜的男婚女聘。
以往我千战千赢，
失误处弄心机费心神。

能顾及眼前深坑，
不提防脑后陷阱。
人跟前要不是这样栽一个跟斗，
呆贱人几时能够清醒？
即使是这一次——
因缘涉及到宿世，
事情关系到前生所定。

众　人　（云）这是上席，姨姨请坐。

杜蕊娘　（云）看了这金线池，真令人伤感哪！

（唱）恰好比藕丝儿分破，镜中花分明！

我只见一片碧澄澄。
东关里还没有经过，
到现在整整半年光景。
眼前是兜率宫里神仙境，
可要是有他在呵，
我怎肯说迈出门庭来游春。
那时候眼睫毛和他相拴定，
小屋内消遣着孤独郁闷。

虚过了丽日和风，
白误了良辰美景。
以往俺动脚是熬煎，
回头是顶撞，
管教得勉强能转过一双眼睛。
到如今我和他各奔前程：
我依旧居家操旧业，
他依旧离乡又背井。

众　人　（云）俺们都给姨姨敬一杯酒。

杜蕊娘　（唱）小妹子是爱莲儿，
你都把我钦佩尊敬；
茶儿是妹子，
你给我好好地看承；

小妹子是玉伴哥，

从来有些儿孤傲脾性。

众　人　（云）姨姨，你为什么唉声叹气的？今天这样好的天气，又对着这样好的景致，一定要开怀畅饮，做一个欢庆会才是。

杜蕊娘　（唱）说什么人欢庆，

引得些鸳鸯儿交颈相鸣。

忽然地见了，

恼得脸面红，

骤觉心下疼。

众　人　（云）姨姨，俺们只是这样吃酒的话，岂不冷清？

杜蕊娘　（云）让我行一个酒令，行得了的就吃酒，行不了的罚饮金线池里凉水。

众　人　（云）俺们都依着姨姨的酒令来行。

杜蕊娘　（云）酒中不许提着“韩辅臣”三字，只要提到的，拿大杯来罚饮一大杯。

众　人　（云）知道。

杜蕊娘　（唱）或者是曲儿中唱几种花名。

众　人　（云）我不晓得。

杜蕊娘　（唱）或者做一首诗，

诗的结尾包涵着能唱的尾声。

众　人　（云）我不晓得。

杜蕊娘 （唱）或者拆开个字儿，

包含在一句话儿中来说明；

把上句末一字应着下句的头一字，

好比针儿尖尖相对顶。

众　人 （云）我不晓得。

杜蕊娘 （唱）拿筵上的东西定题目，

来一段即兴说唱以助兴。

众　人 （云）我不晓得，只罚酒吧。

杜蕊娘 （云）拆白道字，顶针续麻，弹筝拨琴，你们都不晓得，是不如韩辅臣。

众　人 （云）呀，姨姨，你可犯了令啦！拿酒来，罚一大杯。

杜蕊娘 （饮酒，唱）想那家伙让人赞美称许，

天生的齐整、有才能。

只除了心志不诚，

其余的件件聪明。

本分的从来老实，

聪俊的到底不专情。

丽春园只说一个俏苏卿，

明知道不能够嫁双生，

却在金山壁上留下名，

让船儿赶到豫章城。

装什么正经，

未等到你秀才们太薄情，

她先接了冯魁的聘。

(叹了口气，云)我不该说到韩辅臣，被罚酒哪。

众　人　(云)姨姨又犯令了！再罚一大杯。

杜蕊娘　(饮酒，唱)撇得我孤孤零零，

说出话来迷糊不清；

俺也曾轻轻呼唤，

亲身前来，

应喏连声。

只是酒醒，就硬支撑，

强词夺理，

除非是酒醉后才透露真情。

(酒醉，跌倒，众扶；韩辅臣上，换下众人。众人下)

杜蕊娘　(唱)不死心，想着那旧情，

是他把我好看好待，

相知相重，

相钦相敬；

不是我把持不定，

没有记性，

言多伤行。

扶咱的小哥是什么名和姓？

韩辅臣 （云）是小生韩辅臣。

杜蕊娘 （云）你是韩辅臣？靠后！

（唱）我为你摆脱了当官令，

（带云）多谢你那大尹相公呵！

（唱）烟花簿上抹去了我的姓和名，

断绝了怪友和狂朋，

把门户打扫得干干净净。

试金石上把你这嫖客们从头来试上一试，

小秤儿上把郎君们仔细地称上一称。

我自己站得身正，

凭着我花朵般的相貌，

愁什么锦绣似的前程！

我像那钻墙贼挨蝎螫只得自忍，

我像那俏郎君偷情须得不出声，

怎么会凶恶无赖地找竞争？

我最不爱将人抓挠出七八道猫爪痕，

掐扭出三十个鬼掐的块儿青。

看破你喜新厌旧的传染病，

拍着手分开云雨情，

“腾”地似断线的风筝奔前程。

我和你半年多同衾共枕，

一片儿缠绵悱恻情，

到明春咱的岁数三十整。

（带云）我老了。你想我怎么样？

（唱）你还是怀藏这不志诚的心肠给我慢慢地等！

（摔开韩辅臣的手，下）

韩辅臣 （云）嗨，她真的不喜欢我了，岂能罢休！只得到俺哥哥那里告她去。

（下）

中华文史名著精选精译精注（全民阅读版）已出书目

书　名	导读人	审阅人
贾谊集	徐超、王洲明	安平秋
司马相如集	费振刚、仇仲谦	安平秋
张衡集	张在义、张玉春、韩格平	刘仁清
三曹集	殷义祥	刘仁清
诸葛亮集	袁钟仁	董治安
阮籍集	倪其心	刘仁清
嵇康集	武秀成	倪其心
陶渊明集	谢先俊、王勋敏	平慧善
谢灵运鲍照集	刘心明	周勋初
庾信集	许逸民	安平秋
陈子昂集	王岚	周勋初、倪其心
孟浩然集	邓安生、孙佩君	马樟根
王维集	邓安生等	倪其心
高适岑参集	谢楚发	黄永年
李白集	詹锳等	章培恒
杜甫集	倪其心、吴鸥	黄永年
元稹白居易集	吴大逵、马秀娟	宗福邦
刘禹锡集	梁守中	倪其心
韩愈集	黄永年	李国祥
柳宗元集	王松龄、杨立扬	周勋初
李贺集	冯浩菲、徐传武	刘仁清
杜牧集	吴鸥	黄永年

续表

书　名	导读人	审阅人
李商隐集	陈永正	倪其心
欧阳修集	林冠群、周济夫	曾枣庄
曾巩集	祝尚书	曾枣庄
王安石集	马秀娟	刘烈茂、宗福邦
二程集	郭齐	曾枣庄
苏轼集	曾枣庄、曾弢	章培恒
黄庭坚集	朱安群等	倪其心
李清照集	平慧善	马樟根
陆游集	张永鑫、刘桂秋	黄葵
范成大杨万里集	朱德才、杨燕	董治安
朱熹集	黄珅	曾枣庄
辛弃疾集	杨忠	刘烈茂
文天祥集	邓碧清	曾枣庄
元好问集	郑力民	宗福邦
关汉卿集	黄仕忠	刘烈茂
萨都剌集	龙德寿	曾枣庄
王阳明集	吴格	章培恒
徐渭集	傅杰	许嘉璐、刘仁清
李贽集	陈蔚松、顾志华	李国祥、曾枣庄
公安三袁集	任巧珍	董治安
吴伟业集	黄永年、马雪芹	安平秋
黄宗羲集	平慧善、卢敦基	马樟根
顾炎武集	李永祜、郭成韬	刘烈茂
王士禛集	王小舒、陈广澧	黄永年
方苞姚鼐集	杨荣祥	安平秋
袁枚集	李灵年、李泽平	倪其心
龚自珍集	朱邦蔚、关道雄	周勋初